Tod im Allgäu

Gunther Lennert, geboren in München und im »Nebenberuf«
beratender Ingenieur in der freien Wirtschaft, hat erst jenseits der
fünfzig die Lust am Schreiben entdeckt. Inspiriert von seinem
eigenen Haustier schuf er die Figur des introvertierten Augsburger
Kommissars Florian Stocker, der nicht nur mit seiner Katze kom-
muniziert, sondern durchaus auch autobiografische Züge trägt. So
teilt der Kommissar mit dem Autor die Liebe zum Allgäu, wohin
auch die Spur der Verbrechen führt.

Die Inhalte dieses Buches sind eine Verschmelzung von Realität
und Fiktion. Ähnlichkeiten zu den agierenden Personen sind rein
zufällig, aber auch nicht ausgeschlossen. Die Ereignisse sind kon-
struiert, aber jederzeit möglich.
Im Anhang findet sich ein Glossar.

GUNTHER LENNERT

Tod im Allgäu

KRIMINALROMAN

emons:

Bibliografische Information der Deutschen Nationalbibliothek
Die Deutsche Nationalbibliothek verzeichnet diese Publikation
in der Deutschen Nationalbibliografie; detaillierte bibliografische
Daten sind im Internet über http://dnb.d-nb.de abrufbar.

© Emons Verlag GmbH
Cäcilienstraße 48, 50667 Köln
info@emons-verlag.de
Alle Rechte vorbehalten
Umschlagmotiv: derProjektor/photocase.de
Umschlaggestaltung: Tobias Doetsch
Gestaltung Innenteil: César Satz & Grafik GmbH, Köln
Lektorat: Susanne Bartel
Druck und Bindung: sourc-e GmbH, Köln
Printed in Europe 2025
ISBN 978-3-7408-0063-5
Originalausgabe
2. Auflage

Unser Newsletter informiert Sie
regelmäßig über Neues von emons:
Kostenlos bestellen unter
www.emons-verlag.de

*Jeder ist käuflich,
maßgeblich ist nur der Preis.*
frei nach Sir Robert Walpole (1676–1745)

Personen

Florian Stocker – Polizeihauptkommissar, Kommissariat K1, Mord, Sexualdelikte, Brand und Erpressung, Polizeipräsidium Schwaben Nord

Kassandra – Stockers Katze

Johann Göttler – Gerichtsmediziner und Stockers Freund

Ina Schatz – Polizeikommissarin, Assistentin von Stocker

Jens Meier – Polizeikommissar, Assistent von Stocker

Erwin Wörner – Polizeirat, Kommissariat K1, Stockers Vorgesetzter

Detlef Horn – Staatsanwalt

Marco Cavalcone – Besitzer des »Restaurante Poccini« und Freund Stockers

Wolfgang Götzke – Bordellbesitzer, Spitzname: der Rammler

Melina – griechische Journalistin

Hajri Elizaj – albanischer Geschäftsmann und Freund Stockers

Baron von Sperling – CEO der AGeKon

Dr. Robert Leitz – Justiziar der AGeKon

Jannis Papadopoulos – griechischer Polizeioffizier

Vasílis Makris – Maschinenmeister der AGeKon in Griechenland

Siggi Römer – Journalistin und Bekannte Stockers

Am Anfang steht der Tod

Allgemein wird der Tod als das Ende irdischer Angelegenheiten gesehen. Doch ist es irrig, dies zu generalisieren. In Ausnahmen bedeutet er den Anfang einer Entwicklung, in deren Verlauf Dinge offenbart werden, die weitaus schlimmer sind als der Tod.

Als Vasílis Makris an diesem Sonntagvormittag seine Unterkunft zum zweiten Mal verließ, stand die Sonne bereits hoch über den Olivenbäumen. Die Landschaft und das Meer lagen ruhig vor ihm, und am Horizont konnte er die Küstenlinie der Insel Euböa erahnen. Schwitzend bewegte er seine einhundertvierzig Kilo den schmalen Pfad hinunter in Richtung Kläranlage. Als Maschinenmeister der Fabrik war er auch für diesen Teil der Anlage verantwortlich. Seine Katze lief mit trippelnden Schritten voraus.

Ihr plötzliches Fauchen riss Makris aus seinen Gedanken. Irritiert sah er auf sie hinunter. Mit gesträubtem Fell stand sie am Rand des zweiten Klärbeckens. Sie hatte die Lefzen zurückgezogen und starrte auf den teilweise von gelbbraunen Schaumblasen bedeckten Wasserspiegel, über den sich ein kleiner dreieckiger Kopf bewegte. Die gelben Augen der Wasserschlange starrten ausdruckslos auf die Neuankömmlinge. Ein weiterer Schlangenkopf tauchte auf und umrundete ein schwarzes Etwas, das in dem schmutzigen Wasser trieb. Vasílis Makris schirmte seine Augen mit der linken Hand gegen das grelle Sonnenlicht ab, um besser sehen zu können.

Das, was er sah, ließ ihn zusammenfahren. Er machte einen Schritt auf den flachen Beckenrand zu, hielt dann jedoch mitten in der Bewegung inne. Eine der Wasserschlangen schwamm direkt auf ihn zu.

Er wusste, wie giftig diese circa sechzig Zentimeter langen Biester waren, und gab seine ursprüngliche Absicht, in das Becken zu steigen, schnell auf.

Stattdessen wandte er sich um und lief, so schnell sein Körperumfang es ihm erlaubte, in Richtung Kompressorenhaus. Dort riss er den Reinigungsrechen aus der Wandhalterung und hastete keuchend wieder zurück zum Beckenrand. Erst beim dritten

Versuch, indem er die Stange am hinteren Ende fasste, gelang es ihm, das im Wasser treibende Etwas mit dem circa acht Meter langen Rechen zu erreichen und diesen zügig einzuholen. Mit einer kleinen Bugwelle kam das Bündel auf ihn zu und strandete im seichten Wasser des Beckenrandes.

Makris beugte sich vor, griff danach und zog es auf den Weg, der entlang der drei Klärbecken verlief, um sich dann weiter unterhalb im hohen Gras zu verlieren.

Ungläubig blickte der Grieche auf den Körper, der mit dem Gesicht nach unten vor ihm lag. Er packte dessen rechte Schulter und drehte ihn auf den Rücken. Zwei weit aufgerissene Augen starrten ihn leblos an.

Lothar Sallinger war tot.

Kassandra

Die kleine graue Katze lag auf dem Fensterbrett des Büros im Polizeipräsidium Schwaben Nord. Lediglich ihre Augen bewegten sich, als sie der Sekretärin nachsah, die Florian Stocker gerade die Post auf den Schreibtisch gelegt hatte und nun das Zimmer wieder verließ.

Stockers Blick ging kurz zum Fenster, und er musste unweigerlich lächeln, als er auf die kleine Katze fiel. Sie war das erste Wesen, das er nach seiner Scheidung vor mehr als zehn Jahren an sich herangelassen hatte. Kassandra hatte ihn sich damals regelrecht ausgesucht. Nach einer Woche Urlaub in Italien war er auf dem Rückweg bei einem Unwetter im Allgäu hängen geblieben.

Gezwungenermaßen musste er die Nacht in der Scheune eines Bauernhofes im Auto verbringen. Als er vom ersten Vogelgezwitscher, das durch das offene Fahrerfenster drang, erwachte, lag eine kleine grauhaarige Kugel auf seinem Schoß. Erst auf den zweiten Blick waren die beiden Ohrspitzen und das leichte Heben und Senken eines atmenden Wesens zu bemerken. Vorsichtig streckte Stocker die Hand aus, um dieses Etwas zu berühren. Ein leichtes Vibrieren ging durch den Körper, bevor er sich langsam und genüsslich streckte. Das Köpfchen drehte sich zu ihm, blinzelte gähnend und begann, mit der rosa Zunge seine Hand abzuschlecken.

Später frühstückte Stocker auf dem Ferienhof und mietete ein gerade frei gewordenes Zimmer. Das Kätzchen wich nicht mehr von seiner Seite.

Als er zwei Tage später nach Hause aufbrach, sah er sich nochmals nach der kleinen Katze um. Doch vergeblich, sie war wie vom Erdboden verschwunden.

Zu Hause in Augsburg holte er seine beiden Taschen vom Rücksitz seines Wagens und fuhr mit dem Lift in seine Penthousewohnung in der Maximilianstraße.

Die Sonne schien durch die hohen Terrassenfenster und tauchte alles in einen goldenen Schimmer. Stocker stellte eine Tasche gleich ins Bad vor die Waschmaschine und trug die andere ins Schlafzimmer. Danach ging er in die Küche, um die Kaffeemaschine anzustellen. Als er kurz darauf ins Schlafzimmer zurückkam, traute er seinen Augen nicht. Auf seinem Bett lag die graue Fellkugel und schlief friedlich.

Damals hatte er noch nicht geahnt, was ihm dieses kleine Etwas noch an Überraschungen bereiten würde, die ihn an seinem Verstand zweifeln ließen und selbst nach einem Jahr noch ab und an den Anflug einer Paranoia hervorriefen.

»Was Neues?«, fragte die Katze.

Da war sie wieder, die kurze Panik, wenn er ihre Stimme hörte. Doch sie verschwand so schnell, wie sie gekommen war. Er hatte inzwischen gelernt, mit dieser Fähigkeit zu leben. Auch sein bester Freund Johann Göttler und seine Assistentin Ina Schatz lebten mit dem Wissen über diese für sie kaum wahrzunehmenden Kommunikation, zweifelnd, aber ohne ihn dies allzu stark spüren zu lassen. Im Kommissariat hatte man die Katze anfangs verwundert zur Kenntnis genommen, aber schließlich als eine von Stockers Marotten abgetan.

»Kassandra, woher soll ich das wissen, wenn ich die Briefe noch nicht gelesen habe«, erwiderte er.

Er begann, den Papierstapel zu sichten. Er enthielt Aktennotizen, Rundschreiben, Laborberichte und Mitteilungen der Staatsanwaltschaft. Zuletzt kam ein an ihn persönlich adressierter verknitterter Umschlag ohne Briefmarke zum Vorschein. Sein Name war fahrig mit Kugelschreiber direkt auf den Umschlag geschrieben worden. Stocker drehte den Brief nach allen Seiten und tastete dessen Kanten ab, stieß jedoch auf keine Auffälligkeiten. Schließlich nahm er den Brieföffner und schlitzte das Kuvert auf. Das Blatt, das er herauszog, war ähnlich verknittert wie der Umschlag, der kurze Text wohl hastig hingeworfen.

Hallo, Florian!
Ich schreibe dir diesen Brief im vollen Besitz meiner geistigen Kräfte.
Er wird dir persönlich von einer Person meines Vertrauens zugestellt, da inzwischen vermutlich jedwede Postsendung und auch die

elektronischen Medien überwacht und kontrolliert werden. Durch Zufall habe ich Kenntnis von Dingen erlangt, die mit meiner Firma zusammenhängen und so ungeheuerlich sind, dass ich Details nicht zu nennen wage, um den Überbringer dieses Briefes nicht zusätzlich zu gefährden. Bitte setze dich unter einem Pseudonym mit mir in Verbindung, um einen sicheren Weg der Kommunikation zu vereinbaren.

Dein Lothar
Livanates, Griechenland

Hauptkommissar Stocker ließ den Brief auf seine Schreibtischplatte sinken. Mit zusammengekniffenen Augen blickte er in Richtung der gegenüberliegenden Wand, ohne sie wahrzunehmen. Lothar Sallinger. Sie waren zusammen zur Schule gegangen. Er, Florian Stocker, Lothar Sallinger, Johann Göttler und Hannes Nadler waren in ihrer Jugend unzertrennlich gewesen.

Lothar Sallinger hatte als Erster das Quartett verlassen, später hatte er irgendwo im Ausland einen Job angenommen.

Sein letztes Lebenszeichen war aus Griechenland gekommen. Stocker hatte ihn vor einigen Jahren dort besucht und die Gelegenheit genutzt, um sich die bekannten Metéora-Klöster anzusehen. Er war nach Athen geflogen und von dort aus mit einem Mietwagen weiter nach Norden gefahren. In Livanates Beach nahm er sich dann ein Hotelzimmer direkt am Strand und rief am nächsten Morgen seinen Freund an. Abends wurde in der Taverne des sogenannten »Einäugigen« das Wiedersehen mit Fisch, Wein und Ouzo gefeiert. Erst als Vasílis Makris zufällig dazustieß, lief die Sache aus dem Ruder. Makris, ein Bulle von einem Kerl, konnte Unmengen an Ouzo vertragen. In jungen Jahren war er Schiffsingenieur gewesen und hatte die halbe Welt bereist, jetzt hauste er zusammen mit seiner Katze in einem der Bungalows unweit der Fabrik, für die er und Sallinger arbeiteten. Der Unterschied zu Sallinger hätte gar nicht größer sein können: Lothar stets in Schale geworfen und trotz seiner deutschen Herkunft mit griechisch-römischem Profil, Makris dagegen stets schmuddelig, in abgerissenen Klamotten und mit einem enormen Wanst, der zwischen Hosenbund und T-Shirt ins Freie quoll und einen Nabel präsentierte, ähnlich dem von einer Neunzig-Pfund-Bombe verursachten Krater. Trotzdem war eine Art Seelenverwandtschaft zwischen den beiden zu spüren gewesen, ein stilles Einvernehmen und Vertrauen.

Stocker blieb noch einen Tag, da der Restalkohol am Morgen selbst für griechisches Rechtsempfinden für eine Weiterfahrt eindeutig zu hoch gewesen war.

Gegen Mittag ging er zum Strand, um sich zwischen Seetang, Plastikflaschen und blauen Müllbeuteln einen Weg ins Wasser zu suchen. Das Meer war schon recht kühl und hatte eine ernüchternde Wirkung auf ihn.

Nachmittags führte Sallinger ihn durch die Getränkefabrik. In Plastikflaschen wurden Bergwasser und Erfrischungsgetränke in den unterschiedlichsten Geschmacksrichtungen abgefüllt.

»Ein ganz gutes Geschäft. Trotzdem habe ich bis heute nicht verstanden, warum die die Fabrik gekauft haben. Bei den Deckungsbeiträgen dürfte es ungefähr zehn Jahre dauern, bis die Investition wieder erwirtschaftet ist«, hatte Sallinger damals angemerkt.

»Wer sind *die*?«, wollte Stocker wissen.

»Ach so, entschuldige. Der Konzern sitzt in Deutschland, mit mehreren Quellen im Allgäu und der Zentrale in Augsburg. ›Allgäuer Mineralwasser‹. Müsstest du eigentlich kennen.«

»Und was, glaubst du, steckt dahinter?«

»Hinter was?«

»Hinter dem Kauf.«

»Keine Ahnung«, erwiderte Sallinger und massierte sich dabei seine Nase, so wie schon damals in der Schule, wenn er die Unwahrheit gesagt hatte.

Stocker ließ die Sache auf sich beruhen.

Beim Abschied hatte er sich erkundigt: »Wie lange willst du das hier eigentlich noch machen?«

»Nächstes Jahr komme ich zurück nach Deutschland. Ich soll dann einen der Mineralwasserbetriebe im Allgäu leiten«, war die Antwort gewesen.

Stocker betrachtete noch einmal den Brief, und ein ungutes Gefühl beschlich ihn. Spontan suchte er Sallingers Eintrag auf seinem Handy und wählte die gespeicherte Nummer. Es dauerte lange, ehe sich eine Stimme meldete.

»*Kalimera.*«

»*Kalimera. May I talk to Mister Sallinger?*«, sagte Stocker.

»*Who is this?*«, kam es zurück.

»*Florian Stocker.*«

»*Oh, Mister Stocker, here is Vasílis Makris. Mister Lothar is dead. I would like to* ...« Dann brach die Verbindung ab.

Stocker wählte erneut, aber es ging nur die Mailbox ran.

Lothar ist tot? Aber warum geht Makris an sein Telefon?, ging es Stocker durch den Kopf. Er nahm das Schreiben wieder zur Hand und las nochmals die eilig hingekritzelten Zeilen. Dann stand er mit einem Ruck auf, zog sein Sakko von der Stuhllehne und stopfte den Brief in dessen Innentasche.

Kassandra hatte sich bereits erhoben und wartete auf dem Fensterbrett.

»Wir fahren zum Leichenfledderer. Ich muss mit jemandem reden.«

Die Katze sprang zu Boden. »Tut mir leid um deinen Freund«, schnurrte sie.

Stocker sah sie irritiert an. »Mir auch«, antwortete er, »und hör auf, meine Gedanken zu lesen.«

»Du weißt genau, dass ich das nicht kann. Damit aufhören, meine ich«, maunzte sie zurück.

Stocker öffnete die Bürotür und ließ Kassandra vorbei. Seine Sekretärin unterbrach ihr Telefongespräch, legte die Hand auf den Hörer und sah ihn fragend an.

»Bin beim Leichenschnipsler«, sagte er und war schon an ihr vorbei.

Der alte, unter Denkmalschutz stehende Backsteinbau hinter dem Strafjustizzentrum war einst Artilleriedepot gewesen und diente heute als Heimat der Gerichtsmedizin. Stocker stellte seinen Dienstwagen auf den Besucherparkplatz und stieg aus, gefolgt von Kassandra.

Göttlers Assistent kam die Treppe vom Untergeschoss herauf.
»Hallo, Schenk«, grüßte ihn Stocker.

»Hallo, Commissario. Wollen Sie zum Chef?«

Die meisten, die dienstlich mit Stocker zu tun hatten, nannten ihn hinter vorgehaltener Hand seiner Vorliebe für Italien wegen nur »Commissario«. Doch die wenigsten trauten sich auch, ihn so anzusprechen.

Ohne die Antwort abzuwarten, drückte Schenk Stocker einige Berichte in die Hand. »Nehmen S'ihm das gleich mit, dann kann ich mir den Weg sparen. Zurzeit haben wir nämlich Hochkonjunktur. Jetzt schicken uns die Kemptner auch noch ihr Gammelfleisch. Bald hab ich keine freien Kühlfächer mehr.« Er machte kehrt und stieg wieder ins Reich der Toten hinab.

In krassem Gegensatz zu dem alten Backsteinbau von 1870 war Göttlers Büro hypermodern eingerichtet. Ein riesiger Schreibtisch aus Chrom und Glas dominierte den Raum. In den schwarzen Regalen dahinter wechselten sich Fachbücher mit diversen Kunstobjekten ab, die der Gerichtsmediziner von seinen zahlreichen Auslandsreisen mitgebracht hatte.

Göttler selbst war auch im Sitzen eine stattliche Erscheinung. Sein dunkles Haar war straff nach hinten gegelt. Der leichte Bauchansatz wurde von einem blütenweißen T-Shirt kaschiert, das er über der Hose trug. Das Sakko eines dunklen Einreihers hing über der Stuhllehne.

»Commissario, wie geht es dir? Und mein kleines Wollmäuschen ist auch dabei. Komm her, Kassandra, ich habe etwas für dich.« Er stellte seine Kaffeetasse auf die Seite und goss etwas Sahne aus einem silbernen Kännchen in die Untertasse.

Sofort sprang die Katze auf den Schreibtisch, rieb sich kurz an Göttlers Hand und begann dann, die weiße Flüssigkeit zu schlabbern.

»Sahne! Du hörst wohl nicht auf, bevor sie deine Figur hat«, sagte Stocker, während er sich in den Besucherstuhl fallen ließ.

Kassandra sah kurz auf und warf ihm einen bösen Blick zu.

»Gib dir keine Mühe, Florian, ich lass mir den Tag von dir nicht versauen«, erwiderte Göttler.

»Ich glaube doch.« Wortlos schob Stocker ihm den zerknitterten Brief über den Schreibtisch.

Göttler senkte den Kopf und sah sein Gegenüber über die Lesebrille hinweg kurz an. Dann richtete er seinen Blick auf das Schreiben.

Als er seinen Kopf hob, war seine Miene ernst und der Schalk in seinen Augen verschwunden. »Hast du schon versucht, ihn zu erreichen?«

»Natürlich. Der Maschinenmeister ist an Lothars Handy gegangen. Er faselte etwas von ›Mister Lothar is dead‹.«

»Und weiter?«

»Was weiter?«

»Was hat er sonst noch gesagt?«

Stocker stand auf. »Nichts, die Verbindung wurde unterbrochen. Aber weißt du, was seltsam ist? Der Brief kam nicht mit der Post, sondern wurde in den Briefkasten vom Präsidium geworfen.«

»Entschuldige bitte, aber langsam verkalkst du. Was ist daran seltsam? Hier steht doch eindeutig, dass dir der Brief überbracht werden sollte.« Göttler hielt ihm das Blatt Papier hin. »Jemand hat ihn in Lothars Auftrag in euren Briefkasten geworfen, um unerkannt zu bleiben.«

»Moment mal. Aber der Eingangsbereich des Präsidiums wird videoüberwacht. Niemand bleibt da anonym.«

»Vermutlich war das dem Überbringer nicht klar, oder er wollte sogar, dass du ihn auf diese Weise ausfindig machen kannst.«

»Aber selbst wenn jemand auf der Aufzeichnung zu sehen sein sollte, wird er sich wohl kaum seinen Namen auf die Stirn tätowiert haben.«

Göttler tippte sich an ebenjene. »Sag mal, bist du jetzt Kriminalhauptkommissar oder geistig behindert?«

Kassandra, die noch immer auf dem Schreibtisch saß, schielte zu Stocker hinüber. Ein Grinsen schien sich in dem kleinen Gesicht breitzumachen, doch Stocker bemerkte es nicht.

Göttler fuhr fort: »Wenn jemand den Brief bei euch eingeworfen hat, dann ist es sehr wahrscheinlich, dass er ihn auch von Lothar persönlich bekommen hat. Ich hoffe, du kannst mir folgen?«

»Jetzt hör aber auf, mich wie einen Deppen zu behandeln«, fuhr Stocker ihn an.

Doch Göttler redete ungerührt weiter. »Also war dieser Jemand bei Lothar in Griechenland. Daraus wiederum lässt sich folgern, dass es sich um einen Kollegen aus seiner Company handelt.«

»Company«, äffte ihn Stocker nach. »Mensch, red deutsch mit mir. Aber vielleicht hast du recht.«

»Nicht nur vielleicht, sondern ganz sicher, weil das die einzig schlüssige Erklärung ist. Außerdem solltest du versuchen herauszufinden, ob tatsächlich ein Deutscher in Griechenland zu Tode gekommen ist, und wenn, ob es sich bei ihm definitiv um Lothar handelt. Das kann ja wohl nicht so schwer sein.«

»Sei mir nicht böse, aber ich weiß selbst, wie ich an solche Informationen herankomme. Dazu brauche ich keinen Leichenfledderer, der mir auf die Sprünge hilft. Komm, Kassandra, wir gehen. Dem Herrn hier fehlt es wie immer an Respekt gegenüber der Staatsmacht.« In der Tür drehte sich Stocker nochmals um. »Ich halte dich auf dem Laufenden.«

Luftpost

Zurück im Präsidium stellte Stocker den Wagen auf den hinteren Parkplatz und ging dann links um das Gebäude herum zum Haupteingang Ecke Gögginger und Schertlinstraße. Er blickte zu der Kamera hinauf, die sowohl den Vorplatz wie auch den Eingang mit Postkasten und Gegensprechanlage überwachte. Langsam näherte er sich dem Briefkasten. Das Kameraauge immer im Blick, simulierte er den Einwurf eines Briefes. Der wachhabende Beamte am Empfang war auf ihn aufmerksam geworden und betrachtete ihn argwöhnisch durch die Glasfront. Hauptkommissar Stocker war bekannt für seine Extravaganzen, und auch an die ihn begleitende Katze hatte er sich mittlerweile gewöhnt, aber der Sinn des simulierten Briefeinwurfs erschloss sich dem Polizeiobermeister nicht.

»Probleme, Commissario?«, fragte der Beamte, als Stocker das Gebäude betrat.

»Kann man so sagen, ja, der Commissario hat ein Problem«, wobei er das Wort »Commissario« betonte.

Der Polizeiobermeister bekam einen roten Kopf und murmelte: »Entschuldigung.«

»Können Sie auf Ihrem PC die Kameraaufzeichnungen der letzten Nacht abspielen?«

»Natürlich. Aber wozu wollen Sie die sehen?«

Stocker blickte ihn an. »Weil die im Gegensatz zum Fernsehprogramm sicherlich spannender sind. Oder finden Sie den ›Musikantenstadl‹ besonders sehenswert?«

»Ich nicht«, der Beamte errötete, »aber meine Frau. Ich schau viel lieber Krimis.«

»Na prima, dann sehen wir uns doch gleich mal einen gemeinsam an.«

Der junge Beamte verstand gar nichts mehr und starrte Stocker mit weit aufgerissenen Augen an. »Herr Hauptkommissar, wir dürfen hier keine DVDs anschauen.«

»Oh Gott!« Stocker verdrehte die Augen. »Zum Mitschreiben:

Ich brauche die Aufzeichnungen der Kamera dort von den letzten vierundzwanzig Stunden. Lässt sich das einrichten?«

»Jetzt gleich?«

Stocker war kurz davor, auszurasten. »Natürlich gleich. Übermorgen nützen sie mir nichts mehr.«

Der Beamte rutschte auf den Stuhl vor dem Bildschirm und klickte mit dem Cursor auf das Icon für die Überwachung. Wenige Sekunden später erschien das Bild der Eingangskamera auf dem Monitor. »Ab wie viel Uhr wollen Sie die Aufnahmen anschauen?«

»Wann wird der Postkasten geleert?«, fragte Stocker.

»Einmal am Vormittag, so gegen elf, wenn die Post da war, und dann noch mal gegen sechzehn Uhr dreißig, kurz vor Dienstschluss.«

»Okay, dann ab halb fünf.«

Der Polizeiobermeister klickte auf »Review« und gab die Uhrzeit ein. Die Aufzeichnung sprang um.

»Und jetzt bitte auf Schnelldurchlauf. Ich habe heute Abend nämlich noch etwas anderes vor.«

»Gehen wir ins ›Poccini‹?«, vernahm er Kassandra von unten.

Stocker blickte seine Katze an, die das Köpfchen schief hielt und ihn mit ihren gelben Augen fixierte, dann wandte er sich erneut dem Bildschirm zu.

Kassandra sprang auf den Schreibtisch, setzte sich neben den Flachbildschirm und starrte wie gebannt auf die durchlaufenden Bilder. »Halt!«, maunzte sie plötzlich.

Der Beamte hörte natürlich nur das Miauen, verstand nichts und reagierte somit auch nicht.

»Anhalten!«, rief Stocker. »Spulen Sie etwas zurück und lassen Sie die Aufnahmen langsamer laufen.«

Von links kam eine Gestalt ins Bild, die zielgerichtet auf den Briefkasten zuging und einen Umschlag einwarf.

»Noch mal zurück, und dann möchte ich jedes Bild einzeln sehen.«

Die unbekannte Person bewegte sich nun im Viertelsekundentakt. Als sie direkt vor dem Briefschlitz stand, war sie im Halbprofil zu sehen.

»Wie würden Sie die Person beschreiben?«, forderte Stocker seinen jungen Kollegen auf.

»Männlich. Schlank. Eher klein, maximal eins fünfundsechzig. Kurzes dunkles Haar, etwas schütter. Vermutlich ovales Gesicht. Schlanke Hände, würde ich sagen. Wirkt fast wie eine Frau.«

»Okay. Besser hätte ich es auch nicht gekonnt. Können Sie das Gesicht und das Kuvert noch etwas heranzoomen und mir dann einen Ausdruck machen?«

»Aber klar doch, Herr Hauptkommissar«, antwortete der junge Mann, offensichtlich von dem Lob beflügelt. Wenige Sekunden später fischte er zwei Kopien aus dem Drucker und überreichte sie Stocker.

Dieser drehte sich in der Tür nochmals um. »Sorgen Sie bitte dafür, dass diese Sequenz archiviert und nicht überschrieben wird. Und machen Sie mir eine Kopie. Danke.« Damit verließ er den Glaskasten und war auf dem Weg ins Büro.

Ina Schatz, Stockers Assistentin, stand mit einer Kaffeetasse in der Hand in der Tür zum Büro ihres Kollegen Meier.

»Komm schnell mit, ich brauche dich«, sagte Stocker und war schon an ihr vorbei. Im Allgemeinen pflegte Stocker seine Mitarbeiter beim Vornamen zu nennen, jedoch nicht zu duzen. Ina war die Ausnahme. »Mach die Tür zu«, sagte er in seinem Büro. »Es muss nicht jeder mitkriegen, zumindest vorerst nicht.«

Ina hatte kurze blonde Haare, Sommersprossen und eine zierliche, aber sportliche Figur. Sie sah ihn fragend an.

Wortlos hielt er ihr den zerknitterten Brief entgegen.

Mit der Tasse in der Rechten lehnte sie sich gegen die Wand und begann zu lesen. Als sie fertig war, gab sie Stocker den Brief zurück, setzte sich auf das Fensterbrett neben die Katze, zog einen Fuß nach oben, so wie sie es auch bei Besprechungen immer tat, und begann, Kassandra hinter den Ohren zu kraulen. »Wer ist dieser Lothar Sallinger?«

»Ein Schulfreund von Johann und mir. Er ist als technischer Leiter für diesen Augsburger oder Allgäuer Getränkekonzern seit drei Jahren in Griechenland.«

»AGeKon!«

»Wie bitte?« Stocker sah sie leicht irritiert an.

Ina lächelte. »Allgäuer Getränke…konzern.«

»Ach so, ja. Also, er hat für diesen Verein gearbeitet. Und ist offensichtlich auf etwas gestoßen, das ihn nach meinem jetzigen Kenntnisstand das Leben gekostet haben könnte.«

»Er ist tot? Das hast du mir nicht gesagt.«

»Entschuldige. Nachdem ich heute den Brief erhalten hatte, habe ich versucht, ihn auf seinem Handy zu erreichen. Sein Maschinenmeister war dran und sagte, Lothar sei tot. Ach ja, und hier ist ein Foto vom Überbringer des Briefes. Einwurf letzte Nacht um null Uhr dreiundzwanzig.«

»Glaubst du, dass Lothar Sallinger tatsächlich tot ist?«

»Ich gehe davon aus.«

»Okay. Was soll ich tun?«

»Setz dich mit der deutschen Botschaft in Athen in Verbindung und versuche herauszufinden, ob den Mitarbeitern eine Meldung über den Tod eines Deutschen vorliegt. Aber halte dich bedeckt. Und wegen unseres unbekannten Postboten: Besorge dir die Passagierlisten der letzten drei Tage von allen Maschinen, die von Athen oder Thessaloniki aus nach München gingen. Vielleicht haben wir Glück, und der Name eines Kollegen der AGeKon ist drauf zu finden.«

»Was soll ich Wörner sagen, wenn er rumschnüffelt?«, fragte Ina, während sie vom Fensterbrett rutschte.

»Zu dem gehe ich gleich. Nicht dass er mir noch dazwischenfunkt. Ina, danke.«

»Wofür?« Sie lächelte und zog die Tür hinter sich zu.

»Was denkst du, Großer?«, ließ sich Kassandra vernehmen und rieb ihr Köpfchen, nachdem sie mit einem Satz auf den Schreibtisch gesprungen war, jetzt an Stockers Hand.

»Das weißt du doch ganz genau, du scheinheilige Nuss.«

»Ach komm, nur weil ich ein bisschen Gedanken lesen kann. Und ich meine nicht das, was du eben über Inas süßen Hintern gedacht hast, sondern das, was den Tod deines Freundes betrifft.«

»Ganz einfach: Ich finde den Verantwortlichen.«

»Und dann?«

»Nagle ich ihn mit dem Arsch an die Wand. Komm, jetzt gehen wir zum Dicken.«

Wörner saß in seinem Sessel, oder besser: Er hing zwischen den beiden Armlehnen, denn es war nicht ersichtlich, ob sein Hinterteil überhaupt die Sitzfläche berührte, obgleich das Gesetz der Schwerkraft in Kombination mit seinen einhundertzwanzig Kilogramm eigentlich dafür sorgen müsste.

Der Kriminalrat war ein korpulenter Endfünfziger mit Halbglatze. Er selbst hatte, abgesehen vom Essen, nur ein Ziel vor Augen: unbeschadet seine Pensionierung zu erreichen. Demzufolge versuchte er alles, um keinen Staub aufzuwirbeln und niemandem auf die Füße zu treten – eine Einstellung, die diametral zu der von Florian Stocker stand.

»Stocker, was gibt's? Wenn Sie freiwillig bei mir hereinschauen, ist es sicherlich etwas Unangenehmes.« Er sah seinen Hauptkommissar mit schief gelegtem Kopf und einem zugekniffenen Auge an.

»Ich weiß nicht, was für Sie unangenehm ist, Herr Polizeirat. Aber wahrscheinlich alles, womit wir irgendwo anecken können.«

»Ich bin nicht wie Sie finanziell unabhängig. Mein Vater hat mir kein Vermögen und kein Penthouse in der Maximilianstraße hinterlassen. Auch wenn ich mich wiederhole: Ich habe eine Frau mit, gelinde gesagt, überzogenen Ansprüchen und zwei pubertierende Ableger, die mir die Haare vom Kopf fressen. Darüber hinaus habe ich noch einige Jahre bis zur Pensionierung, die ich auch zu erreichen gedenke, und zwar bei vollen Bezügen. Und dass das, was wir hier ab und an veranstalten, ein Eiertanz ist, brauche ich Ihnen auch nicht zu sagen. Deshalb richtet sich mein Rechtsempfinden manchmal nach dem Wind, der gerade weht. Zumindest nach außen mag es diesen Anschein erwecken, auch wenn mir das selbst nicht gefällt und mir ab und an schlaflose Nächte bereitet. Werfen Sie mir bloß kein schiefes Rechtsempfinden vor.« Wörner richtete sich im Sessel auf. »Wie Sie an Ihre Informationen kommen, ist auch nicht immer ganz legal. Glauben Sie, ich weiß das nicht, oder, präziser formuliert, ich würde das nicht ahnen? Denn wissen will ich es tatsächlich nicht. So, und jetzt rücken Sie schon raus mit Ihrer Hiobsbotschaft.« Er machte eine einladende Geste hin zu einem der freien Stühle vor seinem Schreibtisch.

Wortlos und mit einer unschuldigen Miene hielt ihm Stocker den zerknitterten Brief hin.

Der Polizeirat grapschte danach, holte seine Lesebrille von der spiegelnden Glatze und überflog das Schreiben. Dann sah er Stocker an und sagte ein einziges Wort:»Und?«

»Ich vermute, dass er tot ist. Das entnehme ich zumindest einem kurzen Telefonat, das ich mit Griechenland über sein Handy geführt habe.«

»Stocker, dies ist weder unser Zuständigkeitsbereich noch unser Fall und geht uns auch nichts an. Also lassen wir die Finger davon. Verstanden?«

»Ich hatte auch nicht vor, daraus einen Fall zu machen, zumindest nicht, bis ich mehr weiß.«

Wörner lief rot an. »Und wie wollen Sie mehr erfahren? Ich kenne Sie doch: indem Sie herumschnüffeln und schlafende Hunde wecken. Nein!«

»Ich will nur wissen, ob Sallinger tatsächlich tot ist, und wenn ja, warum. Würden Sie das nicht auch erfahren wollen, wenn es Ihr Freund wäre?«

Wörner blies die Backen auf und raufte sich wie immer, wenn ihm die Argumente fehlten, seinen spärlichen Haarkranz. »Aber wehe, ich bekomme von irgendjemandem einen Anruf, dass einer meiner Beamten in irgendwelchen Schweinereien herumwühlt, die ihn nichts angehen. Dann gnade Ihnen Gott.« Damit drückte er Stocker den Brief in die Hand.

Zurück in seinem Büro fand dieser einen Zettel auf seinem Schreibtisch vor.

»Hab Neuigkeiten. Ina«

Er griff zum Telefon und wählte die Durchwahl seiner Assistentin.

Keine Minute später trat sie ins Zimmer und sah ihn ernst an.

»Er ist tot?«, fragte Stocker.

»Ja. Ich habe mit der deutschen Botschaft in Athen telefoniert. Gestern wurde offiziell der Tod eines Deutschen gemeldet. Bei der Person handelt es sich um Bernd-Lothar Sallinger. Als Todesursache gaben die griechischen Behörden einen Unfall an.

Die deutsche Botschaft wurde gebeten, alles zur Überführung des Leichnams nach Deutschland zu veranlassen und die Angehörigen zu informieren. Die Freigabe der Leiche wird noch im Laufe des Tages erwartet.«

»Die sind aber schnell. Komisch. Normalerweise dauert so etwas doch mehrere Tage«, entfuhr es Stocker. Und dann: »Scheiße! Ich muss seiner Schwester Bescheid sagen, wenn nicht schon einer unserer einfühlsamen Kollegen vorher bei ihr war. Seine Eltern sind schon lange tot. Kümmere du dich in der Zwischenzeit um die Passagierlisten und gleiche sie ab. Interessant sind alle, die in und um Augsburg wohnen.« Damit erhob er sich von seinem Schreibtischstuhl. »Komm, Kassandra, wir müssen los.«

Die Katze sprang vom Fensterbrett und trippelte mit kleinen Schritten hinter ihm her. Kurz streifte sie Inas Bein, dann verschwand sie mit einem Maunzen um die Ecke in Richtung Treppenhaus.

Stadtauswärts herrschte reger Verkehr. Karin, Sallingers Schwester, war vorletztes Jahr nach der Scheidung von ihrem Mann und Michis Vater von Augsburg in den nördlichsten Zipfel des Allgäus nach Kaufbeuren gezogen, wo sie im Klinikum als Krankenschwester arbeitete. Seitdem hatte Stocker nur noch sporadischen Kontakt zu ihr gehabt.

Erst als er auf die B 17 fuhr, nahm der Verkehr spürbar ab. Bei Buchloe wechselte er auf die A 96, um anschließend auf die B 12 abzubiegen.

Gern wäre er schneller gefahren, wollte aber nicht geblitzt werden. Kurz war er versucht, das Blaulicht einzusetzen, verwarf die Idee aber wieder, da die Fahrt keinen offiziellen Grund hatte.

Am Kreisverkehr der Ausfahrt »Kaufbeuren« nahm er die zweite Abfahrt, fuhr hinunter in Richtung Zentrum, dann aber rechter Hand an der Altstadt vorbei. Am sogenannten Anstaltsberg bog er in die Kemnater Straße ein, die zum Klinikum hinaufführte. An einem kleinen Wertstoffhof ließ er den Wagen stehen und lief den Schönblick entlang.

Als er das Gartentor zu Karins neuer Bleibe öffnete, sah ihn ein Junge, der auf den Stufen vor der Haustür saß, neugierig an.

Stocker ging in die Hocke. »Hallo, Michi, ist die Mama da?«

»Ja, aber die weint ganz fürchterlich«, erwiderte der Kleine.

»Scheiße«, entfuhr es Stocker zum zweiten Mal an diesem Tag.

»Das darf man nicht sagen.« Der Junge blickte sein Gegenüber aus blauen Augen treuherzig an.

»Wahrscheinlich hast du recht«, murmelte Stocker, als er sich erhob und Karins Sohn durch das strohblonde Haar wuschelte, während er, gefolgt von Kassandra, die zwei Stufen zum Haus hinaufging und auf die Klingel drückte.

Der Gong hallte im Inneren wider, und es vergingen endlose Sekunden, bis sich die Haustür endlich öffnete.

Karin wirkte zerbrechlich, als sie vor ihm stand, das Gesicht vom Weinen aufgequollen.

»Du weißt es schon?«, fragte er leise.

Sallingers Schwester nickte stumm.

»Darf ich reinkommen?«

»Natürlich. Ich verstehe das alles nicht.«

Wie in Trance ging sie vor ihm her ins Esszimmer und setzte sich auf den äußersten Rand eines Stuhls.

Kassandra war ihnen gefolgt, wobei sie sofort den Geruch nach Kater wahrgenommen hatte, der im Raum hing. Eine Katzenklappe in der Terrassentür bestätigte ihre Befürchtung.

Karins Hände lagen in ihrem Schoß und zerrten permanent an einem Stofftaschentuch.

»Karin, ich …« Stocker versuchte, etwas Sinnvolles zu sagen. Doch als sie ihn unverwandt anstarrte, konnte er nicht weitersprechen.

»Woher …?« Auch sie vollendete den Satz nicht.

Wortlos hielt er ihr das zerknitterte Schreiben ihres Bruders hin.

Sie nahm es mit zitternden Händen und begann zu lesen. Eine Träne rann über ihre Wange, als sie wieder aufsah. Sie wischte sie trotzig mit dem Handrücken fort. »Was weißt du, was ich nicht weiß?«, fragte sie dann mit unerwarteter Bestimmtheit.

»Nur, dass es einen deutschen Toten gibt, bei dem es sich nach Aussage der griechischen Behörden gegenüber unserer Botschaft um deinen Bruder handeln soll, der bei einem Unfall ums Leben gekommen ist.«

»Und was glaubst du?«, fragte sie.

»Vorerst noch gar nichts. Weder weiß ich, wer der Tote wirklich ist, noch habe ich einen Anhaltspunkt, dass es sich um einen gewaltsamen Tod handeln könnte.«

Sie öffnete den Mund, um etwas zu sagen, doch Stocker brachte sie mit einer Handbewegung zum Schweigen. »Und genau das ist der Grund, warum du mir jetzt zuhören musst. Wenn etwas an dem Schreiben von Lothar dran ist und er tatsächlich ermordet wurde, aus welchen Gründen auch immer, dann brauchen wir Beweise.«

»Hilfst du mir?«, fragte sie mit tränenverschleiertem Blick.

»Das weißt du doch.«

Sie nickte und blickte erneut auf das Schreiben ihres Bruders. »Was soll ich tun?«

»Du fährst zur Staatsanwaltschaft und forderst eine Identifizierung und eine Obduktion von deutscher Seite, um die genaue Todesursache festzustellen. Die Obduktion steht dir zu und kann nicht verweigert werden. Gleichzeitig beantragst du eine Überführung nach Kaufbeuren, um Lothar hier bestatten zu können. Ich werde dafür sorgen, dass Johann den Sarg gleich am Flughafen in München übernimmt und die zweite Obduktion vornimmt. Wenn es auch nur das geringste Anzeichen für einen gewaltsamen Tod gibt, dann habe ich die Möglichkeit, aktiv zu werden.«

»Bist du das nicht schon?« Ein Lächeln huschte für den Bruchteil einer Sekunde über ihr blasses Gesicht.

»Du kennst mich immer noch sehr gut«, erwiderte er das Lächeln, wurde aber sofort wieder ernst. »Hast du irgendwelche Informationen von Lothar, die darauf hindeuten, dass er sich bedroht fühlte? Oder hast du Files, Dokumente oder sonst irgendetwas von ihm bekommen? Auch der kleinste Anhaltspunkt ist jetzt wichtig.«

»Du kanntest doch Lothar, der hat mit seinem Hund und seinem Papagei wahrscheinlich mehr gesprochen als mit uns. Nein, ich habe nichts. Nicht mal eine Vermutung. Zu Weihnachten kam die übliche Karte. Ach ja, und zu Michaels Geburtstag vor vier Wochen hat er einen Teddy geschickt. Nicht besonders passend für einen Sechsjährigen, oder?«

»Keine Mail, kein Telefonat?«, bohrte Stocker nach.

»Nein, Florian, wirklich nicht.«

»Ich glaube dir ja. Wenn tatsächlich jede Art von Kommunikation überwacht wurde, wollte er dich sicherlich nicht auch in Gefahr bringen.«

»Was willst du damit sagen?« Sie sah ihn mit weit aufgerissenen Augen an.

»Nur so ein Gefühl. Melde dich bei der Staatsanwaltschaft Augsburg und sag mir Bescheid, sollte es Probleme geben oder dir irgendetwas Seltsames auffallen, was nicht im Bereich des Normalen liegt. Versprochen?«

Sie nickte und stand auf. »Ich bring dich raus.«

An der Haustür klammerte sie sich kurz an Stocker, ließ ihn jedoch gleich wieder los. Lediglich ein nasser Fleck blieb auf seinem Hemd zurück.

Er strubbelte dem Kleinen wieder durch die Haare, als er die Treppe hinunterstieg, zog sachte die Gartenpforte hinter sich zu und ging zurück zum Wagen. Er ließ Kassandra auf den Rücksitz springen, doch bevor er selbst einstieg, wandte er sich um und blickte den Hang hinter dem Haus hinauf, wo in einer Entfernung von etwa eineinhalb Kilometern die »Skihütte« auszumachen war. Hier hatte er Skifahren gelernt. Er erinnerte sich an sein erstes Paar Ski und an seinen Vater, der an einem ersten Weihnachtsfeiertag im Schneeregen mit ihm bis zur Hütte hinaufgelaufen war.

In Gedanken versunken setzte sich Stocker ins Auto und spürte plötzlich ein kleines Schnäuzchen wie zum Trost an seiner Wange.

Plasmolyse

Als die Frachtmaschine der Olympic Air, Flug OA 177, vor dem Frachtterminal des Franz-Josef-Strauß-Flughafens zum Stehen kam, rollte ein Leichenwagen aus dem Schatten der Halle langsam auf den Airbus A 320 zu. Fünf Minuten später wurde ein einfacher Zinksarg auf einem Förderband aus der Maschine gefahren und von zwei schwarz livrierten Mitarbeitern des Bestattungsunternehmens in den Fond des Mercedes-Leichenwagens geschoben. Nahezu geräuschlos setzte sich das schwere Fahrzeug anschließend in Bewegung und verließ das Rollfeld.

Niemand nahm die Person in einem Wartungsoverall der ASS Aviation Services wahr, die keine hundert Meter entfernt im Schatten eines Gebäudes die Szene interessiert verfolgte und sich dann, nach einem kurzen Telefonat, schnell entfernte.

Gegen dreizehn Uhr dreißig desselben Tages klingelte Stockers Telefon. Kassandra lag wie immer auf dem Fensterbrett seines Büros und drehte ein Ohr in Richtung Schreibtisch, um besser hören zu können.

»Hier ist Johann. Die Fracht aus Athen ist eben eingetroffen. Es ist tatsächlich Lothar. Kannst du Karin verständigen, damit sie ihn offiziell identifiziert, bevor ich ihn nochmals aufschneide? Den Anblick würde ich ihr lieber ersparen.«

Sie trug ein schwarzes Kostüm und ein schwarzes Kopftuch. Begleitet von Florian Stocker und Johann Göttler schritt sie langsam die Treppe in den Keller hinunter. Auf dem Edelstahltisch lag, mit einem grünen Tuch abgedeckt, ein menschlicher Körper. Als sie neben dem Tisch standen, nickte Göttler seinem Assistenten Schenk zu, der das Tuch am Kopfende anhob und bis zum Hals des Toten zurückschlug.

Karin Sallinger krallte sich mit ihrer rechten Hand so fest in Stockers Arm, dass dieser ob ihrer Kraft beinahe aufgeschrien hätte. Sekundenlang starrte sie auf das blasse leblose Gesicht ihres

Bruders. Dann nickte sie und wandte sich ab. Auch Stocker drehte sich um und berührte sachte ihre Schulter. Mit Tränen in den Augen sah sie ihn an, bevor ihre Miene hart wurde. »Finde heraus, wer es war und warum er es getan hat. Das sind wir ihm schuldig.« Stocker nickte stumm, der Kloß im Hals wollte nicht weichen.

Es war spät, Karin war bereits wieder nach Kaufbeuren zurückgefahren, als der Commissario, gefolgt von Kassandra, in die Gerichtsmedizin zurückkehrte.

Göttler hatte die Obduktion selbst vorgenommen, der Bericht war bereits fertig.

Stocker fand seinen Schulfreund in dessen Büro.

»Magst du einen Grappa?«

»Lieber einen dreifachen Espresso.«

Das Geräusch des Mahlwerks der Kaffeemaschine zerriss die angespannte Stille.

Während Stocker an seinem Espresso nippte, sah er Göttler fragend an.

»Ich habe ihn also nochmals aufgemacht. Der griechische Kollege hat intensiv vorgearbeitet, dabei aber auch wichtige vorhandene Spuren verwischt. Ob das unabsichtlich oder absichtlich geschah, kann ich im Moment nur vermuten.«

»Was spräche für absichtlich?«

»Entweder ist der Typ sagenhaft dämlich oder sehr geschickt. Die Lungen wurden gespült, aber verbliebene Salzkristalle auf der Kopfhaut hat er vergessen. Deshalb tendiere ich eher zu Letzterem. Eines steht jedoch zweifelsfrei fest: Lothar ist ertrunken. Zeichen äußerer Gewalteinwirkung waren, außer einigen Hämatomen, die aber postmortalen Ursprungs sind, nicht festzustellen. Dennoch bleibt die Frage, ob Lothar tatsächlich in dem Klärbecken oder Vorfluter ertrunken ist, wie es im Bericht heißt, oder doch vielleicht im nahe gelegenen Mittelmeer. In ersterem Fall hätten in der Lunge Reste dieser Brühe gefunden werden müssen, aber kein Meerwasser. Unter Ertrinken versteht man nämlich den Tod durch Einatmen von Flüssigkeiten, eine spezielle Form der Asphyxie, eine Unterform des äußeren Erstickens.«

»Halt mir keine Vorlesung, sondern komm auf den Punkt.«

»Verzeihung, ich habe nur deinen Bildungsnotstand berück-sichtigt. Dann eben das Ganze für Hauptkommissare: Soweit ich auf dem Laufenden bin, wird für die Produktion von Getränken immer noch Süßwasser eingesetzt. Folglich muss auch das Abwasser der Fabrik aus Süßwasser bestehen. Richtig?«

Stocker wollte wieder etwas sagen, doch Göttler unterband den Einwurf mit einer Handbewegung.

»Ich weiß, aber spar dir deine geistigen Ergüsse für später auf. Jetzt bin erst mal ich dran. Pathologisch unterscheidet man das Ertrinken in Süßwasser von dem in Salzwasser. Beides hat verschiedene Folgen für den Körper. Während diesen Prozessen früher viel Beachtung geschenkt wurde, ist man heute der Ansicht, dass die resorbierten Wassermengen und die daraus resultierenden Elektrolytstörungen meist nicht relevant sind. Folglich werden sie auch nicht untersucht.

Beim Ertrinken im Meer gelangt zwangsläufig Salzwasser in die Lunge, wodurch sich die Konzentration der Ionen gegenüber dem anliegenden Gewebe erhöht, sodass ein Konzentrationsausgleich stattfindet. Da Biomembranen semipermeabel, also für Ionen undurchlässig, aber für Wassermoleküle durchlässig sind, muss der Konzentrationsausgleich mit Hilfe der Diffusion von Wassermolekülen erfolgen. Bei Meerwasser in der Lunge ist die Konzentration der Wassermoleküle in der Lunge geringer als im anliegenden Gewebe, sodass es zur Plasmolyse kommt. Sprich, Wasser strömt aus den Gewebezellen aus und füllt die Lunge weiter.

Auch beim Ertrinken im Süßwasser gelangt Wasser in die Lunge. Dort ist die Konzentration der Wassermoleküle aber höher als in den Zellen des anliegenden Gewebes. Um diesen Unterschied auszugleichen, diffundieren Wassermoleküle aus dem Lungengewebe in die Erythrozyten, die roten Blutkörperchen, welche dadurch letztendlich platzen. Der Vorgang wird Deplasmolyse genannt.

In dem vorliegenden Fall stellt sich die Frage: Haben wir es mit einer Plasmolyse oder mit einer Deplasmolyse zu tun? Oder, um es auch Hauptkommissaren verständlich zu machen: Finden sich bei Lothar geplatzte oder ganze rote Blutkörperchen?«

Stocker hatte gebannt zugehört. »Und? Sind sie jetzt geplatzt oder nicht?«

»Das wissen wir erst, wenn wir sie unter dem Elektronenmikroskop sehen. Die Proben habe ich schon in die Uni geschickt. Die Vorbereitung für die Untersuchung dauert drei Stunden, und leider kann sich eine arme Gerichtsmedizin wie wir eine Apparatur, die dafür notwendig ist, nicht leisten. Wir müssen also raus zur Uni fahren. Professor Rausch hat uns für heute Abend einen Termin eingeräumt.« Göttler sah auf die Uhr. »Wir sollten uns beeilen. Er ist nur bis zwanzig Uhr verfügbar.«

Sie fuhren die Gögginger Straße stadtauswärts und dann weiter die Friedrich-Ebert-Straße hinunter. Kurz nach der Autobahnbrücke bogen sie auf das Gelände der Uni ab und hielten wenig später vor dem Gebäude des Physikalischen Institutes.

Professor Rausch, ein kleiner, unscheinbarer und wortkarger Mann, empfing sie in seinem Büro. Göttler erklärte ihm kurz ihr Anliegen und die Hintergründe. Rausch stand wortlos auf und bedeutete ihnen, ihm zu folgen. Die kleine graue Katze schien er gar nicht wahrgenommen zu haben. Durch eine Vielzahl von Gängen führte er sie in einen Raum, der von einem Transmissionselektronenmikroskop beherrscht wurde.

Während der Wissenschaftler die vorbereitete Schnittprobe entnahm und in das Transfersystem der Probenkammer einbrachte, ließ er sich zu einer Erklärung hinreißen. »Betrachtet man eine lichtmikroskopische und eine elektronenmikroskopische Aufnahme von Erythrozyten, so stellt man sehr schnell fest, dass bei der Lichtmikroskop-Aufnahme auch bei maximaler viertausendfacher Vergrößerung kaum Details erkennbar sind. Bei der Elektronenmikroskop-Aufnahme erreicht man bei gleicher Vergrößerung eine viel höhere Auflösung. Bei einem Mikrometer ist es dann eindeutig möglich, eine Deformation der roten Blutkörperchen festzustellen.« Er machte Platz, um Göttler einen Blick durch das Okular zu ermöglichen.

Als sich dieser aufrichtete, spiegelte sich etwas wie Genugtuung in seinem Gesicht wider. »Sie sind ganz. Die roten Blutkörperchen sind tatsächlich ganz. Ich hatte recht, Lothar ist nicht im Süßwasser ertrunken. Meine Fresse, Florian, das ist der Beweis.«

Kurz darauf saßen sie in Stockers Dienstwagen und starrten auf das vor ihnen liegende Gebäude, wo in einigen Labors schon die ersten Lichter angingen. Der Commissario dachte angestrengt nach, Göttler, der diesen Gesichtsausdruck seines Freundes kannte, schwieg. Kassandra hatte sich auf dem Rücksitz zusammengerollt, beobachtete Stocker jedoch aus einem Auge. Mehrere Minuten vergingen, bis dieser das Schweigen brach. »Und jetzt?«

»Ich habe Hunger«, sagte Göttler.

Stocker drehte sich mit einem Ruck nach rechts. »Kannst du eigentlich nur ans Fressen denken?«

»Entschuldige bitte, aber ich habe seit dem Frühstück nichts mehr gegessen. Und du weißt ganz genau, dass ich bei schlechten Nachrichten immer Hunger kriege.«

Stocker schüttelte den Kopf. »Der Kerl ist unmöglich! Okay, fahren wir ins ›Poccini‹.« Er griff zum Handy, rief eine Nummer aus dem Verzeichnis auf und drückte die Wähltaste. Es dauerte ein paar Sekunden, bis sich Ina meldete. »Was machst du gerade?«

»Ich sitze mit einem Buch und einem Glas Wein auf der Couch.«

»Lothar Sallinger ist vermutlich ermordet worden.«

Ina atmete hörbar ein.

»Wenn du mehr wissen willst, komm ins ›Poccini‹. Johann ist nämlich gerade kurz davor, den Hungertod zu sterben.«

»Bis gleich«, sagte sie und legte auf.

Pomodori al parmigiano

Stocker parkte direkt vor seinem Haus in der Maximilianstraße. »Wir gehen zu Fuß runter. Nachher bin ich garantiert nicht mehr nüchtern, und du pennst ja sowieso bei mir.«

»Warum sollte ich nüchtern bleiben, wenn du dir einen lötest?« Sie wandten sich nach links und gingen die Maximilianstraße entlang. Kurz darauf bogen sie in das Kaffeegässchen, querten die Dominikanergasse und liefen schließlich das Butzenbergele hinunter, wo sich Stocker wie üblich über die Graffiti an den Häuserwänden des engen Gässchens aufregte. An dessen Ende ließen sie Nikos »Tavernaki« rechts liegen. Wie immer herrschte dort Hochbetrieb. Zwischen Olivenbäumen saßen die Augsburger, die es geschafft hatten, sich einen Platz an den wenigen blau gestrichenen Tischchen zu erobern, und genossen griechische *mezés*. Stocker und Göttler liefen weiter durch das Gewirr von Klein-Venedig bis zum »Poccini«. Der Italiener war ein Geheimtipp. Ganze luftgetrocknete Schinken und Würste hingen von der Decke des Lokals. Ein Duft von Kräutern, Knoblauch, Brot, Sugo und Wein erfüllte den Raum.

»*Buonasera, commissario. Buonasera, Johann. Come stai?*«

»*Nella merde*«, antwortete Göttler.

Marco Cavalcone sah irritiert von ihm zu Stocker. Dann fuhr er sich mit den Fingern durch sein halblanges pomadisiertes Haar und ging in die Hocke, um Kassandra zu streicheln. »*Ciao, ragazzina.* Heute brauchste du keine Angst um deine Unschuld zu haben, meine Kater iste unterwegs auf Tour.« Als er sich wieder aufrichtete, sah er in die ernsten Gesichter von Göttler und Stocker. »Ihr guckte aus die Wäsche, als wäre jemande gestorben.«

»Und damit hast du den Nagel auf den Kopf getroffen.«

»Oje. Setzt euch dahinten hin. Ich bringe zwei Grappa.«

»Lieber gleich die ganze Flasche.«

»*Santa Maria e dodici Apostoli.*« Marco Cavalcone bekreuzigte sich und eilte hinter die Theke.

Als er sich kurz darauf zu ihnen an den Tisch setzte, hielt er drei

Wassergläser in der rechten und eine kleine bauchige Flasche in der linken Hand. Wortlos schenkte er ein und prostete den beiden Männern zu. »Also, was iste passiert, eh?«, flüsterte er. »Erzähl du, Florian. Aber mach es kurz, ich hab Hunger«, warf Göttler ein, worauf ihn ein böser Blick seines Freundes traf.

Dieser brachte im Telegrammstil den Italiener auf den aktuellen Stand.

»*Merda*«, war dessen einziger Kommentar.

Als Göttler Cavalcone mit einem halb verhungerten Blick ansah, erwachte der Wirt in ihm zum Leben.

»Commissario, bevor es zweite Leiche gibt, gestorben an Hunger«, er sah Göttler mitleidig an, »haben wir heute *pomodori a la parmigiano* im Angebot, eh?« Er zog wie fragend die Schultern nach oben.

»Du rettest mir das Leben, Marco. Dafür obduziere ich dich mal umsonst«, sagte Göttler.

Cavalcone warf ihm einen verständnislosen Blick zu und verschwand dann in der Küche.

Stocker betrachtete seinen Freund kopfschüttelnd von der Seite.

Kurz darauf kam der Wirt, ein großes Tablett balancierend, an ihren Tisch zurück. Er platzierte die heißen Teller zwischen das Besteck und stellte eine Auflaufform mit acht überbackenen großen Tomaten mitten auf den Tisch, bevor er einen dunkelroten Brunello in die beiden Weingläser goss. »*Buon appetito.*«

»Mein Gott«, entfuhr es Göttler, sodass Stocker direkt lachen musste.

»Dabei musst du nicht mal ein schlechtes Gewissen haben, das Gericht besteht nur aus Tomaten, massig Butter und Parmesan.«

Plötzlich sprang Kassandra auf und lief mit einem Maunzen in Richtung Eingang, in dem fast im selben Moment Ina auftauchte. Die bückte sich, nahm die kleine Katze auf den Arm und steuerte auf den Tisch ihres Vorgesetzten zu. Die irritierten Blicke der restlichen Gäste registrierte sie nicht.

»*Ciao*, Ina.« Marco Cavalcone grinste von einem Ohr zum anderen. »Auch ein Kleinigkeit zu esse und eine Schluck Brunello?« Er wartete ihre Antwort nicht ab und brachte bereits im nächsten Moment einen Teller, Besteck und ein großes Rotweinglas an den

Tisch. Mit dem Vorlegebesteck nahm er eine gefüllte Tomate aus der Auflaufform und ließ sie auf Inas Teller gleiten.

»Hoffentlich kommen nicht noch mehr zum Essen«, murmelte Göttler leise, doch nicht leise genug. Ein strafender Blick Stockers traf ihn von der Seite.

Ina dagegen ließ sich den ersten Bissen auf der Zunge zergehen und sagte dann mit einem Blick auf den Gerichtsmediziner: »Fantastisch, aber ich glaube, das macht dick.«

»Und wie!«, steuerte Stocker bei.

Nach der *primo piatto* brachte Cavalcone ungefragt drei kleine Teller und einen großen, auf der sich Profiteroles zu einer Pyramide stapelten.

»Gleich sterbe ich«, stöhnte Göttler.

»Mach keine leeren Versprechungen«, grinste Stocker.

»Apropos sterben«, warf Ina ein und sah ihre Gegenüber an. »Bin ich eigentlich nicht aus anderen Gründen hier als zum Essen?«

Göttler blickte betreten, bevor er sich einen zweiten Grappa einschenkte und ihn in einem Zug hinunterkippte.

»Lothar ist offensichtlich nicht dort gestorben, wo man ihn gefunden hat. Seine Lungen waren ursprünglich mit Salzwasser gefüllt.« Inas hochgezogene Augenbrauen veranlassten ihn, den Sachstand ausführlicher zu erläutern.

»Angenommen, er ist im Meer ertrunken«, sagte Ina, nachdem Stocker geendet hatte, »warum hat ihn dann jemand anschließend in das Klärbecken geworfen? Und wer?«

Die Antwort blieb Stocker ihr vorläufig schuldig, denn in dem Moment öffnete sich die Eingangstür der Trattoria, und ein Mann in einem eleganten braunen Einreiher mit rosafarbener Krawatte und ebensolchem Einstecktuch betrat das Lokal. Doch nicht die Person an sich, sondern Kassandras unterdrücktes Fauchen ließ Stocker aufsehen. »Oh Gott«, flüsterte er, woraufhin auch Ina und Göttler in Richtung Eingangstür blickten.

Staatsanwalt Detlef Horn sah sich orientierend im Lokal um, den rechten Arm um die Hüfte einer sehr attraktiven Blondine gelegt.

»Und ich dachte, der ist andersrum«, meinte Göttler trocken.

»Hast du eine Ahnung. Der ist, was Frauen betrifft, unschlagbar«, sagte Stocker, was einen kritischen Blick von Ina zur Folge hatte.

Detlef Horn nahm die kleine Gruppe wahr und steuerte auf deren Tisch zu, wobei er seine Begleiterin stehen ließ, was Marco Cavalcone sofort zu nutzen verstand.

Stocker reagierte geistesgegenwärtig und deutete nach unten, wobei er mit den Lippen das Wort »Katze« formte.

Just in dem Moment tauchte Kassandras Köpfchen neben einem Tischbein auf, und noch ehe der Staatsanwalt sich's versah, trippelte sie schon auf ihn zu.

Die Wirkung war verblüffend: Detlef Horn blieb wie angewurzelt stehen. Die Erinnerung an seine allergische Reaktion während einer Besprechung im Fall Weinsberg, als Stocker Kassandra mit in sein Büro gebracht hatte, war ihm noch sehr lebendig im Gedächtnis.

»Kassandra, bitte komm zurück, wir wollen dem Herrn Staatsanwalt doch nicht den Abend verderben!«, rief Stocker mit gedämpfter Stimme.

Die Katze blieb stehen und blickte zu Horn auf, dem der gestärkte Hemdkragen bereits sichtlich zu eng wurde. Dann drehte sie sich um und schien, wie es Ina vorkam, Stocker regelrecht anzugrinsen.

Detlef Horn quittierte Stockers Entgegenkommen mit einem gequälten Lächeln, während er sich langsam umdrehte, um sich zu seiner attraktiven Begleitung zurückzuziehen. Letztere war inzwischen von Marco Cavalcone nach allen Regeln der Kunst umtänzelt worden.

»Du bist mir noch eine Antwort schuldig«, nahm Ina den Faden wieder auf.

»Entschuldige, natürlich. Was hast du gefragt?«

»Warum bringt man einen im Meer Ertrunkenen an einen anderen Ort, wo er mit Sicherheit gefunden wird? Warum lässt man ihn nicht dort, wo er ertrunken ist? Und sollte Lothar Sallinger tatsächlich ermordet worden sein, warum hat man dann seine Leiche nicht einfach verschwinden lassen?«

»Vorschlag meinerseits«, erwiderte der Commissario, »wir setzen das Gespräch bei mir fort, denn der schöne Detlef hat Ohren wie ein Luchs, und ich habe keine Lust, dass er morgen bei Wörner nachfragt, was wir ausbrüten.«

»Einverstanden, aber nimm noch eine Flasche von dem Brunello mit«, stimmte Göttler zu.

Sie verließen das Lokal, wobei Göttler es sich nicht verkneifen konnte, dem Staatsanwalt noch einen »schönen Abend« zu wünschen.

Der Peinlichkeiten nicht genug, griff er auf dem Heimweg Stockers Bemerkung über Detlef Horn wieder auf. »Woher weißt du eigentlich, dass der schöne Detlef so ein toller Hecht ist? Läuft da etwa so eine Art Wettbewerb zwischen euch?«

»Das würde mich auch mal interessieren«, bohrte auch Ina nach.

»Ihr seid unmöglich, wisst ihr das? Mein Vater hatte Zugang zu gewissen gesellschaftlichen Augsburger Kreisen, deshalb habe ich das oft zweifelhafte Vergnügen, als sein Quasi-Nachfolger zu deren Treffen, Partys, Vernissagen und was auch immer für Veranstaltungen eingeladen zu werden.«

»Bestimmt in erster Linie deshalb, weil du seine Kohle geerbt hast. Und in zweiter, weil du bei der Damenwelt so beliebt bist«, fuhr Göttler dazwischen.

»Richtig, auch wenn es dich vor Neid zerreißt. Jedenfalls gehört Detlef ebenfalls zu diesem Klüngel, also läuft man sich auch nach der Arbeit ab und an über den Weg. Ich sage nur so viel: Wenn der allein kam, ist der nie auch allein wieder gegangen. Reicht das?«

Zwischenzeitlich hatten sie die Maximilianstraße erreicht und waren mit dem Lift in Stockers Loft im Dachgeschoss hinaufgefahren.

Während der Commissario den Wein dekantierte, schob Göttler Vivaldis »La Stravaganza« in den CD-Player. Ina hatte sich auf der überdimensionalen Rattancouch mit angezogenen Beinen niedergelassen und streichelte Kassandra, die sich neben ihr eingerollt hatte.

»Also«, begann Stocker, »dann lasst uns auf den Tatbestand zurückkommen, dass jemand Lothar ermordet, die Leiche aber nicht verschwinden lässt, sondern sie bewusst auf das Unternehmensgelände zurückbringt und so drapiert, dass sie gefunden werden muss. Der beziehungsweise diejenigen können für ein solches Verhalten meines Erachtens nur einen Grund gehabt haben: Abschreckung.«

Er nahm einen Schluck Brunello und ließ ihn genießerisch lange auf der Zunge verweilen.

»Du meinst, das war als Warnung für das Personal der griechischen Fabrik gedacht?«, hakte Ina nach.

»Nach momentanem Kenntnisstand sehe ich das so«, bestätigte Stocker.

»Und dann wird mein griechischer Kollege gebeten, so schnell wie möglich einen Totenschein auszustellen«, fügte Göttler hinzu. »Er führt eine Autopsie durch, die bei ausländischen Leichen zwingend ist, spült die Lungen und glaubt, damit die Hinweise auf den wirklichen Tatort beseitigt zu haben. Auf die Idee, dass sich in Deutschland einer die Erythrozyten unter dem Elektronenmikroskop ansehen könnte, ist er vermutlich nicht gekommen. Ein Fehler von unserem Mikis Korruptopoulos.«

»Woher kennst du denn den Namen deines griechischen Kollegen?«, fragte Ina.

»Ina, Korrupt…opoulos, klingelt es jetzt bei dir?« Göttler grinste. »Der hat das bestimmt nicht ohne eine gewisse, lass es mich so ausdrücken, finanzielle Zuwendung getan.«

»Jetzt kenn ich dich schon so lange und fall immer noch auf deinen Stuss rein«, lachte sie kopfschüttelnd, wurde aber gleich darauf wieder ernst. »Wie machen wir jetzt weiter? Wir wissen, dass euer Freund etwas entdeckt hat, was ihn das Leben kostete. Und dass dieses Wissen nicht ans Licht kommen darf, denn sonst hätte man die Leiche nicht zur Abschreckung ins Klärbecken geworfen. Offiziell ein Unfall, aber jeder in der Fabrik weiß, dass es Mord war.«

Stocker richtete sich auf und fuhr sich mit beiden Händen durchs Haar. »Wir haben drei Ansatzpunkte. Der erste ist der Kollege von Lothar, der den Brief nach Deutschland geschmuggelt hat. Ich muss herausfinden, was der weiß. Der zweite ist Vasílis Makris. Wenn einer mitkriegt, was vor Ort läuft, dann er.« Stocker machte eine Pause und nahm einen weiteren Schluck Wein.

»Und der dritte?«, warf Göttler ein.

»Dein Gerichtsmediziner in Athen. Nur er weiß, wer ihn geschmiert hat.«

Ein Lächeln huschte über Inas Gesicht. »Und mit der AGeKon

gibt es noch einen vierten Ansatzpunkt. Vielleicht besteht ja ein Zusammenhang zwischen den Ereignissen in Griechenland und gewissen Interessen hier in Deutschland?«

»Stimmt!« Stocker klatschte in die Hände, sodass Kassandra erschrocken hochfuhr. »Ich werde mich zuerst weiter um den unbekannten Briefzusteller kümmern. Ina, du schaust, dass du so viel Informationen wie möglich über den Konzern recherchierst, und du, Johann, setzt dich mit deinem Korruptopoulos in Verbindung und versuchst, durch dämliches Fragen etwas herauszubekommen. Dürfte dir ja nicht schwerfallen.«

»Was genau jetzt?«, fragte Göttler argwöhnisch.

»Dämlich zu fragen«, grinste Stocker.

Nachdem Ina gegangen war, versuchten die beiden Zurückgebliebenen, das weitere Vorgehen zu präzisieren, währenddessen noch zwei Flaschen Tolos Cru Montepulciano ihr achtjähriges Leben aushauchten. Jedoch nicht, ohne sich an den Tätern mit ihren jeweils vierzehn Komma fünf Volumenprozent Alkohol zu rächen.

Der Postmann

Stocker hatte schon geduscht, als Johann Göttler ins Badezimmer geschlichen kam. Nachdem dieser seinen Rasierapparat ergriffen hatte, begann er mit den Worten »Ich kenn dich nicht, aber ich rasier dich trotzdem« langsam mit der Rasur.

»Mit deinen Augenringen siehst du aus wie dein eigener Groß-vater«, spottete Stocker.

»Tu mir einen Gefallen und schrei nicht so.«

»Ich mach dir jetzt einen dreifachen Espresso mit Zitronen-saft. Ein Spezialrezept von meinem albanischen Freund Hajri. Schmeckt wie vollgepinkelte Wolldecke, aber die Kopfschmerzen sind hinterher weg.«

Göttler sah seinen Freund aus rot geränderten Augen an. »Sag bloß, du hast in Albanien auch schon dein kriminalistisches Un-wesen getrieben?«

»Eigentlich war die Angelegenheit eher privater Natur.«

»Eine Albanerin also? Warum habe ich das nicht mitgekriegt? Komm, erzähl schon.«

»Blödmann. Ich geh schnell Semmeln holen. Bin in fünf Mi-nuten zurück. So lange brauchst du ja mindestens noch, damit du dich wieder unter die Leute trauen kannst.«

Sie nahmen ein kurzes Frühstück zu sich, und Göttler stürzte den Zitronen-Espresso mit Todesverachtung hinunter.

Kurz darauf brachen sie auf. Bevor Stocker seinen Freund vor der Gerichtsmedizin aus dem Wagen ließ, nahmen sie einen kur-zen Umweg und fuhren an der Hauptverwaltung der AGeKon vorbei, wobei Stocker versuchte, sich die örtlichen Gegebenhei-ten einzuprägen. Dem Möbelwagen vor der Hauptverwaltung, der die Hälfte der Straße blockierte, maß er keine Bedeutung bei.

Als er zwanzig Minuten später das Polizeipräsidium betrat, holte er sich die Kopie der nächtlichen Kameraaufzeichnung und betrat kurz darauf sein Büro. Er legte die CD in sein PC-Laufwerk und ließ die Sequenz mehrere Male durchlaufen. »Hoffentlich erkenne ich den Typen heute Abend«, murmelte er.

»Du vielleicht nicht«, ließ sich Kassandra vernehmen, die ebenfalls den Bildschirm fixiert hatte, »ich schon.«

Irritiert sah Stocker sie an. »Und warum du?«

»Weil ich eine Katze bin und ganz andere Dinge wahrnehme als ihr Menschen und weil dein Zielobjekt das linke Bein nachzieht.«

Stocker spulte zurück und sah sich die Szene nochmals an. »Tut mir leid, Süße, aber das kann ich beim besten Willen nicht erkennen.«

»Weil du keine Katze bist, sag ich doch. Auch wenn du mit uns sprechen kannst, verfügst du nicht über unsere Sinne.« Damit sprang sie auf das Fensterbrett und rollte sich ein.

Punkt sechzehn Uhr schloss Stocker die Akte, an der er gerade gearbeitet hatte. »Wach auf, du faule Nuss«, dachte er und lachte, als sich ein Katzenauge langsam öffnete und ihn vorwurfsvoll ansah. »Siehst du, das ist der große Nachteil, wenn man Gedanken lesen kann.«

Kassandra erhob und streckte sich, indem sie die Vorderpfoten weit vor ihren Körper setzte und das Hinterteil nach oben reckte. Dann sprang sie vom Fensterbrett und folgte Stocker nach draußen.

Der dunkelblaue Audi passierte die Brücke südlich vom Hauptbahnhof und bog Minuten später am Königsplatz in die Schießgrabenstraße ein. Stocker fuhr langsam bis zum Gebäude der Augsburger Tourismus GmbH und parkte den Wagen so, dass er den Sitz der Hauptverwaltung der AGeKon schräg gegenüber im Blick hatte. Das Haus stammte noch aus der Gründerzeit, war dreistöckig mit großen Fenstern und Stuckornamenten an der Fassade.

Sein Vorhaben glich einem Vabanquespiel, aber es gab keine Alternative, ohne die Deckung frühzeitig aufgeben zu müssen. Zumal man noch nicht wusste, wer der eigentliche Feind war, wenn es denn überhaupt einen gab. Gegen sechzehn Uhr dreißig verließen die ersten Mitarbeiter das Gebäude.

Kassandra hatte sich auf Stockers Schoß gesetzt und blickte

unter dem Lenkradkranz hindurch auf die Gegenseite der breiten, mittig mit Bäumen bepflanzten Allee.

Kurz nach siebzehn Uhr erschien plötzlich eine Hand in Stockers Blickfeld, hob den Scheibenwischer an und klemmte einen rot-weißen Wisch darunter. Als der Commissario durch das Seitenfenster blickte, sah er eine Dame des Ordnungsamtes, die gerade Block und Stift wieder in ihrer Tasche verstaute. Er öffnete die Autotür und stieg aus. Während er mit der Rechten Kassandra auf die Motorhaube setzte, fischte er mit der Linken das Strafmandat unter dem Scheibenwischer hervor und hielt es der jungen Frau unter die Nase. »Mit Dank zurück. Ich bin von der Polizei und stehe hier nicht zu meinem privaten Vergnügen.«

Als sie aufsah, blickte Stocker in zwei rehbraune Augen in einem auffallend hübschen Gesicht, wie er sich sofort eingestehen musste.

»Schon klar«, erwiderte sie ohne das geringste Anzeichen einer Gemütsbewegung. »Und ich bin die Königin von Saba.«

»Dafür haben Sie sich aber sehr gut gehalten.« Mit einem charmanten Lächeln wollte er gerade noch ein weiteres Kompliment hinterherschieben, als er Kassandras Stimme vernahm: »Großer, da kommt unser Hinkebein.«

Eine einzelne Person hatte gerade die Konzernzentrale verlassen und ging in Richtung Innenstadt.

»Verzeihung«, wandte sich Stocker rückwärtslaufend an sein attraktives Gegenüber, »aber ich muss Sie jetzt leider verlassen.«

»Und ich lasse Sie abschleppen!«, rief sie ihm nach.

Er drehte sich im Laufen erneut um, lächelte sie an und hob die Schultern. Dann sprintete er seiner Katze nach, die hinter einem grauen Trenchcoat schon auf Höhe der Kapuzinergasse war.

Das halblaute »Blödmann!« der Politesse bekam Stocker nicht mehr mit. Als er zu Kassandra und dem Unbekannten aufgeschlossen hatte, zischte er leise: »Bist du dir sicher?«

»Hab ich mich diesbezüglich schon mal geirrt?«, kam es arrogant zurück.

Der Verfolgte schwenkte zielstrebig auf den Königsplatz ein und blieb vor der Haltestelle der Linie 6 Richtung Friedberg stehen.

Als die Tram zwei Minuten später hielt, hob Stocker seine Katze hoch und drängte sich direkt hinter der Zielperson in den Wagen. Er fand einen freien Platz ihr schräg gegenüber und hatte so die Möglichkeit, den Mann zum ersten Mal von vorne in Augenschein zu nehmen. Er konnte durchaus der Postbote von vorletzter Nacht sein. Er war klein, höchstens eins fünfundsechzig groß, feingliedrig, circa sechzig Jahre alt. Auf seinem schmalen Gesicht lag eine gewisse Anspannung.

Sie passierten das Rote Tor vor der Freilichtbühne, und Stocker musste unwillkürlich an jene spektakuläre »Tosca«-Aufführung denken, deren Ende in einem frenetischen Gejohle und Gelächter des Publikums untergegangen war. Um Toscas »Todessturz« von den Zinnen der Engelsburg abzufedern, hatte man ein Trampolin hinter die Kulissen gestellt. Doch die wohl etwas zu üppige Diva hatte konsequent der Schwerkraft getrotzt und war immer wieder durch das Trampolin nach oben katapultiert worden, wobei ihr erstauntes Gesicht mehrmals wieder über den Zinnen aufgetaucht war.

Acht weitere Haltestellen später überquerte die Tram die Afrabrücke, die über den Lech führte, und erreichte nach zwei Kilometern die Endstation.

Stocker nahm Kassandra auf den Arm und folgte dem Mann in den Anschlussbus nach Friedberg. Er hatte Glück und fand einen freien Platz ihm direkt gegenüber. Er wartete, bis der Bus den Anstieg zum Stadtzentrum hinauf hinter sich hatte, dann zog er den zerknitterten Brief aus der Tasche und ließ ihn wie zufällig auf den Boden fallen. Er bückte sich, hob den Umschlag auf und hielt ihn dem Mann direkt unter die Nase, sodass die Schrift auf dem Kuvert deutlich erkennbar war. »Verzeihung, aber ich glaube, der gehört Ihnen.«

Der Unbekannte starrte auf den Brief, und alle Farbe wich aus seinem Gesicht. Die Augen verrieten Panik. Entsetzt blickte er Stocker an und schüttelte stumm den Kopf.

Der Commissario erwiderte den Blick. Im selben Moment hörte er eine Stimme neben sich.

»Den Fahrausweis bitte.«

Der kleine Unbekannte witterte seine Chance, als sich die Bustür mit einem Zischen öffnete. Schnell stand er auf und wollte aussteigen, doch ein Aufschrei ließ ihn sich umsehen.

Stocker hatte ebenfalls versucht aufzustehen, doch der Kontrolleur drückte ihn auf den Sitz zurück. Blitzschnell griff der Commissario nach dessen Hand und bog sie schmerzhaft nach hinten, wobei er sich erhob und dem Verdutzten seinen Ausweis direkt vor das Gesicht hielt. Dann war er mit zwei Schritten bei dem Trenchcoat, fasste ihn am Ärmel und schob ihn mit den Worten »Raus hier!« aus dem Bus.

Er bugsierte den jetzt völlig apathisch Wirkenden von der Haltestelle am Marienplatz in Richtung Altstadtcafé Weißgerber mit seiner roten und weißen Fassade. Stocker wählte einen Tisch im Freien direkt neben der Stadtpfarrkirche St. Jakob, und beide bestellten.

Als er den Brief auf den Tisch warf, sah ihn der kleine Mann fragend an. Stocker klappte seinen Dienstausweis auf und legte ihn auf den Umschlag.

Nachdem die Bedienung über die Straße geeilt war und zwei große Cappuccino vor ihnen abgestellt hatte, kleckste Stocker etwas von dem Milchschaum mit dem Löffel auf die Untertasse und stellte diese neben Kassandra. »Ich hoffe, Sie haben sich damit davon überzeugen können, dass ich derjenige bin, für den dieser Brief gedacht war«, begann er das Gespräch. »Sie waren in Griechenland, kamen vorvorletzte Nacht zurück und haben dieses Schreiben in den Postkasten der Polizeidirektion geworfen. Um mein ruppiges Vorgehen zu verstehen, müssen Sie wissen, dass Lothar Sallinger tot ist.«

Sein Gegenüber hielt sich die Hand vor den Mund, beugte sich dann vor und fragte mit einem trotzigen Unterton in der Stimme: »Wie haben Sie mich überhaupt gefunden?«

»Ich bin Polizist«, erwiderte Stocker trocken. »Und ich war Lothars Freund. Nach allem, was ich bis jetzt weiß, vermute ich, dass er umgebracht wurde. Und ich werde herausfinden, warum und von wem. Dafür werden Sie mir jetzt erzählen, was Sie wissen und wer Sie sind.« Er lehnte sich zurück und wartete. Es dauerte über eine Minute, bevor der andere antwortete.

»Mein Name ist Bantleon, Frank Bantleon. Ich bin Controller

bei der AGeKon und in dieser Position auch zuständig für die Konzerntöchter, unter anderem für den Betrieb in Griechenland. Ich war die ganze letzte Woche vor Ort, um mit Lothar Sallinger die Kalkulationen für die Ersatzinvestitionen durchzugehen. Sonntagnacht bin ich zurückgekommen. Herr Sallinger hatte mich gebeten, diesen Brief mit nach Deutschland zu nehmen und ihn in den Briefkasten der Polizeidirektion zu werfen. Das ist alles.«

»Warum haben Sie dann solche Angst?«

»Ich habe keine Angst, warum sollte ich?«

»Ja, warum? Genau das wüsste ich gern von Ihnen. Vermutlich liegt darin auch der Grund für Lothars Tod. Hören Sie gut zu, Herr Bantleon, entweder erzählen Sie mir freiwillig, was Sie wissen, oder ich lasse Sie direkt aus der Konzernzentrale zur Vernehmung abholen.«

»Dann müssen Sie sich aber beeilen. Meine letzten Tage sind gezählt. Vorruhestand.« Ein zaghaftes Lächeln huschte über sein Gesicht, bevor der Trotz wieder die Oberhand gewann. »Außerdem wird der Konzernsitz hier aufgelöst. Der Alte verlegt den Laden auf sein Schlösschen nach Alterschrofen im Allgäu, damit er nicht immer pendeln muss. Dass damit die Mitarbeiter stundenlang im Auto sitzen oder umziehen müssen, ist ihm scheißegal.«

Vor Stockers geistigem Auge blitzte plötzlich das Bild des Möbelwagens vor der AGeKon-Zentrale auf, den er vormittags gesehen hatte.

Wider Erwarten fuhr Bantleon zögerlich und immer wieder stockend fort. »Ich wusste schon lange, dass mit dem Unternehmen in Griechenland etwas nicht stimmen kann. Aber dazu muss ich weiter ausholen.« Er zerbröselte seinen auf der Untertasse liegenden Keks, ohne dies zur registrieren. »Die Fabrik wurde seinerzeit von einem Griechen errichtet. Der Mann selbst besaß eine Bau-, sein Sohn eine Beratungsfirma. Mit dem Bau der Fabrik in einer strukturschwachen und damit förderungswürdigen Region wurden EU-Gelder abgegriffen. Bei meinem zweiten Besuch, nach der Übernahme durch die AGeKon, bin ich auf alte Kalkulationen gestoßen, die wohl der Vernichtung entgangen sein müssen. Sie belegten, dass die Kosten sowohl für den Bau als auch für die Maschinenausstattung in der Planung viel zu hoch angesetzt waren. Bereits bei der Inbetriebnahme hatte der Investor sein Geschäft gemacht. An der eigentlichen Produktion bestand von seiner Seite kein Interesse mehr. Zwei Jahre später war der Laden dann auch schon pleite und fiel als Insolvenzmasse dem griechischen Staat anheim. Die Produktion wurde praktisch mit dem Drücken des Notschalters beendet, während noch die zuletzt abgefüllten Getränkedosen auf den Bändern standen.«

Bantleon nahm einen Schluck Kaffee, bevor er weiterredete: »Da man hier nach Strich und Faden beschissen hatte und sowohl die Bausubstanz wie auch die Qualität der Anlagen keinem akzeptablen Standard entsprachen, war das Unternehmen auch nicht verkäuflich und hing dem griechischen Staat wie ein Klotz am Bein. Allein die Instandhaltung verschlang eine Million Euro pro Jahr.

Vor zwei Jahren begann sich dann unser Konzern für die Ruine zu interessieren. Ich wurde beauftragt, eine Kalkulation zu erstellen. Das Ergebnis war eindeutig. Ein Return on Investment war nicht vor zehn Jahren zu erwarten. Damit wäre das Projekt eigentlich tot gewesen, doch dann erhielt ich von ganz oben die Anweisung, das Projekt entsprechend ›hinzurechnen‹. Als der Betrieb vom griechischen Staat versteigert wurde, waren wir übrigens der einzige Bieter und haben einundzwanzig Millionen für bröckligen Beton und marode Anlagen gezahlt. Das Seltsame ist, dass wir anfangs, vor dem Schönrechnen, auch mit genau diesem Betrag kalkuliert hatten.

Wie sich vor wenigen Wochen herausgestellt hat, waren meine damaligen Berechnungen noch zu optimistisch: In den letzten zwei Jahren hat der Laden jeweils drei Millionen Miese eingefahren. Doch dem griechischen Geschäftsführer scheint das vollkommen egal zu sein. Und auch hier in Deutschland werden meine Zahlen zur Kenntnis genommen, als wären sie schwarz statt tiefrot. Vom Aufsichtsrat keine Reaktion.

Da macht man sich so seine Gedanken. Als ich unten war, ist mir aufgefallen, dass fast jede Nacht Lkws auf das Firmengelände und auch wieder weggefahren sind, morgens dafür aber noch viel zu viele Paletten in der Halle standen. Zudem war nachts rund um die Ladehalle Security postiert. Ich habe Herrn Sallinger darauf angesprochen, doch er wollte mir nichts sagen. Und das ist alles, was ich zu dem Thema weiß. Irgendetwas geht da unten nicht mit rechten Dingen zu, aber ich gedenke nicht, mich da hineinziehen zu lassen. Ich habe Sallinger einen Gefallen getan, und das war's.« Eine Frage konnte sich Bantleon dennoch nicht verkneifen: »Was wollen Sie jetzt machen?«

Stocker sah den kleinen Mann nachdenklich an. »Das weiß ich noch nicht. Auf jeden Fall hat dieses Gespräch zwischen uns nie stattgefunden, und wir sind uns auch nie begegnet. Haben Sie mich verstanden?«

Bantleon nickte.

»Und jetzt gehen Sie.«

Der Trenchcoat hatte sich bereits erhoben, als Stocker fragte: »Sie sagten, das Projekt sei auf Anweisung von ganz oben ›hingerechnet‹ worden. Was bedeutet in dem Fall ›ganz oben‹?«

»Der Alte, Baron von Sperling.«

Gedankenverloren saß Stocker später in der Tram zurück in die Innenstadt. Kassandra schien auf seinem Schoß zu schlafen, doch der Eindruck täuschte. Sie war hellwach.

Am Theodor-Heuss-Platz stiegen sie aus und liefen die Schießgrabenstraße entlang zum Haus Nummer 17. Der Vorplatz war gähnend leer.

»Das gibt es doch nicht. Dieses rehäugige Luder hat mich tatsächlich abschleppen lassen.«

»Blöd, gell? Hat dein Charme gar nicht gewirkt«, kam es von unten.

»Ach, halt die Klappe. Dein dämlicher Kommentar hilft uns jetzt auch nicht weiter.« Er drehte sich um.

»Was machen wir jetzt ohne Auto?«, maunzte Kassandra hinter ihm.

»Ganz einfach: Wir fragen die Kollegen in der Frölichstraße, wo sie die Karre hingeschleppt haben.«

Doch so einfach war es nicht. Es dauerte geschlagene zweieinhalb Stunden, bis Stocker wieder in seinem Wagen saß – und das auch nur, weil die Beamten von der Streife Mitleid mit ihm gehabt hatten.

Er war hundemüde, als er vom Abstellplatz in Oberhausen zurück in die Innenstadt fuhr.

Adel verpflichtet

Als er am nächsten Morgen ins Büro kam, wurde er von seiner Sekretärin Cora schon mit einer Tasse Kaffee begrüßt, auf deren Untertasse ein kleiner Schokoladenkeks lag. Argwöhnisch blickte er auf den Keks und dann wieder auf Cora. Sie hatte ein schmales, blasses Gesicht, das von rotem Haar umrahmt wurde, und trug wie immer ein klassisch geschnittenes Kostüm.

»Was soll mir der Keks da sagen?«

»Ein kleines Trostpflaster. Wörner hat nämlich schon nach Ihnen gefragt, und er war nicht gerade gut gelaunt.«

»Der kommt schon wieder runter, allein bedingt durch die Schwerkraft.«

In dem Moment rollte Wörner auch schon schnaufend um die Ecke. »Stocker, was hat *er* denn gestern Abend so alles getrieben? Eine Politesse beleidigt, seinen Dienstwagen im absoluten Halteverbot geparkt, von wo er auch prompt abgeschleppt wurde, einen Kontrolleur des AVV tätlich angegriffen und Streifenbeamte dazu missbraucht, seinen verlorenen Dienstwagen zu suchen. Reicht das, oder gibt es etwas, von dem ich noch nichts weiß?«

»Nein, das trifft es so ziemlich, Herr Polizeirat.«

»Als Kriminalbeamter eines Rechtsstaates sind Sie eine Katastrophe, Stocker. Bis Mittag will ich einen Bericht auf meinem Schreibtisch haben, lückenlos. Ach, und übrigens«, Wörner drehte sich nochmals um, »die Kollegen in Kempten haben bei uns um personelle Unterstützung angefragt. Meier ist ab sofort auf Abruf.«

»Nett, dass ich das auch erfahre.« Der Commissario wandte sich an Cora. »Wissen Sie, warum die uns auf einmal brauchen?«

Als die Sekretärin mit den Schultern zuckte, steckte Meier den Kopf durch die Tür. »Offiziell ein Virus.«

»Und inoffiziell?«, hakte Stocker misstrauisch nach.

»Chronischer Personalmangel.«

Wenige Minuten später erschien Ina in Stockers Büro. »Passt es gerade, oder willst du erst den Bericht schreiben?«, fragte sie mit ironischem Unterton.

»Es gibt wohl Wichtigeres als diesen Sch…bericht. Aber warte noch. Ich ruf den Leichenschnipsler an, sonst muss ich alles zweimal erzählen.« Stocker griff bereits zum Telefonhörer.

Eine halbe Stunde später betrat Göttler das Büro. »Tut mir leid, dass es ein bisschen länger gedauert hat, aber ich musste erst noch ein paar Innereien wieder an den richtigen Platz bringen. Du weißt, halbe Sachen liegen mir nicht.«

»Setz dich und lass mich bloß mit deinem Beuschel in Ruhe.«

Göttlers Gesicht hellte sich auf. »Mensch, da erinnerst du mich an was! Ich hatte schon lange kein Salonbeuschel mehr. Was hältst du davon, wenn wir am Samstag nach Salzburg auf ein Kalbsrahm-Beuscherl im K+K Restaurant am Waagplatz fahren?«

»Am Samstag esse ich Souflaki«, erwiderte Stocker.

»Hab ich was versäumt?«, ließ sich Ina vernehmen, die wieder ins Büro kam.

»Noch nicht. Setzt euch. Ich habe gestern Nachmittag den ›Postboten‹ interviewt.« Stocker begann, das Gespräch des gestrigen Abends wiederzugeben.

Ina saß bewegungslos auf dem Fensterbrett, Kassandra lag in ihrem Schoß und blickte Stocker aus gelben Augen wachsam an.

Nachdem er geendet hatte, zog Ina einen Stapel Papiere zu sich heran, überlegte es sich dann aber anders und beschloss, das Ergebnis ihrer Recherchen auswendig wiederzugeben. Sie hatte die Gabe, Details zu behalten, selbst wenn sie einen Text nur überflog. Diese Fähigkeit hatte Stockers Truppe in der Vergangenheit schon mehrfach wichtige Indizien geliefert.

»Nun zu meinem Teil«, begann sie. »Die AGeKon firmiert als AG und produziert Mineralwasser und alkoholfreie Getränke. Stammsitz und Firmenzentrale sind in Augsburg.«

»Waren«, warf Stocker ein.

Ina sah ihn fragend an. »Weiß da jemand schon wieder mehr als ich?«

»Der Firmensitz wird ins Allgäu verlegt. Aber davon habe ich auch erst gestern erfahren.«

»Dann weiter im Text«, nahm Ina ihre Ausführungen wieder auf. »Der Konzern besaß mehrere Tochterunternehmen im Allgäu, die aber bis auf eines aus Rentabilitätsgründen inzwischen wieder geschlossen sind. Trotzdem hält die Firma nach wie vor stille Beteiligungen an mehreren großen Mineralbrunnen in ganz Deutschland und besitzt eben auch noch den besagten Betrieb in Griechenland. Geschätzter Umsatz des Unternehmens: fünfhundert Millionen Euro pro Jahr.«

»In Griechenland?«, fragte Göttler ungläubig.

»Nein, dort machen sie offiziell nur Miese. Die fünfhundert Millionen beziehen sich auf die gesamte AG. Deren Aktien befinden sich zu zweiundneunzig Prozent in einer Hand, fünf Prozent verteilen sich auf ein Bankenkonsortium, und drei Prozent sind in Streubesitz.«

»Jetzt lass uns raten, wem die zweiundneunzig Prozent gehören. Unserem lieben Baron von Sperling!«, konstatierte Stocker.

»Das war jetzt aber eine große geistige Leistung«, maunzte Kassandra.

Stocker warf ihr einen bösen Blick zu, den sie ungerührt erwiderte.

»Alles klar zwischen euch?«, fragte Ina schärfer, als sie es eigentlich beabsichtigt hatte. Sie hob die Katze hoch, blickte ihr ins Gesicht und drehte sie dann in Richtung ihres Vorgesetzten. »Wenn ihr zwei Zoff habt, dann lasst mich da bitte raus.«

»Wir haben keinen Zoff«, sagte Stocker scheinheilig, während Kassandra leise fauchte.

»Darf ich jetzt fortfahren?«, fragte Ina rhetorisch. »Es gibt schließlich Wichtigeres als zickende Katzen.«

Das graue Etwas sprang demonstrativ von ihrem Schoß und verzog sich auf das zweite Fensterbrett, wo es sich einrollte und beleidigt tat.

Doch Stocker registrierte amüsiert die beiden gespitzten Ohren. »Warum sollte ein Unternehmen, das in Deutschland ansässig ist, einen maroden Laden in Griechenland kaufen beziehungsweise ersteigern? Bantleon zufolge wurde das Projekt auf Anweisung hingerechnet«, erklärte der Hauptkommissar. »Wir sollten an dieser Stelle ansetzen, womit wir bei Baron von Sperling wären.«

Ina lächelte. »Und da wird es interessant: Der Mann schwimmt im Geld. Sein Privatvermögen wird mittlerweile auf zwei Komma sieben Milliarden geschätzt. Zwar hält er sich stets im Hintergrund, gilt aber als einer der einflussreichsten Investoren in Deutschland und der Schweiz. Beteiligt ist er unter anderem an einer Hotelkette, einem Bauunternehmen, einer Versicherung und dem Mischkonzern OekoKon mit Sitz im Kanton Pfäffikon in der Schweiz mit einem geschätzten Jahresumsatz von drei Komma acht Milliarden Schweizer Franken. Dazu kommt noch Grundbesitz in einer kaum überschaubaren Größenordnung.«

»Und da gibt er sich mit einer popligen Kracherlbude in Griechenland ab? Da stimmt was nicht, das sieht doch ein Blinder mit dem Krückstock«, warf Göttler ein. »Wie kommt man übrigens an ein derartiges Vermögen?«

»Ganz einfach. Man erbt.«

»Ich bin ganz Ohr.«

»Also«, fuhr Ina fort, »ich habe mich bei einem Insider erkundigt. Der Wirtschaftsjournalist hat mir Folgendes erzählt: Der Großvater unseres Barons war ein kleiner Bankangestellter, der es jedoch bereits Anfang des 19. Jahrhunderts zum Prokuristen einer Privatbank brachte, die er später als Alleininhaber weiterführte. In der Hochindustrialisierungsphase des Deutschen Kaiserreichs machte er Karriere, indem er in den Ausbau der Infrastruktur Deutschlands investierte, was ihm die Erhebung in den Adelsstand einbrachte. Nach dem Tod des Firmengründers übernahm dessen Sohn die Bank und sämtliche Industriebeteiligungen. Bei der Machtergreifung der Nationalsozialisten war er bereits zu einer der Leitfiguren der deutschen Wirtschaft avanciert, auf die die Braunen notgedrungen setzen mussten. Es wird gemunkelt, von Sperling habe damals entscheidend zur Finanzierung des designierten Führers beigetragen.

Nach dem Anschluss Österreichs konnte er im Zuge der Arisierung mehrere jüdische Banken übernehmen und darüber seine Geschäfte im annektierten Sudetenland und später, im Laufe des Krieges, in der Tschechoslowakischen Republik und in Polen finanzieren.

Aufgrund von eingeleiteten Entnazifizierungsmaßnahmen verlor von Sperling 1945 seine wichtigsten Posten in den diversen Aufsichtsräten. Bis heute gehört er zur Riege all derer, die sich im Dritten Reich eine goldene Nase verdient haben.

Doch schon drei Jahre nach Kriegsende wurde von Sperling als Mitläufer eingestuft und hatte bereits 1950 wieder die meisten seiner ehemaligen Aufsichtsratsposten inne. Und im allgemeinen Wirtschaftswunder gelang es ihm, still und leise sein Imperium weiter auszubauen.

In den Achtzigern übernahm wiederum dessen Sohn August, unser jetziger Baron von Sperling, die Geschäfte seines Vaters und war gezwungen, seine Beteiligungen neu zu ordnen. Mit dem Inkrafttreten des Publizitätsgesetzes vom August 1969 war es nämlich auch für Personengesellschaften notwendig geworden, sämtliche Geschäftsergebnisse und Beteiligungen offenzulegen. August von Sperling führte also den Ansatz seines Vaters konsequent zu Ende und gründete eine Holding, in der er sämtliche Geschäfte bündelte und die sich mehr und mehr auf Immobilien fokussierte.

Noch immer kauft er Firmen mit Immobilienbesitz auf, so wie auch mit der AGeKon geschehen, vollzieht eine Realteilung und verscherbelt die neu gegründete Immobiliengesellschaft anschließend zu dem Preis, den er für den ganzen Klumpatsch gezahlt hat. Dann gründet er eine neue Immobiliengesellschaft, an die der zur reinen Betriebsgesellschaft degradierte Produktionsbetrieb Pacht zahlen muss. Ach ja, auch seine Bank hat er vor geraumer Zeit verkauft und das Geld bei der OekoKon angelegt. Das war's. Mehr hab ich im Moment nicht.«

»Mir reicht das schon«, stöhnte Stocker. »Scheint ja ein richtiges Herzchen zu sein, unsere Durchlaucht.« Stocker wandte sich an Göttler. »Und was hat dein Korruptopoulos erzählt?«

Der Gerichtsmediziner rutschte im Sessel nach unten und verschränkte die Hände hinter dem Kopf. »Erstens ist das nicht *mein* Korruptopoulos, und zweitens lügt der Typ. Von seinem Fach versteht er was, hat aber geglaubt, mich für dumm verkaufen zu können.«

»Und es ist ihm gelungen«, unkte Stocker.

»Er hat sich auf ein griechisches Gesetz berufen, das die Konservierung von Leichen vor der Rückführung zwingend vorschreibt. So weit stimmt das sogar. Deshalb hat er Lothar auch schön in Trockeneis gepackt.« Ein Blick zu Ina ließ ihn eine Entschuldigung murmeln. »Aber dann hat er argumentiert, der Inhalt der Lungen habe auch Wasser fäkalischen Ursprungs aus der Kläranlage enthalten. Um den Regularien der Konservierung zu entsprechen, habe er deshalb eine Lungenspülung vornehmen müssen. Das ist natürlich vollkommener Blödsinn.« Stocker lehnte sich nach vorne und fixierte seinen Freund mit seinem Blick. »Hat er geglaubt, dich für dämlich verkaufen zu können, oder glaubt er das immer noch? Das wäre wichtig zu wissen. Noch hat niemand eine Ahnung davon, dass wir aktiv ermitteln. Und dabei möchte ich es auch belassen.«

»Ich habe mich bei ihm für seine präzise Vorleistung bedankt und es bedauert, ihn überhaupt belästigt zu haben. Die Angehörigen hätten eine deutsche Obduktion beantragt, obwohl das in diesem Fall natürlich vollkommen überflüssig gewesen sei, blablabla. Ich denke, er hat es geschluckt.«

»Was bedeutet in dem Fall ›aktiv ermitteln‹?«, fragte Ina mit hochgezogenen Augenbrauen.

Stocker zögerte einen Moment. »Dass wir aktiv, aber vorerst inoffiziell ermitteln.«

»Und wie stellst du dir das vor? Wenn Wörner davon Wind bekommt, ist der Teufel los.«

»Schon klar, also wird er vorerst nichts mitkriegen. Ich nehme offiziell Urlaub, um der Bitte von Lothars Schwester nachzukommen, die Hinterlassenschaft ihres Bruders in Griechenland zu regeln.«

»Wunderbar«, fuhr Göttler dazwischen, »dann stehen die Chancen gut, dass ich dich Ende nächster Woche auf dem Tisch habe. Hättest du lieber einen T- oder einen Y-Schnitt?« Er zeichnete mit der rechten Hand die Linien der üblichen Schnitte bei Obduktionen nach. »Ach, und um Geld für deine Erben zu sparen, solltest du nur one way buchen«, ergänzte er seinen Einwurf.

»Du wirst lachen, das mache ich vielleicht auch. Dann bleibe ich da unten und lasse mir die Sonne auf den Pelz scheinen.«

»Herrlich«, grinste Göttler, »eine Zukunft ohne Commissario Stocker.«

»Ihr seid wie die kleinen Kinder.« Ina erhob sich und verließ das Büro.

»Die ist sauer«, meinte Göttler.

»Ja, aber diesmal auf dich. Noch eins: Kannst du meine Süße für die paar Tage nehmen?« Er deutete auf Kassandra.

»Aber sicher. Wir machen uns ein paar schöne Tage zusammen, gell?« Göttler zwinkerte Kassandra zu, die den Kopf auf die Vorderpfoten gelegt hatte und zu Stocker herüberschielte.

»Was verstehst du unter ›schönen Tagen‹?«, brummte der Hauptkommissar. »Faul herumliegen und sich den Bauch vollschlagen?«

»Genau«, echote es wie aus einem Mund beziehungsweise Schnäuzchen.

Als Stocker zwei Stunden später von Wörner zurückkam, legte er Cora einen unterschriebenen Urlaubsantrag und seine Kreditkarte auf den Schreibtisch und bat sie, ihm auf eigene Kosten einen Flug nach Athen und einen Mietwagen zu buchen.

Druckpunkt

Zwischen den Krüppeleichen und der unberührten Vegetation des Kosovo war er kaum auszumachen. Doch trotz seiner nahezu perfekten Tarnung hatte er es wieder nicht gewagt, sich auf weniger als tausend Meter dem Objekt zu nähern, da er eine Absicherung mit Sprengfallen vermutete. Schon seit Stunden lag er so, nahezu bewegungslos.

Lauter werdendes Motorengeräusch mischte sich mit den natürlichen Lauten der Umgebung. Ein weißer Landrover hielt vor dem lang gestreckten Gebäude und spuckte seine junge Fracht aus. Dann kehrte wieder die gleiche ursprüngliche Stille ein.

Doch er war es gewohnt zu warten. Schließlich wurde seine Geduld belohnt. Mehrere Männer in Tarnanzügen begannen, längliche Säcke in den Wald hinter dem Gebäude zu tragen. Er wusste, was sie enthielten.

Das Gelächter der zurückkehrenden Männer drang bis zu ihm hinauf, noch bevor er sie wieder sah. Automatisch zog er die M93 fester in die Schulterbeuge, dann füllte das erste Gesicht den Ausschnitt seines Zielfernrohres aus. Langsam nahm sein Zeigefinger den Druckpunkt des Abzuges wahr.

Griechischer Wein

Leichter Nebel lag über dem Erdinger Moos, als der Airbus A320 der griechischen Aegean Airlines mit viertelstündiger Verspätung von einer Startbahn des Münchner Flughafens abhob und in einer steilen Kurve Richtung Südosten abdrehte.

Gedankenverloren sah Stocker aus dem Fenster auf die Patchwork-Felder, die in den unterschiedlichsten Braun- und Grüntönen, unterbrochen vom Gelb der jetzt, Mitte Mai, blühenden Rapsfelder, schon weit unter ihnen lagen und dann nach und nach in die hügelige Voralpenlandschaft übergingen, um kurz darauf durch schroffe, teils schneebedeckte Felsmassive ersetzt zu werden. Graz blieb irgendwo hinter ihnen zurück, und die Maschine nahm Kurs auf Sarajevo.

Eine lächelnde Stewardess servierte ihm einen kleinen Imbiss und eine kleine Flasche Melissanthi, und beim Kaffee befand er sich bereits über dem Kosovo.

Als er das vorletzte Mal in Griechenland gewesen war, hatte die Route wegen des Kosovokrieges noch über Italien geführt. In der Zwischenzeit hatte sich politisch wie wirtschaftlich viel getan, doch die Spannungen zwischen den Bevölkerungsgruppen auf dem Balkan waren geblieben. In dem letzten Telefonat mit seinem albanischen Freund Hajri Elizaj hatte dieser sich besorgt über die Situation im Kosovo geäußert und darüber, dass sie auch seinen Geschäften schadete. Was für Geschäfte das waren, hatte Stocker in all den Jahren, die sie sich jetzt kannten, nie herausgefunden.

Von Mazedonien führte der Flug schließlich an Thessaloniki vorbei Richtung Athen.

Stocker war kurz eingenickt, als ihn die Stewardess antippte und bat, sich wieder anzuschnallen. Sie hatten die Reiseflughöhe verlassen und flogen bereits Richtung Südwesten aufs Meer hinaus. Unter Stocker zogen die Fähren von und nach Piräus weiße Schaumschleier in das ansonsten dunkelblaue Wasser, dann schwenkte der Airbus mit ausgefahrenen Landeklappen zur Landung ein. Kurz blinkte weiß die Akropolis im gleißenden Sonnenlicht auf, dann raste der Strand von Glyfada auf sie zu. Die Räder schienen die Dächer der mehrstöckigen Häuser fast zu berühren, bevor der große Jet mit einem Rumpeln aufsetzte und das Surren der Servos im lauten Klatschen der Passagiere unterging. Während die Fluggäste hektisch an ihm vorbeidrängten, um dann doch minutenlang im Gang zu stehen, bis die Rolltreppe von außen an die Kabinentür herangefahren wurde, zog Stocker in aller Ruhe seine Schuhe an.

Dann endlich öffnete sich die vordere Kabinentür, und die Schlange setzte sich in Bewegung. Ein Deutscher brüllte bereits ins Handy, nur um jemandem zu Hause mitzuteilen, dass er gerade gelandet war. Stocker verdrehte die Augen.

Als er auf die Rolltreppe hinaustrat, traf ihn die feuchte Schwüle wie eine Keule. Noch im Hinuntergehen zog er sein Sakko aus und legte es sich über die rechte Schulter. Bevor er in den Bus stieg, schweifte sein Blick über die lang gestreckten grauen Betongebäude des Eleftherios-Venizelos-Airport und den riesigen, dunkel verglasten Tower, der sie überragte.

Nachdem er seinen Koffer vom Gepäckband gefischt hatte, passierte er die Passkontrolle und steuerte das Hauptterminal mit den Schaltern der verschiedenen Mietwagenfirmen an, vorbei an der Nachbildung einer lebensgroßen griechischen Götterstatue, deren Marmorhintern durch die Berührungen Tausender lüsterner Hände wie ein Spiegel glänzte.

Eine halbe Stunde später saß Stocker im Mietwagen und öffnete alle Seitenscheiben. Der Golf war vor dem Gebäude in der prallen Sonne geparkt gewesen, und das Innenthermometer zeigte schlappe fünfundfünfzig Grad Celsius.

Es war bereits sechzehn Uhr Ortszeit, als Stocker den Flughafen Richtung Süden mit Ziel Atalanti verließ. Der Fahrtwind tat gut, brachte aber nur mäßige Kühlung. Er beschloss spontan, nicht der Stadtautobahn zu folgen, sondern die Straße hinunter zum Meer zu nehmen, die er beim letzten Besuch zufällig entdeckt hatte. Bei Voula erreichte er die Küstenstraße und folgte dem Hinweisschild »λιμάνι«, Hafen, und weiter der Leoforos Poseidinos, die direkt am Saronischen Golf entlangführte.

An einem der zahlreichen Jachthäfen setzte er sich in eine

Taverne und bestellte einen griechischen Kaffee und ein großes Mineralwasser. Während sein Blick über die zahllosen Boote schweifte, überlegte er sein weiteres Vorgehen. Seine Anwesenheit in Atalanti durfte nicht publik werden. Deshalb war es, zumindest vorerst, ausgeschlossen, Vasílis Makris direkt in der Fabrik aufzusuchen. Doch Stocker wusste von seinem letzten Besuch, dass dessen Mutter ein kleines Häuschen in Kipari bewohnte, direkt zwischen der A 1 und der Fabrik gelegen. Mit ein wenig Glück würde er es wiederfinden. Sein einfacher Leihwagen mit griechischem Nummernschild dürfte auch nicht auffallen, und dann würde er weitersehen. Zufrieden mit dem Resultat seiner Überlegungen stieg er in sein Auto.

Wenig später bog er in Richtung Athener Zentrum ab und fuhr vorbei an der Akropolis und dem Panathenaikon, dem Olympiastadion von 1895. Es war für die ersten Spiele der Neuzeit errichtet worden, genau an dem Ort, an dem die ersten Olympischen Spiele im 4. Jahrhundert vor Christus stattgefunden hatten.

Damals dürfte die Luft hier noch klar gewesen sein, sinnierte er, und der olympische Geist sicherlich noch nicht vom puren Macht und Gewinnstreben korrumpiert. Jetzt war die Luft staub- und abgasgeschwängert, während sich eine Blechlawine unermüdlich durch den Moloch Athen schob. Zwanzig Minuten und wenige Kilometer später stieg die Straße an und erreichte Kifisia, einen der Villenvororte von Athen. An einem Hinweisschild »Nursery School« bog er wie beim letzten Mal nach links ab und traf kurz darauf auf die A 1 in Richtung Thessaloniki.

Die Klimaanlage lief auf höchster Stufe, und doch war sein Hemd am Rücken durchgeschwitzt. Die Luft flirrte über der Straße und der Macchia. Breite Feuerschutzschneisen durchzogen das spärliche, nur von Ziegen nutzbare Grün der Hügelketten.

Stocker schaltete das Radio ein und ließ sich mit griechischer Musik bedudeln. Eine alte Feldbewässerung verlief mehrere Kilometer parallel zur Straße, und in die karstigen Hügel dahinter waren kleine Höhlen getrieben, die wohl als Ställe genutzt wurden.

Ein Schild wies auf die Abzweigung Richtung Chalkida hin. Die Stadt lag direkt an der Meerenge zwischen Euböa, der zweitgrößten griechischen Insel, und dem Festland, wo das Meer alle sechs Stunden seine Fließrichtung änderte.

Kurz darauf führte die Straße hinauf in die Berge. Eine alte Fabrik mit eingestürzten Dächern, herrührend von winterlichen Schneefällen, lag verlassen in den Olivenhainen, die die Straße säumten.

Am Scheitelpunkt des Passes fuhr Stocker auf einen staubigen Parkplatz und blickte auf einen riesigen Stausee hinunter, der Athen mit Wasser versorgte, das jedoch aufgrund des maroden Wassernetzes der Stadt zu nahezu einem Drittel im Untergrund versickerte. Müll türmte sich neben der Straße, und der Wind wehte einzelne Plastikfetzen hinaus in die schöne ursprüngliche Landschaft.

Stocker ließ den Wagen hinab in die Ebene rollen. Die tief stehende Sonne breitete im Gegenlicht einen breiten silbernen Teppich auf dem Meer aus. Nach zwanzig Kilometern sah er die Zuckertanks der Getränkefabrik, und am Hinweisschild »Kipari« bog er von der Nationalstraße in Richtung Ortschaft.

Kipari bestand nur aus knapp zwei Dutzend Häusern, ebenerdige, einfache Bauten, die den täglichen Überlebenskampf der Bewohner widerspiegelten. Während in den Jachthäfen die Boote der Reichen auf den Wellen der Korruption vor sich hin dümpelten und die Villen der Luxusresorts die Hänge hinaufwucherten, war auf dem Land eine bedrückende Armut zu spüren.

Langsam fuhr er die Dorfstraße entlang und versuchte, sich an das Haus zu erinnern, vor dem er und Lothar damals den nicht mehr ganz nüchternen Vasílis Makris bei seiner Mutter abgesetzt hatten. Dann erkannte er die blauen Fensterläden und die üppige Bougainvillea.

Er fuhr aus dem Ort heraus, stellte den Wagen etwas außerhalb neben einem Maisfeld ab und lief auf der staubigen Straße zurück. Ein Torbogen empfing ihn, als er in den Schatten der Gartenmauer des ärmlichen Häuschens trat. Das weiße Gartentor mit seiner stellenweise abblätternden Farbe schien ihm mit einem knarrenden Geräusch nur widerwillig den Weg zum Haus freizugeben. Große, rostige Blechdosen, ehemals Behältnisse von Olivenöl, Tomaten und Bohnen, beherbergten jetzt blühende Pflanzen.

Vor dem Perlenvorhang am Hauseingang blieb Stocker stehen und rief ein halbblaues Hallo.

Die von innen kommende Antwort – »*Éla mésa!*« – wertete er als Aufforderung zum Eintreten. Die Küche bestand aus einer uralten Kochzeile mit einem Holzofen, einem Büfett, wie es so ähnlich noch Stockers Großmutter besessen hatte, einem verblichenen Sofa und einem großen Tisch, den eine in die Jahre gekommene Plastiktischdecke zierte. Im Halbdunkel leuchtete der Bildschirm eines Fernsehers.

»*Kalispera*«, begrüßte Stocker die Alte, die schwarz gekleidet und gebeugt vor ihm stand.

»*Panagia mou!*« Sie schlug sich mit der Hand vor den Mund. »*O filos tou Sallinger.*« Sie ergriff Stockers Hand und schenkte ihm ein zahnloses Lächeln. Sie war bestimmt schon weit über neunzig, aber weder das Alter noch ihr sicherlich entbehrungsreiches Leben hatte ihren Augen die Warmherzigkeit nehmen können.

Er erwiderte ihren Händedruck, dann erst wurde er der weiteren Person gewahr, die an dem großen Tisch saß. Der Alte musterte ihn kritisch aus wachsamen kohlschwarzen Augen. Der Dreitagebart war grau, und die Erscheinung des Mannes ließ unweigerlich das Bild Anthony Quinns in der Rolle des Alexis Sorbas vor Stockers geistigem Auge entstehen.

Die Alte schien dem Mann etwas zu erklären, woraufhin dieser aufstand und Stocker eine verfärbte und schwielige Hand entgegenhielt. »*Sygnomi*, bitte entschuldigen Sie, aber wir sind Fremden gegenüber vorsichtig geworden«, sagte er auf Deutsch.

»Verzeihen Sie, dass ich einfach so eingetreten bin, aber ich suche Vasílis«, entschuldigte sich Stocker seinerseits.

»Mein Neffe ist noch in der Fabrik, und ich weiß nicht, ob er heute herkommt. Aber setzen Sie sich doch. Sie trinken doch ein Glas Wein?« Ohne die Antwort abzuwarten, schenkte er dem Besuch aus einer unetikettierten Flasche ein Wasserglas randvoll ein.

»*Jámas*«, sagte Stocker, als er das Glas hob und sie anstießen.

Der Alte zeigte ihm grinsend seine schlechten, vom Nikotin verfärbten Zähne. Dann begann er übergangslos, von sich, seinem Leben und seinem Wein zu erzählen. Als Sechzehnjähriger hatte er als Partisan gegen die Deutschen gekämpft, bis Griechenland nach dem Durchbruch der Metaxas-Linie am 21. April 1941 kapitulieren musste. Damals hätte er sich nie vorstellen können, jemals mit einem Deutschen an einem Tisch zu sitzen, ihm seinen Wein anzubieten und freundschaftliche Gefühle für ihn zu hegen, geschweige denn seine Sprache zu sprechen. *»Nä«*, sagte er, »aber *kyrios* Sallinger war so ein Freund.«

Sie warteten schweigend, doch Vasílis Makris tauchte nicht auf.

»Vielleicht sollte ich doch zur Fabrik hochfahren«, nahm Stocker nach einer gefühlten Ewigkeit das Gespräch wieder auf.

»*Óchi*, nein.« Der Alte war aus seinen Tagträumen hochgeschreckt. »Viel zu gefährlich, es wird ja bereits dunkel. Kommen Sie morgen Mittag wieder, dann werden Sie Vasílis treffen.« Er stand auf und reichte Stocker die Hand.

»*Efcharistó*, danke«, wandte dieser sich an die Alte, die jedoch wie gebannt auf den Fernsehschirm starrte und nur kurz nickte.

»*Kalinýchta.*« Der Perlenvorhang klirrte, als Stocker in die Dämmerung hinaustrat.

Es war Zeit, sich ein Dach über dem Kopf für die Nacht zu suchen. Er ging zurück zu seinem Wagen und fuhr auf die Nationalstraße in Richtung Livanates. An einem Schild mit der Aufschrift »Calypso Club« bog er zum Meer hinunter ab.

Dort mietete er einen kleinen Bungalow, schlüpfte in ein frisches Hemd und ging zu dem Restaurant, das zur Anlage gehörte. Mit einem Oktopussalat und frittierten Calamari beschloss er den Tag.

Thanatos auf Nisida

Er erwachte schweißgebadet. Die Reste eines Alptraumes spukten noch in seinem Kopf herum. Er hatte sich in blaugrünem Wasser befunden. Kleine Fische begleiteten ihn. Dann war urplötzlich Lothars Kopf zwischen großblättrigen Algen aufgetaucht und hatte ihn aus hervorquellenden Augen angestarrt. Sein Mund hatte sich bewegt, als wollte er ihm etwas mitteilen. Doch nur silbrig schimmernde Luftblasen waren zwischen seinen Lippen hervorgequollen und hatten sich verloren, als der Körper langsam ins Dunkel hinabgeglitten war.

Stocker zog seine Badeshorts an, nahm ein großes Handtuch von der Stange im Bad und trat in die Hitze hinaus. Die Pinien verströmten einen intensiven Geruch nach Harz, und die Zikaden veranstalteten ihr vormittägliches Konzert.

Während er aufs Meer hinausschwamm, versuchte er, den Traum zu verdrängen, doch das aufgedunsene Gesicht seines Freundes wollte nicht weichen, sodass er es vorzog, wieder an den Strand zurückzukehren.

Das Frühstück des Club-Restaurants war griechisch-spartanisch. Nur die Spiegeleier mit Speck, die ein kleiner Junge auf einem Gaskocher auf der Terrasse briet, um sich ein wenig Geld zu verdienen, brachten etwas Abwechslung zu dem ansonsten cellophanverpackten Standard. Aber der Kaffee war stark und gut.

Am Kiosk kaufte er sich eine deutsche Wochenendausgabe der »Frankfurter Allgemeinen« und zog sich in den Schatten der Terrasse zurück. Beim ersten Durchblättern fiel ihm die Überschrift eines halbseitigen Artikels auf der vierten Seite auf – »Unabhängigkeit des Kosovo weiterhin ungeklärt«. Offensichtlich hatte der Internationale Gerichtshof die Prüfung der völkerrechtlichen Gültigkeit der Unabhängigkeitserklärung durch die Regierung in Priština mit der Begründung ausgesetzt, dass noch wesentliche Voraussetzungen für eine eigene, rechtsstaatliche Ordnung nicht umgesetzt sind. Zudem seien die in der neuen Verfassung beschriebenen Rechte der Minderheiten und die Autonomierechte der serbischen Enklaven im Norden des Landes als nicht gesichert anzusehen. Die im Nordkosovo von Serbien finanzierte Parallelverwaltung weigere sich, mit der neuen, albanisch dominierten Regierung zusammenzuarbeiten, und entziehe sich de facto der Kontrolle der Institutionen in Priština. Die UN schätze die Krise als sehr ernst ein und befürchte ein erneutes Aufflammen der Auseinandersetzungen zwischen beiden Bevölkerungsgruppen. Der Generalsekretär der UN werfe Russland als Veto-Macht in der UN eine Behinderung des Friedensprozesses vor.

Stocker faltete langsam die Zeitung zusammen, während ihn eine dunkle Vorahnung beschlich, die er jedoch nicht näher präzisieren konnte. Energisch stand er auf. Schließlich hatte er anderes zu tun, als sich mit den politischen Ränkespielen auf dem Balkan zu beschäftigen. Letztendlich gärte es dort schon seit dem Jahre 1912, als im Friedensvertrag von London der Kosovo zwischen Serbien und Montenegro aufgeteilt und Albanien selbstständig geworden war. Mit der Aufhebung der von Tito gewährten Autonomierechte durch die Serben im Jahre 1989 waren die Ereignisse eskaliert und hatten letztendlich zum Kosovokrieg geführt. Doch auch nach dessen Beendigung waren die Spannungen geblieben.

Er erinnerte sich an ein Bild. Das zerfleischte Gesicht des Kriegsflüchtlings Mirko Bronski alias »der Biber«. Bronski war ein verlässlicher Informant gewesen, Kosovo-Albaner und ehemaliger Polizeioffizier. Ihm hatte Stocker damals den entscheidenden Hinweis im Fall Weinsberg zu verdanken gehabt.

Gegen Mittag fuhr Stocker zurück nach Kipari. Wie am Abend zuvor parkte er außerhalb des Dorfes und ging dann zu Fuß zurück. Mit einem »*Kaliméra!*« schob er den Perlenvorhang beiseite.

Vasílis Makris' massiger Körper dominierte den Raum. Der Mann saß am Küchentisch vor einem Teller Stifado. Stocker hatte schon vor dem Haus den verführerischen Duft des griechischen Gerichtes wahrgenommen. Als Makris den Commissario erblickte, erhob er sich und streckte ihm seine riesige Pranke hin.

Sein speckiges Hemd war bis zu den Rippenbogen hochgerutscht und gönnte dem Gast den Blick auf den Nabel. Nach endlosen Sekunden deutete Makris auf einen freien Stuhl. Während er sich wieder niederließ, schüttelte er immer wieder den Kopf.

»Er macht sich Vorwürfe.« Der Alte vom Abend zuvor trat aus dem Halbdunkel und setzte sich ebenfalls an den Tisch. »Er sagt, er hätte besser auf *kyrios* Sallinger aufpassen müssen. Vor allem hätte er ihn nicht allein fahren lassen dürfen.«

Stockers Blick wanderte verständnislos zwischen beiden hin und her. Doch bevor er etwas sagen konnte, schlurfte Makris' Mutter herbei und stellte einen großen Teller Stifado vor ihn auf den Tisch. »*Efcharistó*«, sagte er und ergriff den Löffel. Man hatte extra für ihn gekocht, denn Rindfleisch gab es hier ansonsten sicherlich nur an Feiertagen, wenn überhaupt.

Sie aßen schweigend. Unter normalen Umständen wäre Stocker glücklich gewesen. Das Stifado war hervorragend zubereitet, doch angesichts der betretenen Gesichter um ihn herum wollte kein richtiger Genuss aufkommen.

»Wo hat Vasílis ihn allein hinfahren lassen?«, unterbrach er schließlich die herrschende Stille.

»Auf das Inselchen. Dort gibt es eine kleine Bucht, wo man ungestört ist«, ließ sich der Alte vernehmen.

Makris wischte sich den Mund mit dem Handrücken ab, bevor ein Schwall unverständlicher Worte aus seinem vollen Mund hervorquoll.

»Vasílis besitzt ein kleines Boot, mit dem er rausfährt, um zu fischen«, übersetzte der Alte. »*Kyrios* Sallinger hat sich das Boot manchmal ausgeborgt, wenn er allein sein wollte. So war das auch an diesem Tag. Am Abend lag das Boot wieder an seinem Platz, aber der Schlüssel steckte.«

»Und den Schlüssel hat er immer stecken lassen?«

»*Óchi, óchi.* Eigentlich hat er ihn immer zurückgebracht.«

Makris begann wieder zu sprechen, halb an den Alten, halb an Stocker gewandt.

»*Nä.*« Der Alte nickte. »Vasílis sagt, dass er Ihnen etwas zeigen will und Sie mit ihm zu dem Inselchen fahren sollen.«

Die Blattfedern des alten japanischen Pick-ups ächzten bei jedem Schlagloch, als sie die unbefestigte Straße durch die Olivenhaine in Richtung Skala nahmen. Der Alte hatte sich eine Karelias Superior angesteckt, und der starke Tabak verbreitete ein angenehmes Aroma. Stocker hockte auf der zerschlissenen Sitzbank, eingeklemmt zwischen den beiden Griechen. Das durchgeschwitzte Hemd von Makris roch säuerlich, sodass er froh war, nach einer Viertelstunde wieder an die frische Luft zu kommen.

Das Boot war ein uralter offener Kahn, dessen weißer Anstrich breite Risse aufwies. Der nicht weniger alte, ölverschmierte Dieselmotor ruhte mittschiffs unter einem blauen Deckel.

So desolat der äußere Eindruck des ehemaligen Rettungsbootes auch war, so präzise war der Umgang des ehemaligen Schiffsingenieurs mit dessen Motor. Zwei Handgriffe und ein Drehen des Schlüssels und die Maschine erwachte zum Leben. Schwarzer Qualm legte sich auf die Wasseroberfläche. Makris schob den Ganghebel in die Rückwärtsstellung und lavierte das Boot weg vom Kai und in die Mitte des kleinen künstlichen Hafens.

Dort änderte die Schraube ihre Drehrichtung, und das Boot nahm relativ schnell Fahrt in Richtung der vor ihnen liegenden Insel auf. Nach fünfzehn Minuten drehte der Bug nach Osten, und das Boot umrundete in einem Halbkreis die nördliche Inselspitze, um kurz darauf sanft auf dem Strand einer kleinen Bucht aufzusetzen.

Vasílis begann zu sprechen und zu deuten, und der Alte übersetzte.

Als *kyrios* Sallinger am Abend den Schlüssel nicht zurückgebracht hatte, habe er sich Sorgen gemacht und sei zum Hafen gefahren, um nach dem Boot zu sehen. Es habe geankert, aber von Sallinger keine Spur. Auch in der Kneipe vom Einäugigen und in seinem Bungalow sei Sallinger nicht gewesen. Also sei Makris früh am nächsten Morgen mit dem Boot hierhergefahren. Am Strand sei der Abdruck eines Bootsrumpfes noch deutlich zu sehen gewesen. Und dann habe er nicht weit entfernt das Handy gefunden.

Stocker sah sich um. Rund um die kleine Bucht herum war die

Macchia gerodet worden. Ein einzelner großer Olivenbaum spendete Schatten. Er betrachtete den Sandboden. Doch selbst wenn sein Freund hier gewesen sein sollte, wären in der Zwischenzeit wohl alle weiteren Spuren verwischt. Einer Intuition folgend ging er am Rand der Macchia entlang, als er eine kurze Reflexion des Sonnenlichtes wahrnahm. Er hob die Hand, um seine beiden Begleiter, die am Boot geblieben waren, auf sich aufmerksam zu machen.

Was er dann sah, ließ ihn erstarren. Dort lag ein Hundekadaver. Die Verwesung war schon relativ weit fortgeschritten, doch Stocker erkannte, dass dem Tier der Schädel eingeschlagen worden war.

»Ist das Sallingers Hund?«, fragte Stocker.

Makris, der zusammen mit dem Alten hinter ihn getreten war, hatte auch ohne Übersetzung verstanden. »*Nä, Mavros*«, nickte er, und Tränen schimmerten in seinen Augen.

Hatte Stocker bis dato immer noch Restzweifel am gewaltsamen Tod seines Freundes gehabt, so waren diese jetzt endgültig ausgeräumt.

Makris begann, große Steine zu sammeln und damit den Körper des toten Hundes zu bedecken. Auch der Alte schleppte einzelne Felsbrocken heran und legte sie fast zärtlich auf den Kadaver. Stocker kniete sich nieder, klippte die Hundemarke vom Halsband, wickelte sie in sein Taschentuch und steckte sie ein.

Wieder im Boot fischte Makris eine Flasche Ouzo aus der Backskiste und signalisierte Stocker, die Arme auszustrecken. Er goss ihm den Schnaps zur Desinfektion über beide Hände und nahm anschließend selbst einen großen Schluck. Auf der schweigsamen Rückfahrt ließen sie die Flasche kreisen. Sie war bereits leer, bevor sie in den Hafen von Skala einliefen.

Nákos Galanis, auch »der Einäugige« genannt, stellte gerade die Stühle um die wenigen Tische vor seinem Lokal und öffnete die Sonnenschirme, als Makris sein Boot an der Kaimauer vertäute.

Stocker, der die Wirkung des Alkohols bereits deutlich spürte, lud seine zwei Begleiter auf einen Kaffee ein.

Galanis nahm die Bestellung entgegen und musterte den Ausländer mit unverhohlenem Argwohn.

Der Alte, dem die Reaktion nicht entgangen war, sprach ein paar leise Sätze mit dem Wirt, dessen Miene sich daraufhin sofort aufhellte. Noch bevor Stocker reagieren konnte, zog er ihn vom Stuhl hoch und küsste ihn links und rechts auf die Wange. Dabei verrutschte seine Augenklappe und zeigte eine grob vernarbte gelbliche Augenhöhle. Während Stocker noch verdutzt dastand, eilte der Einäugige schon zum Haus zurück.

»Er hat *kyrios* Sallinger geliebt wie einen Sohn.« Der Alte lächelte zum ersten Mal an diesem Tag und fügte hinzu: »Wie einen Schwiegersohn.«

Kurz darauf erschien der Wirt in Begleitung einer jungen Frau, die anhand ihres Aussehens und ihrer Proportionen unschwer als dessen Tochter zu identifizieren war. Während Nákos Galanis auf einem kleinen Tablett die drei Kaffees balancierte, stellte seine Tochter ein ungleich größeres und schwereres Tablett mit einer Fülle von *mezés* auf den Tisch. Die Palette reichte von Tzatziki über Ziegenquark mit eingelegten Paprikaschoten und gefüllten Weinblättern mit Zitrone bis hin zu Auberginensalat.

Während sie aßen, versuchte Stocker, etwas mehr über Sallingers Funktion in der Firma zu erfahren. Geduldig beantwortete Makris die gestellten Fragen, die der Alte wie auch die Antworten leise übersetzte. Nach einer knappen Stunde und einigen hundert zu sich genommenen Kalorien hatte sich Stocker ein ziemlich genaues Bild gemacht. Sallinger war anfangs für das gesamte Unternehmen zuständig gewesen. Mit dem Eintritt eines neuen Geschäftsführers wurden seine Kompetenzen jedoch drastisch beschnitten, sodass er nur noch für die Produktion verantwortlich zeichnete. Der Neue war ein Grieche, der aber aus Deutschland kam.

Ein *skatofatsa*, ein Arschgesicht, wie der Alte erklärte. »Sein Name ist Roland Sarantakos.« Er spuckte auf den Boden.

Als Stocker kurz darauf zahlen wollte, winkte der Wirt ab.

»Sie würden ihn beleidigen«, erklärte der Alte.

»*Sas efcharistó polý*, vielen Dank«, sagte Stocker und versuchte vergeblich, sich den neuerlichen Küssen des unrasierten Griechen zu entziehen.

»Gott sei Dank nicht auch noch Küsse von der Tochter«, murmelte er leise, wobei er sich mit der Serviette über die Wangen wischte.

Doch der Alte hatte ihn verstanden und zeigte ihm seine gelben Zähne.

Wenig später verließ er das Haus von Makris' Mutter mit einem Glas eingelegter Oliven in der Hand und zwei Flaschen Wein unter dem Arm. »Ein Geschenk für den Freund von *kyrios* Sallinger«, hatte sie gesagt.

Das Auto war der reinste Backofen. Stocker ließ alle Scheiben herunter und wählte dann Inas Handynummer. Schon nach wenigen Sekunden meldete sie sich.

»Offensichtlich lebst du noch. Kommst du weiter?«

»Hallo, Ina«, antwortete er, »versuch bitte, etwas über einen gewissen Roland Sarantakos herauszufinden. Er ist Grieche, kommt aber offensichtlich aus Deutschland und ist hier vor Ort der Geschäftsführer für die AGeKon. Ich melde mich heute Abend wieder. Aber es kann später werden. Ich muss jetzt los und etwas erledigen.« Noch bevor seine Kollegin etwas erwidern konnte, hatte er schon aufgelegt.

In Augsburg bildete sich eine Sorgenfalte auf Inas Stirn. Wenn ihr Chef sich so ausdrückte, waren die Probleme normalerweise vorprogrammiert.

Stocker klemmte sich hinters Steuer und hätte sich beinahe verbrannt, so heiß war das schwarze Plastik des Lenkrades. In Skala fand er direkt an der Hauptstraße eine Tankstelle. Er kaufte eine Karte der Umgebung und drei Literflaschen mit Wasser. Nachdem er die Karte studiert hatte, fuhr er zurück auf die Nationalstraße, bog jedoch kurz darauf wieder ab und folgte dieser Straße hinauf in die Berge. Zwanzig Minuten später erreichte er den Ortsrand eines kleinen Dorfes. Dort hielt er sich rechts und bog auf einen unbefestigten Feldweg ab, zurück Richtung Kipari. Am Bergkamm hielt er an. Richtung Mittelmeer fiel die Landschaft steil ab. In der ruhigen blauen Fläche konnte er in einiger Entfernung die kleine Insel ausmachen, auf der er am Mittag Sallingers verwesten

Hund gefunden hatte, die Getränkefabrik lag direkt unter ihm. Er stieg aus seinem Wagen und trank gierig eine halbe Flasche Wasser. Dann öffnete er das Handschuhfach und entnahm ihm einen Köcher, der ein kleines, aber sehr leistungsstarkes Fernglas mit einem Entfernungsmesser enthielt.

Vorsichtig ging er durch die Macchia bis zu einer steilen Abbruchkante. Von hier aus hatte er eine phantastische Sicht auf das Betriebsgelände, ohne dass er von dort entdeckt werden konnte.

Unterhalb der kleinen Bungalows, von denen Lothar einen bewohnt hatte, erkannte Stocker die beiden Gebäude für die Produktion und die Verladung. Links davon lagen die Becken der Kläranlage. Die gesamte Anlage war umzäunt. Auf den Freiflächen stapelten sich leere Getränkekästen und bildeten eine Art künstliche Mauer vor der Verladehalle. Die einzige Möglichkeit, ungesehen Einsicht auf den Ladebereich nehmen zu können, war von einem Olivenhain aus, auf der Höhe der Klärbecken.

Stocker hatte gesehen, was er sehen wollte, und lief zum Wagen zurück. Den restlichen Nachmittag verbrachte er am Strand.

Alekto und Ares

Gegen acht zog er sich um und ging ins Club-Restaurant zum Essen. Trotz der ungeplanten *mezés* beim Einäugigen hatte er Hunger.

Der Fisch war gut. Statt Wein trank er heute jedoch nur Wasser. Punkt halb elf wechselte er erneut seine Garderobe. Er wählte eine schwarze Hose, ein schwarzes T-Shirt und schwarze Sneakers. Das Fernrohr verstaute er in einer Gürteltasche.

Eine halbe Stunde später erreichte er den Ortsrand von Kipari, wo er seinen Wagen wieder im Sichtschutz des Maisfeldes abstellte.

Er lief die Straße weiter bis zu einer Weggabelung und suchte dort die Deckung eines Olivenhaines. Dann folgte er einem ausgetrockneten Bachlauf und sprang nach hundert Metern auf die andere Seite. Er bewegte sich nur noch langsam, immer die Stämme der alten Olivenbäume als Deckung nutzend, bis er kurz vor dem ersten Zaun der Fabrik stand. Eigentlich war es zu hell für so eine Aktion, doch ihm blieb keine Wahl. Mit einem Ast, über den er kurz vorher gestolpert war, stocherte er im dürren Gras vor sich herum, um eventuell sich versteckende Schlangen aufzuscheuchen. Am Zaun suchte er sich die Position mit der besten Sicht auf die Anlage. Er musste nicht leise sein, da die Tür des Kompressorenhauses offen stand und die Verdichter für die Belüftung der Klärbecken die Umgebung beschallten.

Das Vorfeld der großen Halle war hell erleuchtet, und mehrere geschlossene Lastwagen, aber auch solche mit Containerpritschen parkten vor der Einfahrt. Auf den Seitenwänden zweier Lkws prangte eine überdimensionale Flasche in einem Haufen von Früchten. In großen Lettern stand dort »Froútakis – Natural Water with Greek Fruits«. Am inneren Zaun konnte Stocker bewaffnete Posten ausmachen, die das Areal absicherten. Er war sich darüber im Klaren, dass es einem Selbstmord gleichkommen würde, auf das Gelände oder sogar in die Halle gelangen zu wollen. Leise fluchend wünschte er sich insgeheim, Kassandra wäre hier. Die hätte keine Probleme, ungesehen über das Gelände und durch die

Halle zu streichen. Hoffentlich füttert Johann sie nicht zu Tode, schoss es ihm im nächsten Moment durch den Kopf.

Mit Hilfe seines Fernglases versuchte er, Einzelheiten auszumachen, sah aber nur, wie ein riesiger Gabelstapler einen Container auf die Pritsche eines Lastwagens hob, während ein zweiter in einer Dieselwolke durch das Rolltor in der Halle verschwand.

Im Licht der starken Scheinwerfer erkannte er einen korpulenten, pockennarbigen Griechen, der dem Fahrer des Pritschenwagens einen Umschlag aushändigte. Der Fahrer, der im Gegensatz zu dem Mitarbeiter der Firma eher schlaksig war, zog ein Bündel Geldscheine aus dem Kuvert und begann zu zählen. Nachdem er den Vorgang wiederholt hatte, nickte er und kletterte in die Fahrerkabine. Wenige Sekunden später verließ der Lkw das Firmengelände und bog auf die Nationalstraße in Richtung Norden ab.

Stocker wollte sich gerade vom Zaun zurückziehen, als die Luftkompressoren verstummten. Mit einem Schlag trat eine fast unheimliche Stille ein. Nur die Geräusche aus der Ladehalle waren zu hören, und von der Nationalstraße wehte der Verkehrslärm leise mit dem auflandigen Wind zu ihm herüber.

Doch er nahm noch etwas anderes wahr: Schritte auf trockenem Gras. Irgendetwas bewegte sich auf ihn zu. Seine Nerven waren bis zum Zerreißen gespannt. Dann befand sich die Quelle des Geräuschs unmittelbar neben ihm, und im fahlen Mondlicht zeichnete sich eine Gestalt gegen den Nachthimmel ab.

Adrenalin schoss durch seinen Körper, und Stocker reagierte in Bruchteilen einer Sekunde. Er richtete sich halb auf und zog seinem Gegenüber die Beine weg. Dumpf schlug der Körper auf dem harten Untergrund auf. Noch bevor eine Gegenreaktion erfolgen konnte, war Stocker schon über dem Angreifer. Er presste seine Knie gegen dessen Rippenbogen und dessen Handgelenke auf die Erde. Die Gestalt unter ihm war ebenfalls schwarz gekleidet und trug eine Sturmhaube. Stocker sah nur das Weiß ihrer Augäpfel.

Mit einer kurzen Bewegung verlagerte er das Gewicht nach vorne und setzte sein rechtes Knie direkt auf den linken Oberarmmuskel. Ein unterdrücktes Stöhnen erklang. Jetzt hatte Stocker die Rechte frei und riss der Person die Haube vom Kopf.

Langes schwarzes Haar fiel herab und umrahmte das schmale Gesicht einer jungen Frau.

Er war so überrascht, dass er für einen Moment den Druck auf den Körper unter ihm verringerte.

Blitzschnell versuchte seine Gegnerin, dies zu ihrem Vorteil zu nutzen und ihn abzuwerfen. Doch es misslang.

Er verstärkte wieder den Druck auf ihren Oberkörper, um sie in die Bauchlage zu bringen, als er etwas Kaltes am Hinterkopf spürte und ein metallisches Klicken das Entsichern einer Waffe signalisierte.

»*Sikotheité*«, sagte eine männliche Stimme an seinem Ohr.

Auch ohne das griechische Wort verstanden zu haben, ahnte er dessen Bedeutung und erhob sich, während er die Hände hinter den Kopf nahm.

»*Psakste ton.*« Wieder die gleiche volle Stimme.

Auch die junge Frau stand auf und tastete seinen Körper ab, offensichtlich auf der Suche nach Waffen. Dabei förderte sie das Fernglas und den Autoschlüssel zutage. Letzteren steckte sie mit der linken Hand in ihre Hosentasche, während sie mit der anderen ihrem Partner das Fernglas entgegenhielt.

Nachdem dieser zugegriffen hatte, entfernte er sich etwas von Stocker, ohne jedoch die Waffe zu senken.

Nach einem kurzen Blick auf den Gegenstand traf er eine Entscheidung. »*Tha ton paroume, tóte tha doúme.*«

»*Ópou, pou ston Stéfano?*«, erwiderte die Frau.

»*Óchi, sta vouná.*« Mit einer richtungweisenden Bewegung der Waffe forderte er Stocker auf, sich in Bewegung zu setzen.

Zwischen den Olivenbäumen liefen sie zurück zur Straße, überquerten diese im Laufschritt und tauchten erneut in einem Olivenhain unter, der sich bald wieder lichtete. Im Mondlicht stand ein verbeulter dunkelgrüner Landrover.

Der Maskierte warf Stocker die Sturmhaube seiner Partnerin zu und bedeutete ihm mit einer Geste, diese aufzusetzen. Als Stocker ihn anstarrte, lachte er und machte mit den Händen eine kreisende Bewegung.

Stocker verstand sofort und drehte die Maske so, dass sich beide Sehschlitze auf seinem Hinterkopf befanden. Dann trat jemand neben ihn und führte ihn zum Wagen. Es musste die Frau sein, denn er nahm den Hauch eines Parfüms und den Geruch ihrer Haut wahr. Sie öffnete die Wagentür und schob ihn ins Innere. Die Rückbank war hart und unbequem, und es roch nach Diesel und Öl.

Jemand nahm hinter dem Lenkrad Platz, und Stocker spürte vermutlich den Mann neben sich. Dann erwachte der Motor zum Leben, und das Gefährt rumpelte auf die Straße beziehungsweise das, was man hier als Straße bezeichnete. Nach einer Kehre ging es jetzt bergauf.

Während er hin und her geschüttelt wurde, versuchte Stocker, die Situation zu analysieren. Die beiden waren keine Profis. Sowohl ihre Reaktion während des Handgemenges als auch ihre Leibesvisitation waren dilettantisch gewesen. Da sie maskiert gewesen waren, gehörten sie allem Anschein nach auch nicht zum Personal der Fabrik. Zudem hätten sie ihn in diesem Fall vermutlich dorthin gebracht und würden ihn nicht in dieser Affenschaukel in die Berge hinauffahren. Den Eindruck von Terroristen hatten sie auch nicht gemacht, denn sonst wäre er wahrscheinlich schon tot. Aber sie schienen Griechen zu sein. Zwar hatte er die Bedeutung der wenigen Worte nicht verstanden, aber die Sprache anhand des Wortes »óchi« identifiziert.

Schemenhaft nahm er durch die Sturmhaube hindurch einige Lichter wahr und hörte Hundegebell. Dann bog der Wagen ab, und die Straße wurde noch schlechter.

Als der Motor des Landrovers erstarb, breitete sich eine gespenstische Ruhe aus. Der Wagen schien mit der Motorhaube hangwärts zu stehen.

»*Vges éxo*«, befahl die Stimme des Mannes, während gleichzeitig die Autotür geöffnet wurde.

Wieder nahm Stocker das Parfüm der Frau wahr, als sie seinen Arm fasste und ihm die Sturmhaube vom Kopf zog. Das Erste, was er im Lichtkreis der beiden Autoscheinwerfer sah, war ein altes Natursteinhaus oder besser gesagt ein Stall. Dahinter waren einige Olivenbäume zu erkennen.

»*Éla*«, forderte ihn die Frau auf, während sie auf das Haus zuging und die alte Holztür öffnete, die in den Angeln quietschte.

Der Mann war ständig hinter ihm, sodass an einen Fluchtversuch nicht zu denken war. Sicherlich hatte er auch immer noch die Pistole auf ihn gerichtet.

Das Innere der Behausung erinnerte stark an einen Schafstall, denn es roch nach altem Hammel. Und Stocker hasste Hammel. Der Mann durchquerte den Raum und entzündete eine Petroleumlampe, die auf einem Holztisch stand.

Die Frau verließ die Hütte, und kurz darauf erloschen die Autoscheinwerfer. Sie kehrte zurück und schloss die schiefe Holztür von innen.

Der Mann zog zwei der wackelig aussehenden Flechtstühle heran und wies Stocker an, Platz zu nehmen. »*Thési.*«

Vorsichtig setzte sich der Commissario, denn er traute diesem Relikt aus einer Zeit, als Griechenland kulturell wohl noch im Zenit gestanden hatte, keineswegs.

Sein Gegenüber drehte den zweiten Stuhl um, ließ sich darauf nieder und lehnte sich mit den Armen auf die Lehne, wobei er Stocker abschätzend fixierte. Die Pistole lag in seiner linken Hand, war aber nicht mehr direkt auf den Commissario gerichtet. »*Ti íthelan sto ergostásio?*«

Stocker zuckte die Achseln und antwortete auf Deutsch, wobei er des Stuhles wegen sein Gewicht langsam nach vorne verlagerte und die Hände auf den Tisch legte. »Ich verstehe leider kein Griechisch. Wenn ihr etwas von mir wissen wollt, müssen wir uns entweder auf Deutsch oder Englisch unterhalten.«

»Sie sind Deutscher?«, kam die zweite Frage von der Frau. Sie sprach deutsch mit leichtem Akzent.

»*Nä*«, antwortete Stocker, der jetzt Morgenluft witterte, diesmal auf Griechisch.

Der Mann richtete seinen Oberkörper auf. Sein Blick wechselte von Stocker zu seiner Begleiterin, während er die Worte wie einen Fluch zwischen den Zähnen hervorpresste: »*Maj koroïdevoun!*«

»Er fragt, ob Sie uns verarschen wollen?«, übersetzte die Frau, die an der Tür lehnte, in ruhigem Ton.

Stocker ritt der Teufel. »*Óchi*«, erwiderte er mit ernstem Gesicht, wobei er trotz der riskanten Situation ein Grinsen kaum unterdrücken konnte.

»*Anathematismena skyla!*«, brüllte der Grieche jetzt und schlug mit der Faust auf den wackeligen Holztisch, sodass die Petroleumlampe gefährlich schwankte. »*He is speaking Greek*«, wechselte er die Sprache. »*Sas roto kai pali. Ti íthelan sto ergostásio. Katálavate?*« »*Óchi*«, sagte Stocker und sah die Frau an.

Etwas blitzte in ihren Augen auf, und ein Lächeln umspielte ihre vollen Lippen. »Wir können dieses Spielchen fortsetzen«, begann sie, »aber es wird uns nicht weiterbringen, denn ›*óchi*‹ und ›*nä*‹ ist so ziemlich alles, was Sie auf Griechisch können. Richtig?«

Stocker hätte beinahe mit »*nä*« geantwortet. Doch er überlegte es sich anders und nickte nur.

»Wir gehen davon aus, dass Sie so wie wir nicht zufällig nachts um die Fabrik geschlichen sind. Vielleicht haben wir ja sogar dieselben Gründe?«

»Das bezweifle ich. Sie haben sicherlich keinen Freund verloren.« Er sah zuerst die Frau und dann den Maskierten an, dessen Augen Ratlosigkeit ausdrückten, bis sie übersetzt hatte.

»Wen haben Sie verloren?«, fragte die Frau, deren Miene sich bei Stockers Aussage verändert hatte.

Stocker entschloss sich, im Großen und Ganzen bei der Wahrheit zu bleiben und lediglich seinen Beruf zu verschweigen. »Ein Freund von mir war hier in der Fabrik beschäftigt. Jetzt ist er tot. Wie es aussieht, wurde er ermordet.«

Sie wandte sich erklärend an ihren Begleiter. Der Maskierte sah sie kurz an, dann stand er auf und verließ die Hütte, während er sich die Sturmhaube vom Kopf zog.

Einen kurzen Moment überlegte Stocker, ob er die Gelegenheit zur Flucht nutzen sollte. Aber er war zu neugierig, wollte wissen, wie sich die Angelegenheit weiter entwickeln würde. Außerdem war die Tür der einzige Fluchtweg, und der Grieche war immer noch im Besitz der Pistole. Also lehnte er sich unter beunruhigendem Ächzen des Stuhles zurück, wobei er die Frau eingehend musterte. Das Flackern der Petroleumlampe spiegelte sich auf ihrem Gesicht, und die Flamme brannte als zwei kleine Fackeln in ihren dunklen Augen. Das schmale Gesicht mit den hohen Wangenknochen wurde von seidigem schwarzem Haar umrahmt, das konturlos in die schwarze Kleidung überzugehen schien. Der Körperbau war fraulich, doch offensichtlich trainiert, soweit Stocker dies bei dem unsteten Licht der Petroleumlampe beurteilen konnte. Sie war sicherlich noch keine dreißig.

Die Tür quietschte wieder in den Angeln, als der Grieche zurück in die Hütte kam. Er legte Waffe, Sturmhaube und ein Handy in das alte Bretterregal neben der Tür und sagte: »*Eínai alítheia.*« Dann drehte er seinen Stuhl um und setzte sich. Aus seiner Brusttasche nestelte er eine Packung jener griechischen Zigaretten hervor, von denen man Stockers Einschätzung nach schon allein vom Hinschauen Lungenkrebs bekam. Der Grieche schnippte mit dem Mittelfinger gegen die Packung und bot auch Stocker eine Zigarette an, der annahm. Mit den Lippen zog der Mann eine zweite heraus, hob den Glaszylinder der Lampe, beugte sich vor und zündete sie an. Anschließend hielt er die glühende Kippe Stocker entgegen.

Die ersten Züge rauchten sie schweigend, bevor der Grieche etwas zu seiner Begleiterin sagte. Offensichtlich sollte sie die Befragung übernehmen.

»Wie hieß Ihr Freund?«

»Lothar Sallinger.«

»*Kyrios Sallinger, nä*«, nickte der Grieche bestätigend.

»Und warum sind Sie hier?«

Stocker nahm einen tiefen Zug, der einen Hustenanfall zur Folge hatte, ihm aber dadurch einige Sekunden zum Überlegen verschaffte.

»Sie müssen das Kraut nicht aus Höflichkeit rauchen.« Die Frau verzog ihren Mund spöttisch.

Stocker drückte die Kippe in einer Tonscherbe aus, die als Aschenbecher diente, und begann langsam zu sprechen. Im Groben gab er die Geschehnisse der letzten drei Tage wieder, ohne jedoch Vasílis Makris namentlich zu erwähnen. »Ich wollte Gewissheit. Mit dem Fund seines toten Hundes auf der Insel wurden meine letzten Zweifel ausgeräumt. Folglich hat sein Tod zwangsläufig mit Ereignissen in der Fabrik zu tun. Deshalb meine nächtliche Aktion, bei der wir uns kennengelernt haben.« Stocker grinste.

Der Grieche zündete sich eine zweite Zigarette an, stand auf und ging zu dem Regal, das sich hinter Stocker befand. Er entnahm ihm eine Korbflasche und drei Gläser und kam zum Tisch zurück.

Entweder stammen die beiden aus der Gegend, oder sie haben diesen Stall schon öfter als ihre Basis benutzt, schoss es Stocker durch den Kopf.

Der Rauch der Kippe, die dem Mann im rechten Mundwinkel hing, war in sein darüberliegendes Auge gestiegen und ließ ihn blinzeln. Er stellte die Gläser, die er zwischen Daumen, Zeige- und Mittelfinger gehalten hatte, auf den Tisch und legte die Zigarette in die Tonscherbe. Mit den Zähnen zog er den Korken aus der Flasche und schenkte ihnen ein. Erst jetzt fiel Stocker auf, dass er dazu die linke Hand benutzte, er also Linkshänder war. Wie Blut schwappte der Wein in den Gläsern und zeichnete im Licht der Petroleumlampe rote Schatten auf die Tischplatte.

»*Jámas!*« Der Grieche hob sein Glas.

Sie tranken schweigend. Es war ein schwerer Wein, aber er tat Stocker gut.

»Sind Sie Journalist?«, wollte die Frau wissen.

»So etwas Ähnliches. Ich versuche immer, die Wahrheit herauszufinden«, erwiderte Stocker ausweichend.

»Dann haben wir ja etwas gemeinsam.« Es war das erste Mal, dass sie lächelte.

»Was wollten Sie beide bei der Fabrik?«

»Das ist eine lange Geschichte. Haben Sie Zeit?«

»Zwangsläufig, oder?« Dabei machte Stocker eine Geste, die die Situation, in der er sich befand, umfassen sollte.

Der Grieche zuckte die Schultern. Mit einer Kopfbewegung in Richtung seiner Begleiterin und den Worten »*Pes tou*« forderte er sie auf, fortzufahren, woraufhin sie das Wort ergriff.

»Sie sind nicht unser Gefangener«, sagte sie zu Stocker. »Wenn Sie gehen wollen, können Sie das tun, wann immer Sie wollen. Wir sind uns nie begegnet.«

»Oh nein. Denn ich glaube, dass Sie zur Beantwortung meiner Fragen beitragen können. – Und vielleicht auch andersherum.« Den Nachtrag ließ Stocker bewusst im Raum stehen und machte eine Pause in der Hoffnung, dass sie ihre Wirkung nicht verfehlen würde. Er sollte recht behalten.

Der Grieche griff nach der Flasche und schenkte großzügig nach. »*Ego ime o Alexandros, avti ine i Melina.*« Er deutete auf seine Begleiterin.

»Florian«, stellte sich Stocker vor und nahm einen Schluck Wein.

Melina begann, eine Geschichte zu erzählen, die ihren Ursprung in den Siebzigern hatte und bis heute fortgeschrieben wird. »In Griechenland haben nationalistische und linke militante Organisationen eine lange Tradition. Am bekanntesten ist wohl die Gruppierung des 17. November. Wie der Name schon vermuten lässt, beruft sich diese auf die Nacht des 17. November 1973, als Polizeieinheiten gegen Studenten vorgingen, die ein Ende der Militärdiktatur gefordert hatten. Vierunddreißig Studierende kamen damals ums Leben. Einige der Mitglieder hatten wohl schon vor 1970 für einen bewaffneten Aufstand plädiert und waren in Kuba in der Taktik der Stadtguerilla ausgebildet worden. Zudem gab es zahlreiche Splittergruppen wie etwa die ELA, kurz für Epanastatikos Laikos Agonas − Revolutionärer Volkskampf −, oder der 1. Mai. Offensichtlich waren diese untereinander vernetzt, da zum Teil die gleichen Waffen für Anschläge der verschiedenen Zellen verwandt wurden.

Allein auf das Konto des 17. November gehen zahlreiche Anschläge, Überfälle und dreiundzwanzig politisch motivierte Morde, unter anderem der des CIA-Bürochefs Richard Welch in der amerikanischen Botschaft in Athen.

Jedoch wurde nie ein Mitglied der Gruppe verhaftet, was Spekulationen nährte, dass gewisse Kreise aus Politik und Geheimdienst die Aktivitäten gedeckt hätten.

Die in der griechischen Bevölkerung wegen der jahrzehntelangen Unterstützung der Militärjunta tief sitzende Ablehnung der USA trat 1999, während der Bombardierung Jugoslawiens, offen zutage. Zehntausende nahmen an Blockaden der NATO-Stützpunkte teil, und die Transportarbeitergewerkschaft sperrte sogar Schienenstrecken und Häfen für amerikanisches Kriegsgerät. Als am 8. Juni 2000 der britische General Stephen Saunders wegen seiner Teilnahme an der Planung der Bombardierung Jugoslawiens von einem Motorrad aus in seinem Wagen auf offener Straße erschossen wurde und der 17. November dafür die Verantwortung übernahm, setzten die USA ein polizeiliches Abkommen durch, das es amerikanischen Anti-Terror-Spezialisten erlaubte, eigenständig in Griechenland zu ermitteln.«

»Aber was hat das alles mit dieser Fabrik zu tun?«, unterbrach sie Stocker und nahm noch einen Schluck Wein.

Melina erhob sich und stellte sich hinter ihren Stuhl. »Nun, erst kürzlich gab es wieder einen Anschlag auf die Tankfarm der Anlage. Nur der Tatsache, dass es in jener Nacht absolut windstill war, ist es zu verdanken, dass der Brand gelöscht werden konnte. Hätte der Wind das Feuer an der brennenden Tankisolierung angefacht, wäre vermutlich die ganze Fabrik abgebrannt.«

»Ich verstehe noch immer nicht ganz«, warf Stocker ein.

»Ich bin ja auch noch nicht fertig. Noch vor fünfzehn Jahren wären Anschläge auf Gebäude multinationaler Konzerne normal gewesen. Doch diese Zeiten sind vorbei. Deshalb stellt sich jetzt die Frage: Warum dieser erneute Anschlag, und wer steckt dahinter?«

»Was vermuten Sie?« Stocker sah Melina mit zusammengekniffenen Augen an.

»Wir stehen noch ziemlich am Anfang unserer Recherchen. Der gewaltsame Tod Ihres Freundes, wenn er denn wirklich ermordet wurde, könnte allerdings ein Indiz dafür sein, dass es hier um mehr als einen rein nationalistischen Hintergrund geht.«

»Warum interessiert Sie das alles?«, fragte Stocker provokant.

Alexandros hatte den Unterton in Stockers Stimme vernommen und wechselte einen warnenden Blick mit seiner Partnerin, der Stocker nicht entging.

»Das ist eine Frage, die ich Ihnen nicht beantworten werde. Wir müssen sehr vorsichtig sein, wie der Tod Ihres Freundes uns bestätigt. Wenn Sie uns sagen, was Sie denken, warum er ermordet wurde, können wir Ihnen eventuell sagen, was wir vermuten.«

»Aber wenn ich eine Ahnung hätte, wäre ich heute Nacht nicht um die Fabrik geschlichen, richtig?«

Melina lächelte. »Dann haben wir ja noch etwas gemeinsam. Wenn wir mehr wüssten, hätten wir uns dort nicht getroffen, richtig?«

Jetzt war Stocker an der Reihe zu lächeln. »Doch im Gegensatz zu Ihnen habe ich einen konkreten Grund – den Tod meines Freundes – und Sie nicht. Oder haben Sie mir Ihren bisher verschwiegen?«

Für den Bruchteil einer Sekunde huschte ein schmerzlicher Ausdruck wie ein Schatten über das Gesicht der jungen Frau.

Stocker wurde schlagartig bewusst, dass Melina genauso wie er einen Freund verloren haben musste, und er gedachte, diese Ahnung zu seinem Vorteil zu nutzen.

»Wie ist Ihr Freund ums Leben gekommen?«, fragte er mit leiser Stimme.

Schlagartig wich alle Farbe aus ihrem Gesicht, und sie klammerte sich an der Stuhllehne fest, sodass ihre Fingerknöchel weiß hervortraten.

Seine Intuition war richtig.

Gleichzeitig hatte seine Äußerung jedoch offensichtlich das Misstrauen von Alexandros wiedergeweckt, der sich erhob und zu dem Regal ging, auf dem die Pistole lag.

»Alekto und Ares«, sagte Stocker.

»Sie kennen sich in griechischer Mythologie aus?«, erwiderte Melina, bemüht, ihre Gefühle wieder zu kontrollieren.

»Ein wenig. Das Motiv der Rache für moralische Verfehlungen ist mir nicht ganz ungeläufig.«

Sie sah ihn mit hochgezogenen Augenbrauen an, als würde sie fieberhaft versuchen, einen Zusammenhang zwischen dieser Bemerkung und der aktuellen Situation herzustellen. Doch es schien ihr nicht zu gelingen.

»Wir haben offensichtlich dieselben Beweggründe.« Stocker lehnte sich Richtung Tisch und griff nach dem Weinglas.

Er spürte, wie sie mit sich rang. Einerseits war sie misstrauisch, andererseits hatte er den sie verbindenden Nerv getroffen.

Melina drehte sich zur Seite, und ihre Hände bewegten sich krampfartig.

Draußen hatte inzwischen die Morgendämmerung eingesetzt, und im ersten Tageslicht zeichnete sich das Profil der jungen Frau gegen das helle Viereck des Fensters ab.

Nach einiger Zeit drehte sie sich abrupt zu ihm um und strich sich ihre langen Haare mit einer grazilen Bewegung aus dem Gesicht. »Er war wie ich Journalist.« Sie schluckte. »Er recherchierte im Zusammenhang mit dem Terroranschlag auf die Fabrik und verfolgte dabei mehrere Spuren. Eine deutete in Richtung Belgrad. Eine zweite wies Verbindungen zur UÇK im Kosovo und bis in die Schweiz auf. Die dritte hatte mit der Einflussnahme der USA auf den Balkankonflikt zu tun.«

»Ein bisschen viel politischer Sprengstoff auf einmal«, warf Stocker ein.

»Allerdings, vor allem, weil es auch Hinweise auf deutsche Aktivitäten respektive ehemals ostdeutsche gab.«

Stocker nahm die Zigarettenpackung und sah Alexandros fragend an, der nickte. Mit den Lippen zog Stocker einen der Glimmstängel heraus und hielt ihn in die Flamme der Petroleumlampe. »In der Schule habe ich Geschichte immer geschwänzt«, er lächelte, »aber das alles scheint mir doch etwas dubios, oder nicht?«

»Kaum«, entgegnete Melina, »denn sonst hätte man meinen Freund nicht ermordet. Er muss der Wahrheit wohl etwas zu nahe gekommen sein.«

»Wie ist er gestorben?«

»Er ist ganz in der Nähe auf der Nationalstraße 1«, sie deutete aus dem Fenster und in Richtung der Nord-Süd-Verbindung, »mit dem Wagen verunglückt. Angeblich haben die Bremsen versagt, und er ist unter einen Sattelschlepper geraten. Perfekt inszeniert. Es gab keine Spuren, nur noch ein Blechhaufen war übrig.« Sie holte tief Luft und griff ebenfalls nach den Zigaretten.

Stocker hielt ihr die Lampe entgegen, was sie mit einem scheuen Lächeln quittierte. »Wie gesagt, ich war in Geschichte nie besonders gut. Vielleicht können Sie mir die Hintergründe so erläutern, dass ich selbst mögliche Zusammenhänge herstellen kann.«

»Wenn Sie Zeit haben«, erwiderte sie.

»Die Nacht ist sowieso schon beim Teufel, und an den Wein habe ich mich auch schon gewöhnt.«

Drehscheibe Kosovo

Alexandros löste sich langsam von dem Regal, an das er sich schweigend gelehnt hatte. Er griff ebenfalls nach den Zigaretten, steckte sich eine an und machte dann mit der linken Hand die Geste für Essen.

Melina sah ihn kurz an und deutete dann auf die Zigaretten.

»*Fere ena paketo zigara.*«

Er nickte und verschwand.

»Er hat seine Pistole vergessen.« Lächelnd wies Stocker mit einer Kopfbewegung in Richtung Regal.

»Die ist sowieso nicht geladen.« Erstmals seit ihrer Begegnung am Zaun sah ihm Melina direkt in die Augen.

»Fangen wir mit Belgrad an. Für die Serben gilt der Kosovo mit der Staatsgründung unter der Dynastie der Nemanjiden im 12. Jahrhundert als die Wiege der serbischen Nation. 1912, im Ersten Balkankrieg, eroberten die Serben das Gebiet zurück. Tausende Albaner wurden dabei getötet. Bis in die zwanziger Jahre lieferten sich serbische Četniks und albanische Kaçaks blutige Gefechte. Nach dem Zweiten Weltkrieg entstand mit Jugoslawien ein relativ stabiles politisches Gebilde, doch nach dem Tod Titos kam 1989 mit Slobodan Milošević ein kommunistischer Apparatschik an die Macht. Die Unabhängigkeitserklärung des Kosovo und zunehmende Repressalien gegen Kosovo-Albaner führten dann schließlich zur Eskalation. Aber jetzt zu weiteren Fakten: 1996 kam erstmals eine Gruppierung mit dem Kürzel UÇK ins Spiel, die mit Bombenattentaten auf sich aufmerksam machte. Gerüchte, dass die UÇK durch den CIA und den BND unterstützt wurde, haben sich allerdings nie bestätigt. Wie auch?«

Melina rang sich ein abschätziges Lachen ab. »1998 fanden regelrechte Gefechte zwischen der UÇK und serbischen Truppen statt. Die Stärke der UÇK wurde damals bereits auf zwölftausend Mann geschätzt, die durch Plünderungen albanischer Depots ihr Waffenarsenal aufgestockt hatten. Finanziert wurde das durch die LDK, die Demokratische Liga des Kosovo. Sie formierte sich 1989 als Widerstandsorganisation und trat dann als politische Partei des Kosovo auf. Schenkt man den Aussagen von Insidern Glauben, so wurde der Drogenhandel zu einer der zentralen Finanzgrundlagen der UÇK. Die albanische Mafia steckte selbstverständlich auch mit drin, war sie doch von jeher in diesem Geschäft zu Hause. Über die LDK wurden dann wohl auch aus der Schweiz Waffen beschafft. Betrachtet man sich die geografische Lage Griechenlands, so gibt es zahlreiche Häfen an der Westküste und eine direkte Landroute über Albanien in den Kosovo, auf der die Waffen transportiert werden konnten.«

In dem Moment öffnete sich die Tür, und Alexandros stellte einen Korb mit Brot, Eiern, Speck, Schafskäse, Tomaten, Gurken und Honig sowie eine einfache Blechkanne auf den Tisch, der ein verführerischer Kaffeeduft entströmte. Erst jetzt bemerkte Stocker, wie hungrig er war.

Alexandros entzündete ein Bündel Reisig an der Petroleumlampe, die noch immer brannte, und warf es in den alten Holzofen, bevor er mehrere Holzscheite nachlegte.

Melina hatte die Kanne bereits auf den Herd gestellt und danach begonnen, den Speck in Würfel zu schneiden. Währenddessen sprach sie in ruhigem Ton weiter. »Nur wenig in der Öffentlichkeit bekannt ist die Tatsache, dass der Kosovo reich an Bodenschätzen ist.«

»Deshalb engagieren sich ja auch die Amerikaner und Briten dort. Wohl kaum aus humanitären Gründen«, warf Stocker ein. »Das gleiche Spielchen wie im Irak, wo man es auch ausschließlich auf die Bodenschätze abgesehen hatte.«

»Nicht nur.« Melina schüttelte den Kopf. »Der Irakkrieg und die erfundenen Massenvernichtungswaffen hatten einen anderen Grund. Saddam Hussein verkaufte sein Öl in Euro und plante zudem eine eigene Börse für Öl auf Eurobasis. Dies hätte, wären andere Ölstaaten diesem Beispiel gefolgt, eine Gefährdung des Dollar als Leitwährung und damit eine weitgehende Staatspleite der USA bedeutet. Man hätte nicht mehr beliebig viel Geld drucken können, um seine Schulden in Dollar zu bezahlen. Also wurden diese Länder zu sogenannten Schurkenstaaten erklärt und mit Sanktionen belegt, was wiederum den Zugang zu Krediten maßgeblich erschwerte. So viel zum militärischen Eingreifen der USA im Irak. Wo waren wir stehen geblieben?«

»Bei den Bodenschätzen des Kosovo.«

»Ach ja. Der Grund, weshalb sich die USA in diesem Konflikt engagieren. Blei, Zink, Nickel, Silber, Gold, Kobalt, Aluminium und Chrom sollen laut Weltwirtschaftsbank mehr als dreizehn Milliarden Euro wert sein. Dazu noch Erdgasvorkommen in Albanien und im Kosovo von geschätzten dreitausend Milliarden Kubikmetern und Erdölfelder von rund drei Milliarden Barrel, alles bisher unerschlossen.«

Inzwischen breitete sich ein intensiver Geruch nach gebratenem Speck in der Hütte aus. Dass das Abzugsrohr nicht ganz dicht war und den Raum mit Rauchschwaden schwängerte, war nebensächlich. Stockers Hunger wurde größer. Zumindest momentan konnte er seinen Freund Johann verstehen.

Melina hatte wohl seinen Blick zum Herd bemerkt, denn sie stellte die Kaffeekanne und eine Schüssel mit auf dem Ofen gerösetem Brot vor ihn hin. »*Kali orexi*, guten Appetit«, sagte sie und lachte.

Alexandros ließ kurz darauf die Eier mit Speck, den Käse und das Gemüse folgen und zauberte von irgendwoher noch eine Flasche Ouzo hervor, aus der er in drei kleine Gläser einschenkte.

Als Alexandros später das benutzte Geschirr in eine Art Spülstein stellte, wandte sich Melina wieder an Stocker und fuhr in ihren Ausführungen fort. »Weiter im Text. Haben Sie schon mal den Begriff ›Gladio‹ gehört?«

Stocker überlegte kurz und verneinte dann.

»Gladio wurde als eine Stay-behind-Organisation, eine paramilitärische Geheimorganisation der NATO, des CIA und des britischen MI6 während des Kalten Krieges gegründet. Sie operierte außerhalb jeglicher demokratischer Legitimation und Kontrolle. Geführt und koordiniert wurden die geheimen Einheiten von Gladio durch ein eigenes Sicherheitsbüro im NATO-Hauptquartier in Brüssel. Aufgabe der einzelnen Geheimkommandos war es, durch geeignete Maßnahmen, Mord und Folter inklusive, kommunistische Einflüsse im Keim zu ersticken. Auch in Griechenland gab es wohl solche Verbände. Nachdem zuerst in Italien und dann in anderen NATO-Mitgliedsstaaten Einzelheiten über die Existenz dieser Gladio-Einheiten an die Öffentlichkeit gedrungen waren, wurden sie angeblich bis 1990 aufgelöst. Was aber passierte mit diesen hoch spezialisierten und auf Guerillakampf trainierten Paramilitärs und was mit ihren Waffenarsenalen, über die sie verfügten? Die Antwort können Sie sich unter Umständen selbst geben.«

Stocker sah von Melina zu Alexandros, während er die Tischplatte umklammerte und sich langsam erhob. »Entschuldigung, aber ich muss an die frische Luft.«

Wortlos verließ er die Hütte und ging einige Schritte den Hang hinab. Die Sonne stand bereits über dem Horizont und ließ die kommende Hitze des Tages erahnen. Unterhalb wand sich die unbefestigte Straße, auf der sie nachts heraufgefahren sein mussten. Dahinter breiteten sich die schier endlosen Olivenhaine aus, subventioniert mit Geldern der EU. In einem Gatter standen einige Schafe, die ihn neugierig betrachteten, bevor sie plötzlich zurückwichen. Ein großer grauer Hund, ähnlich einem ungarischen Hirtenhund, tauchte neben dem Pferch auf und kam langsam und mit gesenktem Kopf auf Stocker zu. Bei ihm angekommen schob er seine Schnauze unter die rechte Hand des Commissarios, der mechanisch begann, diese zu streicheln.

Als Melina kurz darauf ins Freie trat, saß Stocker auf dem Boden. Der Hund hatte den Kopf in seinen Schoß gebettet und sah gebannt zu ihm auf.

»Der Hundeflüsterer«, sagte sie leise und kniete sich daneben. »Sie müssen ein guter Mensch sein. Eigentlich mag er unsere Spezies nicht besonders.«

»Durchaus zu verstehen«, erwiderte Stocker.

Eine Weile saßen sie stumm nebeneinander, bis Melina das Schweigen brach. »Die Spuren führen von der Fabrik aus auch nach Deutschland. Vielleicht können Sie uns helfen und damit auch die Gründe für den Tod Ihres Freundes herausfinden.«

»Vielleicht«, antwortete er und sah weiter über die Olivenhaine hinweg.

»Sie trauen uns nicht, oder?«

»Es ist eher eine Art von Vorsicht, weil ich die Zusammenhänge noch nicht klar erkennen kann. Was hat zum Beispiel die UÇK mit dieser Fabrik zu tun? Und was genau hatte Ihr Freund herausgefunden, das ihn das Leben kostete?«

Melina presste ihre Lippen aufeinander. Sie schien mit sich zu ringen, ob sie ihr Wissen preisgeben sollte. Dann nickte sie. »Also gut. Er hatte schon zweimal einen der Lkws verfolgt, die nachts hier beladen werden. Seltsamerweise gehen die Ladungen sonst überwiegend nach Süden, in das Depot nach Athen. Diese Transporte führten aber nach Norden.«

»Vielleicht nach Thessaloniki?«, vermutete Stocker.

»Ja, das dachte er auch zuerst. Aber keiner von ihnen fuhr nach Thessaloniki, sondern einer nach Mazedonien und der andere nach Albanien. Aber – und das ist das eigentlich Verwunderliche – nicht über die Hauptrouten, sondern über kleine Nebenstraßen. Und das mit einem Dreißigtonner. Das kommt mir schon etwas verdächtig vor.«

Gedankenverloren kraulte Stocker den Hund hinter den Ohren und sagte dann nur ein einziges Wort:»Drogen.«

Melina schüttelte den Kopf. »Das macht keinen Sinn.«

»Warum?«

»Weil der Umweg über Griechenland nur das Risikopotenzial erhöhen würde.«

Stocker sah Melina an. »Aber was wurde dann transportiert?«

»Ich weiß es nicht. Ich weiß nur, dass Lyo etwas herausgefunden haben muss. Und dass er vermutlich deshalb tot ist.« Sie stand auf und ging zurück zur Hütte.

Stocker blieb grübelnd sitzen. Eine nebulöse Ahnung begann langsam, eine konkrete Form anzunehmen. Dann hatte er sich entschieden. Ruckartig stand er auf und wandte sich in Richtung Hütte, gefolgt von dem Hund, der den plötzlichen Entzug der Streicheleinheit nicht akzeptieren wollte.

Als er die Hütte betrat, stieß er fast mit Alexandros zusammen, der gerade die Pistole vom Regal genommen hatte und sie in der Tasche seiner schwarzen Lederjacke verschwinden ließ. Er sah Stocker an und drehte sich dann wortlos um.

»Er traut mir nicht«, sagte Stocker zu Melina, während er im Türrahmen stehen blieb.

»Nein, nicht so richtig.« Sie fuhr mit der Rechten über ihren Haaransatz und strich eine Strähne zur Seite.

»Es gibt Fakten, die zwar nicht unmittelbar mit dem Fall in Verbindung stehen, aber bei meinen Ermittlungen eine gewisse Rolle spielen.«

Bei dem Wort »Ermittlungen«, das er betont hatte, hob Melina fast unmerklich die Augenbrauen. Stocker hoffte, dass sie seine Rolle in der Angelegenheit verstanden hatte.

»Wie bleiben wir in Kontakt?«, fragte sie.

»Um sich nicht unnötig in Gefahr zu bringen, werden Sie ein Prepaidhandy benutzen, das Sie von Zeit zu Zeit austauschen. Das erste kaufen Sie nachher unten im Ort. Anschließend gehen Sie in Skala am Hafen in das Restaurant vom Einäugigen auf einen Kaffee. Die Mobilnummer schreiben Sie auf eine Papierserviette und legen sie unter die Tasse, wenn Sie das Lokal wieder verlassen. Ich werde Sie dann in den nächsten Tagen von einer sicheren Verbindung aus kontaktieren. Und keine echten Namen. Alekto und Ares scheinen mir als Codenamen passend.«

Melina lachte kurz auf und nickte, bevor sie für Alexandros, der nicht alles verstanden hatte, übersetzte. Der fixierte Stocker und erwiderte dann etwas auf Griechisch.

Stocker sah Melina fragend an.

»Er ist einverstanden und will wissen, ob Sie zu viele Kriminalromane gelesen haben.«

Eher erlebt, dachte der Commissario, sagte aber: »Bringen Sie mich jetzt zurück nach Kipari?«

Als sie aus der Hütte traten, stand der Hund noch immer davor. Langsam trottete er auf Stocker zu und schob ihm wieder seinen riesigen Schädel unter die rechte Hand.

»*Bye*, Zerberus«, sagte Stocker und strich ihm sanft über den Kopf.

Die Bemerkung löste bei Melina ein leises Lachen aus. Dann hielt sie ihm den Schlüssel seines Mietwagens und das Fernglas hin. »Das werden Sie brauchen.«

Die Rückfahrt verlief schweigend, wenn auch schneller als die Hinfahrt in der vergangenen Nacht. Unmittelbar vor Kipari wendete Alexandros, und Stocker ging zu Fuß in den Ort hinein, begleitet von dem leiser werdenden Quietschen der Blattfedern des alten Landrovers.

Als er seinen dunkelgrauen Mietwagen erreichte, glich dieser bereits mehr einer Sauna als einem fahrbaren Untersatz. Die Mineralwasserflaschen auf dem Rücksitz hätten Wärmflaschen zur Ehre gereicht.

Nachdem Stocker alle Türen und die Heckklappe geöffnet hatte, wartete er ein paar Minuten, bis zumindest die größte Hitze aus dem Auto entwichen war.

Zwanzig Minuten später fuhr er auf einen unbefestigten Platz neben dem Hafenbecken in Skala. Langsam schlenderte er auf die Mole hinaus und behielt dabei das Lokal des Einäugigen im Blick.

Bald erschien der Landrover, Alexandros und Melina stiegen aus, und Stocker beobachtete, wie Nákos Galanis ihnen zwei Kaffee servierte. Er wartete fünf Minuten und ging dann Richtung Lokal.

Als Melina ihn entdeckte, wandte sie sich an ihren Begleiter, der ein paar Münzen auf den Tisch warf, bevor beide sich erhoben.

Unmittelbar danach erreichte Stocker den verlassenen Tisch. Er setzte sich auf Melinas Platz, schob die leere Tasse von sich, zog die Serviette darunter hervor und ließ sie wenig später in der Hosentasche verschwinden.

Den feuchten Küssen des Wirtes entkam er diesmal zum Glück, da gerade eine größere Familie das Lokal stürmte. Die kleinen herausgeputzten Mädchen sahen in den üppigen rosa Kleidchen aus wie Barbies.

Stocker trank einen schnellen Kaffee und fuhr zurück zu seinem Bungalow.

Nach einer kalten Dusche, soweit man das Wasser noch als kalt bezeichnen konnte, rief er Ina an.

»Dein nächtlicher Ausflug gestern hat wohl ein bisschen länger gedauert?«, begrüßte sie ihn.

»Kann man so sagen.«

»Nein, erzähl mir nicht, was passiert ist. Ich will es gar nicht wissen«, unterbrach sie ihn.

»Ist vermutlich auch besser so. Morgen Abend bin ich zurück und melde mich dann. Hast du etwas über den Geschäftsführer der Fabrik herausfinden können?«

»Nicht viel, aber doch etwas, das seltsam ist. Sarantakos hat in den USA studiert und war dann mehrere Jahre bei einer der renommiertesten Unternehmensberatungen beschäftigt, bevor er Geschäftsführer in Griechenland wurde.«

»Wen hat er beraten?«, fragte Stocker sofort.

»Im Auftrag der Amerikaner war er zuständig für mehrere Aufbauprojekte in Bosnien, Mazedonien und im Kosovo. Diese Unternehmensberatung scheint auch Kontakt zur OekoKon gehabt zu haben, da der Konzern als Referenz auf der Website aufgeführt wird. Aber das eigentlich Eigenartige ist, dass Sarantakos senior Eigentümer einer griechischen Reederei ist. Warum übernimmt sein Sohn die Leitung eines maroden Unternehmens, wenn man deinem Informanten Glauben schenken darf?«

»Eine Menge Ungereimtheiten, da gebe ich dir recht. Tu mir noch einen Gefallen, Ina, und versuche bitte, etwas über den Tod eines griechischen Journalisten herauszufinden. Leider kenne ich nur den Vornamen: Lyo.«

»Sonst noch was?«

»Ja. Cora soll in ihren Unterlagen wühlen. Vor vier oder fünf Jahren haben wir mal eine Delegation der griechischen Polizei bei uns empfangen. Mit einem gewissen Papadopoulos sind Göttler und ich abends abgestürzt. Irgendwo muss noch seine Visitenkarte rumfliegen. Ruf mich aber nicht an, wenn du sie hast, sondern schick mir einfach eine SMS mit seiner Nummer. Ich muss jetzt erst mal ins Bett. Wie geht es übrigens meiner Süßen?«

Ina lachte. »Die hat vermutlich bald eine genauso große Kugel wie Johann.«

»Das nächste Mal lasse ich sie bei dir.« Dann legte er auf.

Es war fünf Uhr am Nachmittag, als er erwachte. Trotz Klimaanlage hatte er geschwitzt, was vielleicht aber nicht so sehr an der Hitze, sondern an seinem Traum lag.

Auf seinem Handy waren zwei neue Nachrichten eingegangen. Die von Ina bezog sich auf eine kurze Mitteilung zu dem tragischen Unfalltod eines griechischen Journalisten Anfang des Jahres, jedoch ohne weitere Details zu liefern. Die SMS von Cora enthielt das Datum des fünf Jahre zurückliegenden Besuches der griechischen Delegation sowie Namen, Titel und Telefonnummer eines gewissen Jannis Papadopoulos.

Stocker schaute kurz auf die Uhr und wählte die Nummer. Zu seiner Überraschung wurde nach dreimaligem Klingeln bereits abgenommen.

»*Alt ti ci?*«

»Jannis Papadopoulos?«, fragte Stocker.

»*Nä.*«

»Hallo, Jannis, hier ist Florian Stocker. Erinnerst du dich noch? Muss jetzt an die fünf Jahre her sein, dass du in Augsburg warst.«

Es dauerte ein paar Sekunden, bis der griechische Kommissar in eingefärbtem Deutsch antwortete. »Ob ich mich noch erinnere? *Hristo mou!* Mein Gott, wenn ich daran zurückdenke, tut mir noch heute der Schädel weh. Wo steckst du? Es hat doch sicher einen Grund, dass du dich – wie sagt man? – aus heiterem Himmel meldest.«

»Du kannst deinen Beruf auch nicht verleugnen, was?«

»*Óchi.*«

»Ich bin in der Nähe von Atalanti und fahre morgen früh nach Athen zurück. Könnten wir uns irgendwo treffen?«

»Ich gehe davon aus, dass du nicht zu mir ins Kommissariat kommen willst, richtig?«

»Richtig.«

»Dann treffen wir uns um dreizehn Uhr im ›Jimmy and the Fish‹ am kleinen Jachthafen in Piräus. Der Laden liegt auf deinem Weg zum Flughafen und ist bekannt für seine gute Fischküche. Außerdem sind wir da ungestört. *Méchri ávrio.*« Er legte auf.

Nachdem er eine Stunde am Strand entlanggelaufen und zwischendurch eine ausgiebige Schwimmeinheit absolviert hatte, zog Stocker sich um und ging ins Restaurant hinüber. Heute stand ihm der Sinn nach Fleisch, zumal es morgen Mittag wieder Fisch geben würde. Zu einer gemischten Grillplatte bestellte er eine

Flasche Ellopia von Euböa. Der Rotwein hielt, was der Kellner versprochen hatte.

Nach dem Essen stapfte er durch den weißen Sand hinunter zum Steg, wo er genüsslich die zweite Hälfte der Flasche leerte.

Jimmy and the Fish

Am nächsten Morgen hatte Stocker sein Schlafdefizit wieder halbwegs ausgeglichen. Er ging eine Runde schwimmen, frühstückte und machte sich auf den Weg nach Athen. Bis dreizehn Uhr hatte er genügend Zeit, um sich nicht hetzen zu müssen. Auf Höhe von Chalkida machte er eine Pause, um in einer Fernfahrerkneipe einen Kaffee zu trinken, und erreichte eine Stunde später Athen.

Gegen zehn vor eins parkte er vor dem Restaurant »Jimmy and the Fish«, dessen Name auf einer blauen Markise prangte. Armer Johann, das wäre was für dich, dachte er. Er würde ihm davon erzählen, als Rache für Kassandras Fresskugel. Das Lokal war maritim eingerichtet, mit einem Steuerrad und einem Schwertfisch über der Bar. Stocker trat auf die Veranda und nahm an einem der weiß eingedeckten Tische Platz, direkt am Hafen. Vor ihm schaukelte ein alter Holzkutter in der leichten Dünung der Hafenmole. In dessen Plicht stand ein großer Tisch, vorbereitet für eine Gesellschaft von acht Personen. Stocker bestellte einen Aperitif aus Ouzo, Grenadine und Orangensaft.

Jannis Papadopoulos betrat zehn Minuten später die Veranda des Restaurants. Er war eine stattliche Erscheinung, sonnengebräunt mit einem klassisch griechischen Profil und leicht grau melierten Schläfen. »Flori, schön, dich hier in Griechenland zu sehen. Lass uns plaudern.« Er zog einen blau-weiß bezogenen Stuhl zu sich heran und setzte sich. »Ist es wirklich schon fünf Jahre her?«

»Ich glaube. Zumindest, wenn Coras Zeitrechnung stimmt.«

»Cora.« Die Andeutung eines Lächelns umspielte die Mundwinkel von Papadopoulos.

»Bist du noch immer bei der Mordkommission?«, fragte Stocker.

Der andere lachte. »Ja und nein. Seit dem Kosovokrieg ist viel passiert, und man versucht, dem Rechnung zu tragen. Ich bin Teil einer permanenten Soko, die sich mit Geschehnissen im Zusammenhang mit unseren nördlichen Nachbarn beschäftigt.«

»Da mangelt es dir sicherlich nicht an Arbeit«, rutschte es Stocker heraus.

Papadopoulos, der zum Hafen gesehen hatte, wandte sich zu ihm um. Ein hintergründiger Ernst lag in seinem Ausdruck. »Ich habe mir selbst den Decknamen Sisyphos gegeben. Du kennst dich aus in griechischer Mythologie?«

»Scheint ziemlich treffend zu sein«, erwiderte Stocker.

»Du bist doch sicherlich nicht nur hier, um mit mir Small Talk zu machen.« Papadopoulos fixierte Stocker, als versuchte er, anhand dessen Mimik mehr zu erfahren.

»Sagt dir der Name Sallinger etwas?«

»Du meinst den ertrunkenen Deutschen? Ich habe davon in der Zeitung gelesen.«

»Er war ein Freund von mir.«

»Okay.« Jannis Papadopoulos massierte seinen griechischen Zinken, und Stocker fiel sofort die Parallelität zu Lothars Marotte auf.

»Er ist ertrunken. Aber nicht dort, wo man ihn gefunden hat. Er wurde im Meerwasser am Strand einer kleinen Insel vor Atalanti umgebracht, wo auch sein Hund erschlagen wurde. Dessen Kadaver liegt noch immer dort.« Stocker legte Mavros' Hundemarke auf den Tisch.

»Bist du dir sicher?«

»Glaubst du, Johann würde sich irren?«

»Er hat die Leiche untersucht?«

Stocker sah Papadopoulos immer noch unverwandt an und nickte. »Er wurde wegen der gründlichen Vorarbeit seines hiesigen Kollegen misstrauisch.«

»*Fakelaki*«, murmelte Papadopoulos.

Stocker sah ihn fragend an.

»Das ist der griechische Begriff für Umschlagswirtschaft. Man schiebt jemandem für gewisse Gefälligkeiten einen Umschlag zu.«

»Interessant. Vielleicht auch für dich?«

»Versuchst du dich in Arbeitsbeschaffung?« Papadopoulos lachte sarkastisch.

»Kann es sein, dass du einen neuen Fall hast?«

»Flori, du bist ein guter Polizist, ein verdammt guter sogar. Aber lass mich anders antworten: Was weißt du über den Baron?«

Jetzt war es an Stocker zu lachen. Dann informierte er Papadopoulos über das, was er über Baron von Sperling und seine Sippe bis dato ermittelt hatte, und schloss erneut mit einer Gegenfrage: »Weißt du etwas über einen gewissen Sarantakos?«

»Über ihn nichts, zumindest nichts, was uns weiterhelfen könnte.«

Er ermittelt gegen die Fabrik, schoss es Stocker durch den Kopf. Also ist an Melinas Theorie etwas dran. Doch er war klug genug, nicht nach den Hintergründen zu fragen. Er war sich sicher, dass Papadopoulos sie ihm zu einem geeigneten Zeitpunkt von selbst mitteilen würde. »Über wen dann?«

»Seinen Vater. Man hat ihm vor etlichen Jahren den Transport nicht legitimierter Waffenexporte auf zweien seiner Schiffe nachgewiesen. Angeblich konnte er aber beweisen, dass er selbst über die Art der Fracht getäuscht worden war, und kam mit einer Geldstrafe davon. Wenn du mich fragst, dann steckte er – wie heißt es so schön? – bis zum Hals mit in diesem Geschäft drin. Ich werde versuchen, etwas mehr über den Tod deines Freundes herauszufinden, aber versprechen will ich nichts. Wenn ich eine Information über den Baron brauche, werde ich dich kontaktieren. Und jetzt lass uns endlich etwas essen, schließlich habe ich dir hervorragenden Fisch versprochen.«

Die nächste Stunde verbrachten sie mit dem Genießen von Fischspezialitäten und dem Austausch allgemeiner Entwicklungen im Bereich der Kriminalität, die alles andere als ermutigend waren.

Bevor er sich auf den Weg machte, schrieb Jannis Papadopoulos noch eine inoffizielle Handynummer auf eine seiner Visitenkarten. »Für alle Fälle. Darunter kannst du mich zu jeder Tages- und Nachtzeit erreichen. *Kaliméra*, Flori. Vielleicht sehen wir uns bald wieder.« Dann verließ er das Restaurant.

Fünf Minuten später winkte Stocker dem Kellner und bat um die Rechnung. Doch dieser erklärte, dass schon alles beglichen sei.

Es war kurz vor fünfzehn Uhr, als auch Stocker aufbrach. Sein

Lufthansa-Flug ging um siebzehn Uhr fünf, und es wurde Zeit, zum Flughafen zu fahren, da er auch noch den Mietwagen zurückgeben musste. »Sunny Cars« war der treffende Name für den von ihm gewählten Autoverleih: Das Innenthermometer zeigte satte achtundfünfzig Grad Celsius an. Er fuhr Richtung Westen, vorbei an der orthodoxen Klosteranlage Kesariani unterhalb des Berges Hymettos, bog kurz darauf nach Süden nach Peania ab und erledigte dort die Rückgabeformalitäten für den Wagen. Wäre mehr Zeit gewesen, hätte er sich dem Griechen gegenüber über sein durchschwitztes Hemd und die kaputte Klimaanlage ausgelassen, wäre damit aber vermutlich ohnehin auf Unverständnis gestoßen: Die einhundert Kilo Lebendgewicht hinter dem Schalter umgaben selbst die Ausdünstungen eines parfümierten Hammels.

Ein Shuttle brachte Stocker bis vor die Abflughalle, und er erreichte gerade noch rechtzeitig sein Gate zum Boarding.

Zwanzig Minuten später rollte das Flugzeug vorbei an zahllosen Maschinen der Olympic Air und Aegean Airlines und der kleineren Inselhopper von Hellenic Imperial Airways zur Startposition.

Während des Fluges döste Stocker vor sich hin und rekapitulierte die wichtigsten Informationen, die er in den letzten vier Tagen gesammelt hatte. Als ihm Lothars rote Blutkörperchen unter dem Mikroskop wieder einfielen, sah er angewidert auf den Rest seines Tomatensaftes.

Noch immer übernächtigt stellte er die Heizung seines Käfer Cabrios an. Seit seinem Abflug nach Athen war es merklich kühler geworden, und die kalte Luft drang durch alle Ritzen des alten Verdecks. Es war bereits zwanzig Uhr dreißig, als er vor Göttlers Haus parkte.

»Schade, sie haben ihn nicht behalten«, war dessen erster Kommentar, als er die Wohnungstür öffnete.

»Nein, aber ich durfte erst das Land verlassen, nachdem ich ihnen erklärt hatte, dass ich einen Freund und eine Katze vor der Herzverfettung retten muss.«

»Wie nett. Aber dein Treffen mit Papadopoulos dürfte auch nicht kalorienlos vonstattengegangen sein.«

»Woher weißt du denn das schon wieder?« Stocker sah ihn fragend an, wandte sich aber dann in Richtung Wohnzimmer, da Kassandra noch nicht aufgetaucht war.

Er entdeckte sie auf Johanns riesiger Couch auf einer weißen Flauschdecke, den Kopf auf die Vorderpfoten gelegt. »Hallo, Madam, ich bin wieder da, um dich aus den Fängen dieses Tiermästers zu befreien.«

Ihn traf ein strafender Blick aus gelben Katzenaugen, dem ein missachtendes Gähnen folgte.

»Was willst du trinken?«, fragte Göttler, bemüht, gut Wetter zu machen. »Ich habe gerade einen Rotwein geöffnet. Willst du auch?«

Stocker nickte, ließ sich neben Kassandra auf der Couch nieder und begann, diese hinter den Ohren zu kraulen. »Ich hätte dich gut brauchen können, dann wüsste ich jetzt, was in der Fabrik los ist.«

»Wieso mich?«, fragte Göttler, der mit einer Flasche und zwei Gläsern das Wohnzimmer betrat.

»Dich doch nicht«, lachte Stocker. »Ich rede mit Kassandra.«

»Ach so, du redest mit Kassandra.« Göttler schlug den eigenartigen Tonfall an, den er immer wählte, wenn es um Stockers angebliche Fähigkeit der Kommunikation mit seiner Katze ging. Dann ließ er sich in einen Sessel fallen und schenkte ihnen ein. *»Jámas.«*

»*Jámas*, Johann.« Stocker nahm einen kleinen Schluck, ohne wie sonst auf das Bukett zu achten. »Ich habe den Ort gefunden, an dem Lothar ermordet wurde. Mavros, sein Hund, wurde dort erschlagen.« Dann begann er, chronologisch seinen Griechenlandaufenthalt zu schildern.

Kassandra spielte weiterhin die Unbeteiligte, doch ihre Ohrenspitzen verrieten ein gesteigertes Interesse an den Geschehnissen.

Als Stocker mit dem Treffen im »Jimmy and the Fish« endete, erhob sich sein Freund, trat ans Fenster, schaute in den Garten hinaus und stellte die entscheidende Frage. »Und wie geht es jetzt weiter?«

»Es war Mord. Dein Obduktionsbericht wird das ohnehin bestätigen. Folglich sind die Voraussetzungen gegeben, offizielle

Ermittlungen aufzunehmen, ob das unseren Herren da oben passt oder nicht. Was ich brauche, sind Fakten, die belegen, dass die griechische Firma trotz zu erwartender negativer Erlössituation gekauft wurde. Diesbezüglich werde ich mal unseren nächtlichen Postboten unter Druck setzen. Und dann muss ich versuchen, mehr über die Ladung der Lkws und ihre Zielorte herauszufinden. Ich weiß auch schon, wie.«

Göttler drehte sich um. »Hoffentlich nicht, indem du griechischen Lastwagen hinterherfährst.«

»Nein, die Zeit hab ich gar nicht. Außerdem sind da schon andere dran.«

»Papadopoulos?«

»Vielleicht. Wobei ich nicht weiß, ob er mir die Infos weitergeben würde. Ich denke dabei an die beiden Journalisten und an meinen Freund Hajri.«

»Den Albaner?«

»Richtig.«

»Du spinnst doch.«

»In der Sache hängen Kosovo-Albaner genauso wie Serben mit drin. Ich brauche einen Informanten, der Kontakte zu diesem Umfeld hat.«

»Du spinnst wirklich, Florian. Du lässt dich da auf etwas ein, das du nicht im Griff hast. Das sind nicht deine normalen Kriminellen, diesmal geht es um organisiertes Verbrechen vor einem undurchsichtigen politischen Hintergrund. Du glaubst doch nicht, dass Wörner und Horn zulassen, dass du irgendwelche Scheiße aufrührst, an der sie sich verschlucken könnten. Und sobald auch nur ein Wort nach außen dringt, stehen BKA und LKA auf der Matte, entziehen dir den Fall und kehren das Ganze gekonnt unter den Teppich. Weißt du, was passiert, wenn mein Obduktionsbericht an die offiziellen Stellen geht? Soll ich es dir sagen? Er verschwindet, und keine Sau kümmert sich mehr um einen armen Deutschen, der dummerweise beim Baden in Griechenland ersoffen ist. Hab ich recht?« Göttler griff nach seinem Glas und leerte es in einem Zug.

Stocker sah seinen Freund an und wusste, dass er recht hatte. Dennoch antwortete er trotzig: »Dann machen wir es halt inoffiziell.

Mir wird schon einfallen, wie. Aber jetzt muss ich erst mal unter die Dusche und dann ins Bett. Sehen wir uns übermorgen zum Brunch im ›Poccini‹? Komm, Kassandra.« Er stand auf und ging zur Tür.

Göttler folgte ihm ins Treppenhaus und machte Licht. »Tu nichts Unüberlegtes. Sprich erst mal mit Ina. Bis übermorgen.« Dann schloss sich die Wohnungstür.

Nackte Tatsachen

Als Stocker am nächsten Morgen die Etage mit den Büros der Mordkommission betrat, lief er geradewegs Wörner in die Arme. »Ah, Stocker, auch mal wieder im Lande?« Was macht der denn schon so früh im Büro?, wunderte sich dieser. Da muss doch irgendwo die Kacke am Dampfen sein. »Herr Hauptkommissar Stocker hatte bis gestern Urlaub und meldet sich pünktlich wieder zum Dienst.«

Wörner sah ihn irritiert an, aber offensichtlich war ihm der sarkastische Unterton und die Betonung der beiden Worte »Herr Hauptkommissar« entgangen.

»Gut, dass Sie da sind. Im Allgäu wurde heute Morgen eine Frauenleiche entdeckt, und wir übernehmen für die Kollegen in Kempten. Frau Schatz ist schon auf dem Sprung.« Er drehte sich um und schaukelte seine hundertvierzig Kilogramm in Richtung Chefbüro. »Stocker«, rief er noch im Weggehen, »und strengen Sie sich an, damit wir uns vor den Allgäuer Kollegen nicht blamieren.«

»Das dürfte nicht allzu schwer sein«, murmelte Stocker halblaut.

Eine wegwerfende Handbewegung Wörners war die Antwort.

Ina stand vor ihrem Schreibtisch. Als Stocker sich an den Türrahmen lehnte, sah sie auf und lächelte ihn an.

»Schön, dass du heil zurück bist.« Sie schob ein paar Unterlagen zusammen, holte ihre Waffe aus der obersten Schreibtischschublade und ging auf ihn zu. »Ich muss leider gleich weg, aber wir können ja später sprechen.«

»Später ist gleich.«

Sie sah ihn mit zusammengekniffenen Augen fragend an.

»Wörner hat mich dir zur Unterstützung zugeteilt. Er hat Sorge, dass wir uns vor den Allgäuer Kollegen blamieren.«

Ein Lächeln huschte über ihr Gesicht. »Als Chauvinist kann er sich eben nicht vorstellen, dass ich allein zurechtkomme. Aber der Hintergrund ist tatsächlich nicht so trivial.«

Stocker ging rückwärts auf den Gang hinaus. »Wo ist denn plötzlich Kassandra?«

»Schau mal zu Meier rein. Der hatte heute früh zwei große Schaumrollen dabei.«

»Mistvieh. Erst frisst sie sich bei Johann eine Wampe an, und kaum sind wir wieder im Präsidium, klebt sie schon am nächsten fremden Fressnapf.«

»Na, so fremd ist der Fressnapf nun auch nicht mehr.« Lachend schob sich Ina an ihm vorbei und blieb vor Meiers Bürotür stehen. »Hab ich doch recht gehabt.«

Stocker warf über ihre Schulter einen Blick in das Zimmer seines Assistenten und sah seine Katze genüsslich an einem Stück Schaumrolle schlecken. »Jens«, sagte er laut, »ich lasse sie die nächsten Stunden bei Ihnen, wenn's recht ist. Sie haben ja noch eine Schaumrolle, wie ich gehört habe, und außerdem kann ich einen Polizeieinsatz in ihrem Zustand nicht verantworten.«

Mit einem Ruck fuhr der Katzenschädel herum, und ein giftiges Fauchen kam aus dem halb geöffneten Rachen.

Stocker drehte sich, gefolgt von Ina, mit einem Grinsen um.

Kassandra warf einen bedauernden letzten Blick auf die Reste der Schaumrolle und sprang dann von Meiers Schreibtisch.

»Worum geht es eigentlich?«, maunzte sie auf dem Weg Richtung Erdgeschoss.

»Gute Frage, worum geht es eigentlich?«, wandte sich Stocker an seine Assistentin.

»Heute früh gab es einen Leichenfund im Schwaltenweiher bei Seeg. Eine junge Frau.«

»Und sie ist ermordet worden?«, unterbrach sie Stocker.

»Eine durchgeschnittene Kehle lässt wohl keinen anderen Schluss zu. Oder hättest du bei einem solchen Szenario Zweifel?« Ina blieb kurz stehen. »Fährst du?«

»Du weißt doch, wo es hingeht. Aber wir können gern meinen Dienstwagen nehmen.«

Ina setzte das Blaulicht auf das Wagendach und lenkte den dunkelblauen Audi vom Hof des Präsidiums.

Die Fahrt Richtung Allgäu verlief schweigend. Kurz vor Seeg

bog Ina auf die OAL 1, und nach drei Kilometern erreichten sie den Parkplatz des kleinen Strandbades.

Am Eingang neben dem Kassenhäuschen stand eine junge Kollegin von der Streife. Ina und Stocker zeigten ihre Ausweise, was aufgrund des Blaulichts eigentlich überflüssig war, und folgten dem Fingerzeig und dem Hinweis der aparten Beamtin: »Dahinten beim Auslass im See.«

Erst jetzt fiel Stocker auf, dass der Weiher bis auf einige Lachen in der Mitte vollkommen leer war. Offensichtlich hatte man das Wasser abgelassen. Abrupt drehte er sich um und ging zurück zum Wagen.

Eine Minute später drückte er Ina, die neben der Kollegin gewartet hatte, ein Paar Gummistiefel in die Hand.

»Also, wer auch immer diese Dienstkleidung für unsere Mädels von der Streife ausgesucht hat, gehört eigentlich mit Katzenscheiße erschossen«, grinste er. »Entschuldige, Kassandra, aber darin wird selbst ein Topmodel zum Trampel«, setzte er flüsternd hinzu.

Ina hatte bereits das Bootshaus links vom Restaurant erreicht und zog sich Stockers Gummistiefel an. »Du gehst barfuß?«, fragte sie, als ihr Chef seine Schuhe und Socken auszog und die Hosenbeine seines Maßanzuges hochkrempelte.

»Schlammpackungen sollen ja gesund sein«, erwiderte er.

»Aber pass auf, hier im Uferbereich liegt überall Bruchholz.«

Tatsächlich ragten aus dem Uferschlamm überall größere und kleinere Äste hervor.

Sie stiegen die Badeleiter hinunter und berührten den braungrauen schlammigen Seegrund, der sich schmatzend um ihre Füße schloss. Kassandra sah ihnen mit schief gelegtem Köpfchen zu, bevor sie sich dem dicht mit Büschen bewachsenen Uferstreifen zuwandte.

Die Leiche lag direkt vor dem Auslassgitter, das den Auslauf zu einigen Fischteichen und dem Schwaltenbach versperrte. Das Gesicht der jungen Frau war übel zugerichtet. Augenbrauen und Lippen waren aufgeplatzt, das Nasenbein offensichtlich gebrochen, und auch die Arme wiesen Hämatome auf, die offensichtlich nicht postmortalen Ursprungs waren. Die Bekleidung, sofern man das, was sie am Leib trug, so bezeichnen konnte, bestand aus einem roten Spitzenslip mit Strapsen und einem dazu passenden Mieder. Am Hals klaffte eine tiefe Wunde, die keinen Zweifel am gewaltsamen Tod der jungen Frau zuließ.

Für die zwei anwesenden Beamten der Polizeistation Pfronten war es, ihrer Gesichtsfarbe nach zu schließen, wohl die erste derartige Leiche in ihrer Laufbahn.

Schmatzende Geräusche näherten sich der kleinen Gruppe.

»Der auch noch«, stöhnte Stocker, als er Göttler erkannte.

»Leiche am Morgen bringt Kummer und Sorgen. Da, halt mal, bevor du nur dumm rumstehst.« Er drückte Stocker seinen kleinen Koffer in die Hand und grinste in die Runde. »Hallo, Ina. Ach, und die Polizeikatze ist ja auch dabei.« Er tätschelte das Köpfchen von Kassandra, die oben auf dem Ablassschacht saß, bevor er sich zur Toten hinunterbeugte.

»Der Haut nach zu schließen, lag sie noch nicht lange im Wasser. Da sie allerdings zwischendurch wieder trockengefallen ist, kann ich noch nichts Genaueres sagen. Die Todesursache hingegen dürfte eindeutig sein. Der Fundort ist sicherlich nicht der Tatort, könnte aber durchaus irgendwo nahe dem Seeufer liegen. Die Kleidung und das osteuropäische Aussehen deuten auf illegale Prostitution hin«, sagte er. »Mehr kann ich im Moment auch nicht tun. Noch eins: Einer von euch kümmert sich bitte um die Fotos, und die beiden Herren hier warten auf das Bestattungsunternehmen und sorgen dafür, dass die Leiche in meinen Keller gebracht wird«, wandte er sich an die beiden Streifenpolizisten, die noch immer wie festgewachsen im Schlamm standen.

Damit kam Bewegung in die Gruppe. Während Ina die Tote von allen Seiten fotografierte, drehte sich Stocker in Richtung Süden. Doch das wunderschöne Panorama der Tannheimer Alpen nahm er nicht wahr. Sein Blick galt vielmehr dem Uferbereich.

»Wenn man eine Leiche hier loswerden will, fällt mir nur die kleine Insel ein. Dort kann man mit dem Wagen ziemlich nahe ans Wasser heranfahren, und die Gefahr, gesehen zu werden, ist äußerst gering. Was meinst du, Süße? Du kennst dich hier ja aus.«

Ein kurzes Maunzen war die Antwort.

»Kann mich mal jemand aufklären?« Ina sah zuerst Stocker und dann Kassandra an.

»Entschuldige, aber dahinten gibt es eine kleine Insel, die über einen Steg zu erreichen ist. Davor kann man direkt am Waldrand seinen Wagen abstellen.«

»Und wieso kennt sich Kassandra hier aus?«, hakte Ina nach.

»Ganz einfach, weil sie in Seeleuten geboren wurde und so neugierig, wie sie ist, bestimmt schon mal hier war«, erklärte er und schielte in Richtung Kassandra.

Ein Fauchen war die Reaktion.

»Komm, gehen wir auf die Suche, damit wir die Spusi nicht umsonst antanzen lassen«, forderte Stocker seine Assistentin auf.

Als sie wieder zum Bootshaus zurückkamen, fuhr gerade ein Leichenwagen vor.

Doch Stocker wandte sich, gefolgt von Ina, in Richtung Restaurant. Während er noch seine Füße unter einem Wasserhahn an der Außenwand säuberte, war Ina schon im Eingangsbereich verschwunden. Kurz darauf betrat er den Gastraum und bestellte zwei Cappuccino.

»Wann wurde denn damit begonnen, das Wasser abzulassen?«, fragte er die Bedienung.

»Vornächt, glob i«, war die knappe Antwort. Die Kaffeemaschine zischte. »Warum pfutzgat dia jetzat allaweil?«

Stocker konnte sich ein Lachen nicht verkneifen.

»Des gfugset Mädle isch gwies it vo do«, merkte die Frau noch an. »Arms Ding, meiomei. Dene kert dr Grind ra.«

Ina, die jetzt ebenfalls in den Gastraum gekommen war und gerade noch den letzten Satz gehört hatte, sah Stocker verständnislos an.

»Sie meint, dass man denen, die die Kleine umgebracht haben, die Rübe runterschneiden sollte«, übersetzte dieser.

Als sie nach dem schnellen Cappuccino wieder nach draußen traten, waren die beiden Streifenpolizisten gerade dabei, ihre verkrusteten Schuhe zumindest halbwegs vom Schlamm zu befreien.

Stocker wandte sich den beiden zu. »Sie haben die Bemerkung vom Gerichtsmediziner vorhin ja mitbekommen. Gibt es hier in der Nähe irgendwo ein Etablissement, wo das Mädchen illegal beschäftigt gewesen sein könnte?«

»An Puff, moinet Sie? Ja, do hot's amol i Balteratsried ebs gea.

Abr des isch jetz i Marktoberdorf. Da ›Paradiesgarta‹.« Der arme Kerl lief rot an, während sein Kollege ein breites Grinsen nicht unterdrücken konnte.

»Wenn Sie mit Ihren Schuhen fertig sind, kommen Sie doch bitte hinten zum Parkplatz an der Insel und warten dort«, wies Stocker die beiden noch an.

Als er und Ina das Strandbad mit dem Wagen verließen, war Kassandra plötzlich verschwunden. Stocker dachte sich nichts dabei, dirigierte seine Assistentin am Weiher entlang in Richtung Enzenstetten und bedeutete ihr hinter dem Seehotel, das offensichtlich geschlossen hatte, auf den Parkplatz zu fahren. Sie ließen das Auto vor einer Scheune stehen und orientierten sich zu Fuß nach rechts in Richtung See.

»Wenn ich recht habe, könnten wir vielleicht noch verwertbare Spuren finden. Es hat ja vermutlich die letzten Tage nicht geregnet.«

Ina sah ihren Chef skeptisch an.

Sie folgten dem Weg, der parallel zum See verlief, bis zu einer schmalen Brücke, die auf die Insel führte.

An deren Ende saß bereits Kassandra und wartete. Ohne einen Ton von sich zu geben, lief sie direkt zu einer kleinen Lichtung und auf das Wasser zu. Im Bereich der Uferböschung waren mehrere Quadratmeter der Vegetation, überwiegend Telekien, komplett niedergetrampelt.

Plötzlich entdeckte Ina dunkle Flecke auf mehreren der großen Blätter. »Könnte Blut sein. Also Spusi.«

Stocker nickte bestätigend und folgte Ina zurück zum Parkplatz, wo die beiden Streifenpolizisten und ihre aparte Kollegin bereits warteten. Der Commissario stellte einen jungen Mann ab, um den Zugang zur Brücke zu bewachen, und beauftragte den anderen damit, die Zufahrt vom Parkplatz zum See mit dem Streifenwagen zu sperren. Die Kollegin schickte er los, die Bewohner der angrenzenden Häuser zu befragen, ob ihnen innerhalb des Zeitraumes der letzten zwei bis drei Tage irgendetwas aufgefallen war. Dann verständigte er die Spurensicherung.

Ina hatte zwischenzeitlich mit einem Augsburger Kollegen von der Sitte telefoniert. »Es gibt tatsächlich ein Etablissement mit dem Namen ›Paradiesgarten‹ in Marktoberdorf. Der Besitzer ist einschlägig bekannt und führte früher ein Bordell in Augsburg-Lechhausen. Er beschäftigt fast ausschließlich Mädchen aus Rumänien, Bulgarien und Albanien, was zu Göttlers Vermutung passen würde.«

»Und jetzt willst du mich allen Ernstes in diesen Puff schleppen?« Stocker machte ein angewidertes Gesicht.

»Deine Terminologie ist falsch, Florian. Das ist kein Puff, sondern ein Laufhaus.«

»Die Bezeichnung erinnert mich eher an eine Hühnerfarm. Passt aber trotzdem, da sie im Puff ja auch auf der Stange sitzen.«

Ina sah ihn vorwurfsvoll an. »Der Unterschied ist nur, dass die Hühner freiwillig dort hocken, die Mädchen wohl eher nicht. Wenn du heute schlecht drauf bist, hältst du dich am besten im Hintergrund.«

»Nichts lieber als das. Außerdem ist es sowieso deine Leiche, hat Wörner gesagt. Wie heißt denn der Besitzer des Ladens? Du hast doch sicherlich mit Timo telefoniert, und der kennt so ziemlich jeden Puff, entschuldige, ich meine natürlich, jedes Laufhaus zwischen Bodensee und Augsburg.«

»Ein gewisser Wolfgang Götzke«, erwiderte Ina kurz angebunden.

»Wolfi, der Rammler?« Stocker lachte. »Soll ich dir mehr von ihm erzählen?«

Ina reagierte nicht.

»Wenn der anwesend ist, dann viel Spaß. Vielleicht tätest du gut daran, schon mal Verstärkung anzufordern.« Er stieg in den Wagen, stellte die Rückenlehne weiter nach hinten und schloss die Augen.

Er öffnete sie erst wieder, als sie die Ruinen eines Römerbades, das zu einer Villa Rustica aus dem zweiten Jahrhundert nach Christus gehört hatte, und den Nachbau eines römischen Wachturmes rechts der Staatsstraße 2008 bei Kohlhunden passierten. Kurz darauf fuhren sie in den Kreisverkehr Richtung Marktoberdorf ein.

Am nördlichen Ende des Marktfleckens bog Ina nach einem Kieswerk links in ein Gewerbegebiet ab. Kurz darauf hielt sie gegenüber einem Spielsalon auf dem ausgeschilderten Parkplatz vom »Paradiesgarten«, der sich als ehemalige Gewerbehalle herausstellte, aufgepeppt durch einen pompösen Säuleneingang und mehrere Palmen in großen Terrakottakübeln. Ein mattschwarz lackierter Chrysler parkte direkt davor.

Hinter der Doppeltür hing ein schwerer Samtvorhang. Ina schob ihn zur Seite und befand sich in einem Foyer mit roten Samtsofas.

Eine Frau mit Kopftuch und dem Kittel einer Reinigungsfirma quälte einen alten Staubsauger über den dunkelblauen Teppichboden. »Nix offen«, sagte sie und zog das Monstrum hinter sich her.

Ina machte Stocker ein Zeichen und betrat den rechten Gang, der vom Foyer nach hinten abging.

Notgedrungen nahm der Commissario den linken. Von ihm zweigten jeweils mehrere kleine Zimmer ab, deren Türen zum Teil offen standen und den Blick auf eine für dieses Gewerbe zweckmäßige Einrichtung freigaben. Lediglich in einem von ihnen hielt sich eine junge Frau auf, die Stocker erschrocken anblickte.

Am Ende mündete der Flur wieder in eine Art Halle, die von einem überdimensionalen Whirlpool dominiert wurde. In ihm lag ein tätowierter Typ mit Dschingis-Khan-Bart und schulterlangen Haaren. Eine gut gebaute Farbige, die Hände noch unter Wasser, lehnte sich an ihn und blickte erstaunt Ina an, die bereits neben dem Pool stand.

»Mordkommission Augsburg, Herr Götzke? Ich hätte ein paar Fragen an Sie.«

Langsam öffnete der Typ die Augen und musterte Ina abschätzend von oben bis unten. Dann stieß er sich vom Beckenrand ab, stieg vollkommen unbekleidet aus dem Wasser und griff nach einem Badetuch. Während er begann, sich in aller Ruhe abzutrocknen, wandte er den Blick nicht von Ina. Schließlich warf er das Handtuch auf die Doppelliege zurück und baute sich provozierend vor ihr auf. »Und wenn mir deine Fragen nicht gefallen?«, grinste er.

»Herr Götzke, Ihre Lieblingsbeschäftigung scheint es zu sein, mit dem Gesetz in Konflikt zu kommen«, entgegnete sie ruhig.

»Irrtum, Schätzchen, meine Lieblingsbeschäftigung ist rammeln, bis der Arzt kommt.« Er griff ihr ungeniert an die linke Brust.

Noch ehe Stocker, der just in dem Moment die Halle betrat, auch nur im Ansatz reagieren konnte, packte Ina schon Götzkes Hand, drückte den Arm nach oben und tauchte unter ihm hindurch, wobei sie hinter ihrem Gegner zu stehen kam. Schließlich riss sie mit einem Ruck den Arm noch weiter nach oben und knallte Wolfi Götzkes Gesicht mit der linken Hand auf einen der Stehtische. Blut spritzte über die weiße Oberfläche.

Sie beugte sich über das linke Ohr des Verletzten und zischte: »Wenn du so weitermachst, kommt der Arzt, auch ohne dass du dafür rammeln musst. Wenn du mich verstanden hast, dann darfst du jetzt abklopfen.«

»Hör auf, du blöde Schlampe. Du brichst mir noch den Arm«, stöhnte Götzke.

»Tätlichkeit und sexuelle Belästigung in Kombination mit Beamtenbeleidigung. Mach ruhig weiter so.« Nochmals schob sie den Arm höher, was einen Aufschrei zur Folge hatte.

Endlich klopfte Wolfi Götzke mit der Linken auf die Tischplatte. Offensichtlich war der Schmerz jetzt größer als der Wille zur Aufsässigkeit.

Ina ließ ihn los. Beim Zurücktreten öffnete sie ihre Jacke und legte die rechte Hand demonstrativ auf das Waffenholster. »Herr Götzke, wie wäre es, wenn Sie Ihren kleinen Wolfi jetzt in einer Hose verschwinden lassen? Das, worüber wir uns zu unterhalten haben, ist nämlich nichts für Minderjährige.« Ina warf einen bewusst abschätzigen Blick auf die Leistengegend des nackten Hünen.

Dem großen Wolfi blieb ob der Respektlosigkeit seinem besten Freund gegenüber die Luft weg. Und während er noch überlegte, wie er reagieren sollte, trat Stocker aus dem Halbschatten der Halle, bückte sich und warf Götzke eine lederne Bikerhose zu. Dabei fiel auf halbem Weg ein ebenfalls schwarzer Stringtanga zu Boden.

Götzke fing seine Lederhose mit der linken Hand auf und starrte auf seinen Slip. »Den brauch ich auch«, sagte er mit einem aufsässigen Unterton in der Stimme und nickte in Richtung Stofffetzen.

»Dann bemühen Sie sich doch bitte selbst«, erwiderte Stocker trocken, »Vergnügungssucht gehört nämlich nicht zu meinen Lastern.«

Kassandra hatte inzwischen ihre selbstständige Inspektion des Etablissements abgeschlossen und schlich betont langsam um den Pool, wobei sie einen gebührenden Abstand zu dem Tanga hielt.

Als Wolfi Götzke endlich angezogen war, fand er auch seine Sprache wieder. »Was wollt ihr eigentlich von mir? Mein Laden ist sauber.«

»Bis auf ein paar Stoffteile«, maunzte Kassandra.

Stocker sah sie irritiert an.

Ina legte ihr iPhone mit einem Foto der Ermordeten auf den Stehtisch. »Hat diese Frau bei Ihnen gearbeitet?«

Der Gesichtsausdruck des Mannes veränderte sich unmerklich, als er einen Blick auf das Gesicht der Toten warf, und Stocker glaubte, unter der Fassade von Erstaunen so etwas wie Furcht erkennen zu können.

Seine Ahnung wurde durch ein erneutes Miauen bestätigt: »Er hat Angst, spürst du das auch?«

Der Commissario nickte kaum wahrnehmbar und registrierte ein kleines triumphales Grinsen auf dem Katzengesicht.

Wolfi Götzke starrte noch immer auf das Bild, war aber nach intensivem Nachdenken offensichtlich zu einem Schluss gekommen. »Kann sein, dass sie ein paarmal da war. Oder auch nicht.« Er schluckte und betrachtete weiterhin das Bild. »Aber wenn, dann hat sie auf eigene Rechnung gearbeitet. Nicht alle Hühner sind bei mir angestellt.«

»Wie soll ich das verstehen?«, hakte Ina nach.

»Da sind auch Hausfrauen dabei, die anschaffen gehen. Wegen Geld oder weil der Alte nur noch Baumwollkrümel in der Hose hat.« Er grinste anzüglich.

Ina ignorierte ihn. »Weiter!«

»Die kommen einfach her, checken ein, drücken einen Hunderter ab, und dann geht's los. Wie oft und mit wem, ist dann nicht mehr meine Sache.«

»Und wie verbuchen Sie diese Einnahmen?«, fuhr Stocker dazwischen.

Der große Wolfi wurde noch nervöser. »Normalerweise lassen wir uns den Ausweis zeigen. Der wird dann kopiert und die Kopie abgelegt.«

»Aber offensichtlich wird dieses Prozedere nicht lückenlos angewandt.«

»Nein. Also ja, manchmal rutscht wohl eine durch.«

»Hören Sie zu, Götzke«, Ina schlug mit der flachen Hand auf den Tisch, »wir sind weder von der Sitte noch von der Steuerfahndung. Wir sind viel, viel schlimmer. Also versuchen Sie nicht, uns zu verarschen. Hier geht es um Mord. Kapieren Sie das endlich. Dieses Mädchen war keine nymphomanische Hausfrau, wie Sie uns glauben machen wollen, sondern kam aus Osteuropa und wurde auf den Strich geschickt.«

»Davon weiß ich nix.«

»Gut. Dann wollen wir Ihrem Gedächtnis mal auf die Sprünge helfen. Unser Präsidium hat da eine sehr erinnerungsfördernde Wirkung. Und wenn Ihnen in einer unserer gemütlichen Arrestzellen immer noch nichts einfällt, werden wir jeden Abend hierherkommen, so lange, bis sich Ihre Gedächtnislücke geschlossen hat.«

»Damit macht ihr mir das Geschäft kaputt.«

»Das wäre eine bedauerliche Nebenwirkung.«

Inzwischen war Wolfi Götzkes Gespielin dem Wasser entstiegen und kam in einen grellfarbenen Morgenmantel gehüllt an den Tisch.

»Verzieh dich«, fuhr Götzke sie an.

Doch Ina brachte ihn mit einem Fingerzeig zum Schweigen und schob ihr schnell das Handy hin. »Kennen Sie sie?«

Die Farbige warf einen Blick darauf und schlug sich die Hand vor den Mund. »Was ist mit ihr passiert?«, flüsterte sie.

»Man hat ihr vor zwei oder drei Tagen die Kehle durchgeschnitten und wollte sie im Schwaltenweiher verschwinden lassen. Blöd bloß, dass dort das Wasser abgelassen wurde.«

Entsetzen spiegelte sich in den Augen der Frau wider, als sie Ina anblickte. »Sie hieß Kaltrina.«

»Sie meinen, Katrina?«, hakte Ina nach.

»Nein, Kaltrina. Das kommt, soweit ich weiß, aus dem Serbischen von ›i kaltër‹, was so viel wie ›hellblau‹ bedeutet. Wegen ihrer schönen blauen Augen.« Ein gequältes Lächeln umspielte die dunklen Lippen der Frau.

»Ihr Nachname?«

»Berisha, so wie der Politiker.«

Stocker, der jetzt neben Ina stand, runzelte überrascht die Stirn ob dieser Bemerkung.

Der jungen Frau war dies nicht verborgen geblieben. »Ich kenne mich ein bisschen aus. Zu Hause habe ich an der UNILAG«, wie entschuldigend zuckte sie die Achseln, »der University of Lagos, ein paar Semester Wirtschaftswissenschaften studiert. Nichts ist so, wie es scheint. Und ja, sie hieß Berisha. Jedenfalls hat sie das gesagt.«

»Und woher und – noch wichtiger – wie kam sie nach Deutschland?«, fragte Ina.

»Aus einem kleinen Kaff an der Grenze zwischen Serbien und dem Kosovo. Man habe sie wegen ihrer Gesundheit ausgesucht, so sagte sie.«

»Das verstehe ich nicht. Was hat ihre Gesundheit damit zu tun, hier in Deutschland illegal auf den Strich zu gehen?«, wunderte sich Stocker.

»Das habe ich auch nicht kapiert. Aber bevor man sie hierherbrachte, wurde sie dort wohl in einer Klinik ganz genau untersucht. Mehr weiß ich auch nicht.«

»Wie heißen Sie eigentlich, falls wir noch Fragen haben?«, wandte sich Ina erneut an die Frau.

»Amara Kutere. Sie finden mich meist hier.«

»Danke, Frau Kutere«, sagte Ina und drehte sich wieder zum Dschingis-Khan-Bart. »Und Sie sollten den kleinen Wolfi die nächsten Tage schön in Marktoberdorf lassen, haben wir uns da verstanden? Ach ja, noch eine Frage: Wo waren Sie vorletzte Nacht?«

»Er war die ganze Zeit hier«, sagte Amara Kutere, bevor der Hüne antworten konnte.

»Sie haben durchgehend geöffnet?«, meldete sich Stocker wieder zu Wort.

»Nein. Meist ist um drei Uhr morgens Schluss. Aber Wolfi hatte wieder satt getankt, deshalb habe ich ihm den Autoschlüssel weggenommen.«

»Und er hat Sie nicht verprügelt?«

»Ich bin seine Geschäftspartnerin. Und da seine Qualitäten eher in der mittleren Körperregion und nicht im Kopf beheimatet sind, muss er auf meinen umso mehr aufpassen.« Sie lächelte das erste Mal, seit die Beamten ihre gemeinsamen Wasserspiele unterbrochen hatten. »Kommen Sie, ich bringe Sie noch raus.« Sie steuerte auf den rechten Gang zu.

Während sie den Flur entlangliefen, registrierte das Unterbewusstsein von Stocker, dass das vorhin belegte Zimmer jetzt leer war.

Vor dem roten Samtvorhang machte Amara Kutere halt. »Sie hat sich übrigens zusammen mit einer Freundin irgendwo hier in Marktoberdorf ein Zimmer geteilt. Mehr kann ich Ihnen leider nicht sagen. Auf Wiedersehen.« Sie ging zurück, ohne sich nochmals umzudrehen.

»Das mit der Klinik will mir nicht aus dem Kopf gehen. Normalerweise reicht ein HIV-Test für eine Verkehrszulassung«, murmelte Stocker, als er sich auf den Beifahrersitz fallen ließ und Kassandra von seinem Schoß auf den Rücksitz sprang.

»Wie geschmackvoll.«

»Wie alles an diesem Fall. Fahr ins Präsidium. Mal schaun, ob die von der Sitte uns weiterhelfen können, denn offiziell war unsere Leiche wohl nicht gemeldet.«

»Ich dachte, sie wäre meine Leiche?« Ina sah ihn von der Seite an.

»Jetzt ist es auch meine. Einwände?«

Lächelnd startete Ina den Wagen und fuhr zurück auf die Schwabenstraße, als Stocker plötzlich rief: »Langsam!«

Ina zuckte zusammen.

»Das Mädchen in dem grauen Regenmantel da vorne war vorhin in einem der Zimmer.«

Ina schaltete schnell. »Vielleicht eine Kollegin meiner Leiche?«

»Unserer. Unserer Leiche, Ina, schon vergessen?«

»Meinst du nicht, dass das im Moment vollkommen irrelevant ist? Sag mir lieber, was wir tun sollen.«

»Fahr langsam hinterher, aber halt genug Abstand.«

Ina ließ den Wagen die Straße entlangrollen. Nach etwa hundert Metern stieß plötzlich ein Sprinter rückwärts aus einer Einfahrt, und sie musste abrupt Gas geben, um einen Zusammenstoß zu vermeiden. Das Geräusch der durchdrehenden Vorderräder veranlasste die verfolgte Fußgängerin vor ihnen, sich umzusehen, und Stockers Vermutung bestätigte sich.

Als diese den dunkelblauen Audi erblickte, beschleunigte sie ihre Schritte und bog links in eine Einfahrt ab. Die Beamten erreichten diese nur Sekunden später und sahen die Frau gerade noch zwischen einer Reihe abgestellter Lkws einen schmalen Weg entlang der Gewerbehallen hinunterrennen. Erneut quietschten die Reifen, und Ina raste in die Gewerbestraße. Kassandra krallte sich verzweifelt in die Polster der Rückbank und gab ein verzweifeltes Maunzen von sich. Erst in der Nordstraße drosselte Ina das Tempo. Aber die junge Frau war verschwunden.

»Ich tippe nicht auf nymphomanische Hausfrau, sondern eher auf Illegale«, sagte Stocker. »Vielleicht sollten wir den Kollegen Meier heute Abend mal auf Brautschau in den ›Paradiesgarten‹ schicken.«

»Das ist jetzt aber nicht dein Ernst, oder?«

Doch Stocker ging nicht auf ihre Frage ein. Bis Augsburg hüllte er sich in Schweigen.

Unsittlich

Im Präsidium nahmen sie den direkten Weg in den zweiten Stock. Der Mitarbeiter, der sich um die sittlichen oder besser unsittlichen Angelegenheiten kümmerte, saß in seinem Büro, die Füße auf dem Tisch und einen Laptop auf dem Schoß.

Ina klopfte an die halb geöffnete Tür.

Timo Reuter, der äußerlich auch als besser situierter Zuhälter durchgegangen wäre, sah kurz auf und winkte sie herein. »Hallo, Ina, Schätzchen. Seit wann zieht es dich denn zu mir hin?« Sein offenes Lachen strafte sein Äußeres Lügen. »Und sogar in Begleitung des Commissarios und der Gatto Commissario. Komm her, meine Süße, ich hab was für dich.« Er zog eine Schublade auf und entnahm ihr eine kleine Box mit dem Aufdruck »Katzenleckerlis«.

»Seit wann hast du auch eine Katze?«, fragte Stocker ungläubig.

»Gar nicht. Aber nachdem Kassandra mich manchmal besucht und Kaffeesahne wohl nicht das Richtige ist, habe ich mir ein paar Leckerlis zugelegt.«

Stocker verdrehte die Augen und schlug mit der flachen Hand gegen den Türrahmen. »Deshalb verschwindet sie also manchmal.« Er beugte sich zu Kassandra hinunter. »Madam fressen sich also durchs ganze Präsidium. Prima. Wenn du so weitermachst, siehst du bald aus wie Wörner.«

Die Katze zeigte sich ungerührt.

»Also, was kann die Unsitte für euch tun? Nur um Small Talk zu machen, seid ihr sicherlich nicht hier«, grinste Reuter.

Ina, die sich inzwischen aufs Fensterbrett gesetzt hatte, begann, von ihrem Besuch im »Paradiesgarten« zu berichten, was ihrem Kollegen ein süffisantes Lächeln ins Gesicht zauberte.

»Soso, beim Rammler wart ihr also. Netter Zeitgenosse, gell? Der denkt sogar mit den Samensträngen, möchte man gar nicht glauben.«

»In dem Zusammenhang suchen wir eine gewisse Kaltrina Berisha beziehungsweise haben wir sie eigentlich schon gefunden und suchen jetzt ihre Freundin. Mit der soll sie sich der Sage nach in Marktoberdorf eine Unterkunft geteilt und im ›Paradiesgarten‹ angeschafft haben.« Ina legte ihrem Kollegen das Smartphone mit dem Foto der Toten auf den Schreibtisch.

Reuter nahm das Handy und betrachtete das Bild eingehend. Dann schüttelte er den Kopf. »Marktoberdorf ist zu weit von hier entfernt, als dass ich sie kennen würde. Jedenfalls ist sie sicherlich nicht aus Augsburg und vermutlich auch nicht offiziell registriert. Meine registrierten Damen kenne ich alle. Aber in letzter Zeit häufen sich die illegalen. Und wenn wir eine schnappen, kommt sie garantiert vom Balkan. Schaut euch nur das Gesicht an«, er zoomte den entsprechenden Ausschnitt des Bildes heran. »Sieht für mich klar osteuropäisch aus. Wir haben schon länger den Verdacht, dass jemand in der Gegend im größeren Stil für Frischfleisch auf dem Markt sorgt. Aber dass auch geschlachtet wird, ist neu. Schickt mir das Foto auf den Rechner, dann schaue ich mal, was ich in Erfahrung bringen kann. Gibt es sonst noch Hinweise, DNA-Spuren vielleicht?«

Stocker pflückte Kassandra von Timo Reuters Schreibtisch. »Johann ist dran. Aber selbst wenn, dann sind das vermutlich die der Hälfte der Männer vom Ball der einsamen Herzen. Außerdem lag sie ja mindestens zwei Tage lang im Wasser. Aber danke dir schon mal. Ach ja, und grüß Wolfi Götzke, wenn du ihn das nächste Mal siehst, besonders von Ina.«

Timo Reuter sah erst Stocker und dann Ina verständnislos an, erhielt aber keine Erklärung.

Auf dem Korridor zu seinem Büro lief Stocker prompt Wörner über den Weg, der mit einer Schachtel Kekse in Richtung Besprechungsraum unterwegs war. Demonstrativ sah Stocker auf die Packung.

»Schauen Sie nur. Bei der Unterbesetzung, die bei uns herrscht, muss ich mich sogar darum kümmern«, entrüstete sich der Polizeirat, wobei er die Hände hinter dem Rücken versteckte und so die peinliche Packung Stockers Blicken entzog. »Haben Sie schon etwas wegen der unbekannten Toten in diesem Dings, äh, Weiher unternommen?«

»Ja, sie ist jetzt nicht mehr unbekannt, nur noch ihre Bleibe in Marktoberdorf und derjenige, der sie umgebracht hat«, entgegnete Stocker.

»Na, da haben wir ja das Wesentliche bereits ermittelt«, kam es deutlich sarkastisch vom Polizeirat zurück. »Sagen Sie Frau Schatz, ich brauche einen Mörder. Festgestellte Personalien sind da noch etwas zu wenig.«

»Ich werde Ihre motivierenden Worte weitergeben«, erwiderte Stocker und wandte sich zum Gehen.

Doch Wörner war noch nicht fertig. »Warum kennen Sie eigentlich so schnell die Identität?«, argwöhnte er.

»Die Tote hat in einem Club in Marktoberdorf gearbeitet«, antwortete Stocker und konnte sich ein süffisantes Grinsen nicht verkneifen.

Wörner kniff die Augen zusammen. »In was für einem Club?«

»In einem Laufhaus.«

»Einem Puff?«, entfuhr es dem Polizeirat.

»So kann man das Etablissement auch bezeichnen.« Stockers Grinsen wurde noch breiter. »Es gehört übrigens einem Augsburger, dem Rammler.«

»Wem, bitte?« Wörner sah ihn verständnislos an.

»Herrn Wolfgang Götzke«, fügte Stocker erklärend hinzu.

»Oh Gott, das auch noch!« Wörner raufte sich den Haarkranz mit der Linken, da die Rechte mit der Keksschachtel beschäftigt war. »Und die Befragung ist problemlos verlaufen? Sie wissen ja, wir dürfen uns keine Blöße geben.«

»Die Blöße hat sich wohl eher die Gegenseite gegeben. Und wenn man von dem bisschen Nasenbluten absieht, war es ein sehr harmonisches Gespräch«, erwiderte Stocker wieder vollkommen ernst, drehte sich um und ließ seinen Vorgesetzten einfach stehen.

Nachdem er sich von Cora eine Kanne Kaffee ausgeliehen hatte, die eigentlich für Wörners Besprechung gedacht gewesen war, schloss Stocker seine Bürotür und sah deprimiert auf die einem deutschen Mittelgebirge ähnliche Erhebung in Form eines Aktenstapels auf seinem Schreibtisch. Die oberste Akte enthielt allgemeine Rundschreiben. Ohne diese gelesen zu haben, unterschrieb er den Laufzettel und schob die Mappe auf die Seite. Die nächsten sechs blauen Umschläge waren Vernehmungsprotokolle, die niemand mehr interessierten und die für die Ablage bestimmt waren. Auch die unterschrieb er, ohne einen Blick darauf geworfen zu haben.

Nach einer knappen Stunde hatte er sich bis zum Basislager des Gebirges durchgearbeitet, wo er auf Göttlers Obduktionsbericht von Lothar Sallinger stieß. Plötzlich sah er wieder die halb verweste Leiche von Mavros, Sallingers Hund, vor sich und stellte sich vor, wie die Täter den Kopf seines Freundes unter Wasser gedrückt hatten. Dann vollführte sein Gehirn einen Gedankensprung, und er sah Wolfi Götzkes Oberkörper in Inas Griff auf dem Stehtisch liegen. Aber da war noch etwas in seinem Unterbewusstsein. Doch egal, wie sehr er sich bemühte, er konnte nicht zuordnen, ob es etwas mit Sallinger oder Götzke zu tun hatte. In dem Moment klopfte es, und der Gedanke zog sich weit in seine Gehirnwindungen zurück.

Ina steckte den Kopf durch die Tür.

»Komm schon rein und mach hinter dir zu. Der Dicke spukt nämlich durchs Gemäuer.« Stocker hielt ihr den Obduktionsbericht entgegen.

Sie nahm ihn, zog sich wie gewohnt auf die Fensterbank neben Kassandra zurück und überflog Göttlers Ergebnisse. »Und jetzt?«, fragte sie dann.

»Jetzt müsste es offiziell werden. Aber wenn ich damit zu Wörner gehe, ist der Fall für uns weg, und wir wissen noch zu wenig über die Hintergründe.«

Ina sah ihn stumm an. Kassandra spürte die Spannung, die in der Luft lag, und fixierte ihrerseits Ina, bis sie ihren Kopf wandte und ihren undurchdringlichen Blick auf Stocker richtete.

Da war er wieder, der Gedanke. Der Commissario zuckte zusammen. Aber wie schon zuvor bekam er ihn nicht zu fassen.

»Sag mir, was du weiter vorhast«, bat Ina. »Ich muss noch den Bericht über unseren Besuch im Laufhaus schreiben und die übliche Post erledigen.«

»Post! Das war's.« Stocker schlug sich mit der flachen Hand auf die Stirn. »Bitte, sei so lieb und leg Cora die Mappen auf den Tisch.«

Er drückte Ina den gesamten Unterlagenstapel, den Obduktionsbericht ausgenommen, in den Arm.

»Was ist?«

»Du hast mir gerade das Stichwort gegeben. Der Postbote.
Bantleon. Der weiß definitiv mehr, als er bisher rausgelassen
hat. Vielleicht kann ich ihn unter Druck setzen. Ich hatte das
Empfinden, dass er auf keinen Fall in irgendeiner Weise in den
Fall hineingezogen oder auch innerhalb der Firma mit ihm in
Zusammenhang gebracht werden will. Ich erzähle es dir morgen
ausführlicher.«

»Morgen ist Samstag, Florian. Wenn es keine neue Leiche gibt,
habe ich frei.«

»Egal. Dann ruf ich dich eben an. Vielleicht können wir uns
auch zum Brunch im ›Poccini‹ treffen. Johann ist sicher auch
dabei. So gegen elf?«

»Kann mich nicht erinnern, dass der mal gefehlt hat, wenn
es was zu essen gab«, lachte Ina. »In Ordnung.« Sie zog die Tür
mit einem Finger hinter sich zu, während sie ihr Kinn auf den
Mappenstapel drückte.

Stocker sah auf die Uhr. Sechzehn Uhr. »Komm, Süße, wir
müssen los, sonst verpassen wir ihn noch.« Beim Verlassen des
Büros stieß er beinahe mit einem Mitarbeiter der Spurensicherung
zusammen.

»Wir haben noch etwas gefunden, Commissario.« Der Mann
hielt ihm einen größeren Plastikbeutel mit einem undefinierbaren grauen Inhalt vor die Nase. »Lag mit einem Stein be-
schwert in Wurfweite des Tatortes im See oder besser gesagt im
Schlamm.«

Stocker kniff die Augen zusammen und versuchte, den Inhalt
zu erkennen. »Was ist das?«

»Ein grauer Regenmantel.«

Stocker sah zu Ina, die mit dem Aktenstapel noch immer auf
dem Flur stand. »Vermutlich wie der von heute Vormittag. Das
Mädchen, das wir verfolgt haben, hatte genau so einen an.«

Stocker parkte wieder vor dem Gebäude der Augsburger Tourismus GmbH, stellte den Wagen so, dass er die Hauptverwaltung der

AGeKon im Blick hatte, und ließ die Seitenscheibe halb hinunter. Wieder stand ein Möbelwagen seitlich vor dem Haupteingang. Kassandra sprang auf seinen Schoß und rollte sich ein. »Diesmal erkennst du ihn ja wohl allein«, maunzte sie. Quälend langsam vergingen die Minuten. Gegen halb fünf verließen einige wenige Personen durch den Haupteingang die Konzernzentrale, aber Hinkebein war nicht dabei. Stocker wurde nervös.

»Wenn Sie wieder observieren, dann haben Sie heute Pech«, ließ sich eine angenehme Stimme vernehmen. »Am Freitag ist schon gegen vierzehn Uhr Schluss. Außerdem arbeiten da nicht mehr viele. Der Laden zieht aus.«

Stocker sah auf und direkt in wunderschöne rehbraune Augen.

»So gut haben wir beide es anscheinend nicht«, sagte er mit einem charmanten Lächeln. »Komm, Süße, die Dame, der wir den schönen Spaziergang neulich zu verdanken haben, ist wieder da.« Er nahm Kassandra in den rechten Arm, öffnete mit der linken Hand die Fahrertür und stieg aus.

»Ich muss mich entschuldigen, Herr Kommissar ...«

»Stocker, Florian Stocker«, stellte er sich vor. »Kommissar ist allenfalls ein Zustand, aber eigentlich kein Beruf«, fügte er erklärend hinzu.

»Jedenfalls tut es mir leid, Herr Stocker. Ich konnte ja nicht wissen, wer Sie sind und dass Sie noch dazu im Dienst waren.«

»Es war tatsächlich eine böse Überraschung, dass Sie Ihr Versprechen gehalten haben. Das mit dem Abschleppen, meine ich. Wir mussten bis in die Frölichstraße laufen. Sogar sie mit ihren kurzen Beinchen.« Er deutete auf Kassandra. »Hatte ganz wunde Pfötchen danach, das arme Ding.«

Ob sie ihm das abnahm, war nicht zu erkennen. Aber die Politesse setzte eine bedauernde Miene auf und strich Kassandra über das Fell.

Diese reagierte mit einem grollenden Knurren. Dann wand sie sich aus Stockers Armen und sprang auf die Motorhaube.

»Sie ist immer noch sauer. Tja, Katzen sind nachtragend.«

»Wie kann ich das nur wiedergutmachen?«

Stocker hatte insgeheim auf diese Antwort gehofft. »Nun, sie

liebt Fisch. Wenn Sie meine Einladung zum Abendessen anneh-
men würden, könnten Sie sicherlich mit einem kleinen Tellerchen
unter dem Tisch punkten.«
   Die rehbraunen Augen blickten jetzt spöttisch. »Bei wem?«
Offensichtlich war seine Taktik durchschaut worden. Stocker
lächelte zurück. »Ich gebe es ja zu, bei uns beiden.«

Als sie mit dem Aufzug in Stockers Wohnung hinauffuhren, spielte
Kassandra immer noch die Beleidigte.
   »Jetzt hör halt auf zu schmollen. Ich mach dir jetzt auch eines
von den leckeren Katzenmenüs auf.«
   »Sag mal, spinnst du, Großer? Ich dachte, wir gehen heute
Abend Fisch essen.«
   »Entschuldige, aber du willst doch nicht etwa mit?«
   »Natürlich. Schließlich hast du es ja meinen wunden Pfötchen
zu verdanken, dass du heute überhaupt zum Zug kommst.«
   »Wie redest du eigentlich mit mir? Zum Zug kommen, wie
hört sich das denn an?«
   In der Küche machte Stocker sich einen Aperol Spritz, allerdings mit alkoholfreiem Prosecco, was die nächste spitze Bemerkung Kassandras zur Folge hatte.
   Dann widmete er sich seiner Post, die ihm seine Haushaltshilfe
auf den Küchentisch gelegt hatte. Mit dem Filetiermesser schlitzte
er einen Umschlag nach dem anderen auf. Die Rechnungen sor-
tierte er aus, während die Reklame sofort in den Papiermüll unter
der Spüle wanderte. Ganz zum Schluss stieß er auf ein neutrales
Briefkuvert und war sofort hellwach.
   Der Brief enthielt weder ein Anschreiben noch einen Hinweis
auf den Absender. Dafür fünf DIN-A4-Seiten mit endlosen Zahlenreihen und unverständlichen Codes. Stocker setzte sich auf
seine Couch und begann, die Zahlen des ersten Blattes genauer zu
studieren. Doch als er auch das letzte Papier beiseitelegte, war er
genauso schlau wie vorher. Minutenlang überlegte er, stand dann
entschlossen auf und fischte das Gigaset von dem kleinen Beistelltischchen. Das Freizeichen ertönte, und kurz darauf meldete sich
der Teilnehmer.
   »Hallo, Don Toni, ich habe jetzt keine Zeit für lange Erklärun-

gen, aber ich maile dir gleich fünf Seiten. Bitte schau sie dir möglichst sofort an. Du musst keine Doktorarbeit darüber schreiben, ich will nur wissen, worum es sich handeln könnte.«

»Sonst bist du aber schon gesund, oder?«, ertönte eine Stimme aus dem Telefon. »Rührst dich ein halbes Jahr nicht und dann soll es hopp, hopp gehen.«

»Tut mir leid, aber ich hatte viel um die Ohren.«

Ein lautes Lachen war die Antwort. »Verwechselst du jetzt nicht die Organe?«

»Hör zu, Toni: Lothar, Lothar Sallinger, ist ermordet worden.«

Das Lachen verstummte schlagartig. »Haben die Unterlagen etwas damit zu tun?«

»Ja.«

»Dann schick mir die Mail, und ich rufe dich in einer halben Stunde zurück.«

Stocker ging in sein Arbeitszimmer, scannte die Blätter ein und fügte sie als Anhang der Mail bei.

Als er sie gesendet hatte, betrachtete er immer wieder die rätselhaften Zahlen und Anmerkungen in den Unterlagen, ohne jedoch aus ihnen schlau zu werden. Doch schon zehn Minuten später klingelte das Telefon.

»Meiner Einschätzung nach sind das Auszüge aus einem Businessplan. Aber frage mich nichts zu den Inhalten und Zusammenhängen. Das ist nicht meine Spielwiese. Wenn es sich um Fonds handeln würde, könnte ich dir Genaueres sagen, aber ich schätze, dafür brauchst du eher einen Controller. Mehr kann ich leider nicht für dich tun.«

»Du hast schon mehr getan, als du denkst. Ich rufe dich an, sobald ich darüber reden kann. Und dann lass uns mal wieder Badminton spielen, ja?« Stocker legte auf.

»AGeKon«, murmelte er vor sich hin. »Die Zettel sind ein Teil des Businessplans der Saftbude in Griechenland. Bantleon hat mir die Unterlagen in den Postkasten geworfen. Dummerweise können sich Zahlenjunkies wie er nicht vorstellen, dass es Leute gibt, die damit nicht das Geringste anfangen können. Ein Controller. Woher soll ich einen Controller nehmen?« Er sah Kassandra an, die ihn mit gelben Augen fixierte.

»Was ist mit dem Abstinenzler?«, maunzte sie. »Der war doch Controller.«

Entgeistert starrte Stocker seine Katze an. »Stimmt, der Abstinenzler«, flüsterte er. In Gedanken sah er sich auf dem Boden sitzen und mit einem Obdachlosen Wörners Fünf-Sterne-Cognac trinken. »Stichler. Manfred Stichler. Den hatte ich schon vergessen gehabt. Dafür hast du etwas gut bei mir, Süße.«

»Etwas Lachs und Butterfisch, bitte.«

Stocker ignorierte die Bemerkung und erhob sich. »Ich geh jetzt duschen. Solltest du auch tun. In die ›Fischerstuben‹ kommt man nämlich nur rein, wenn man nicht müffelt.«

Poccini

Er fühlte sich gar nicht gut, war doch die Nacht sehr kurz gewesen. Unrasiert und übernächtigt tapste er barfuß in die Küche, um sich mit Koffein wenigstens halbwegs ins Leben zurückzuholen. Gleich am ersten Schluck verbrühte er sich, was seiner Stimmung nicht gerade förderlich war. Zu allem Überfluss klingelte es in diesem Moment auch noch an der Wohnungstür.

Als er öffnete, stand ihm ein frisch gebügelter Göttler gegenüber, der vor guter Laune nur so sprühte. »Hallo, Florian. Los, mach dich hübsch, soweit das überhaupt möglich ist. Brunch bei Marco ist angesagt. Ich kann dir versichern, dass ich einen Riesenhunger habe.«

»Wann hast du den denn nicht?«, entfuhr es Stocker, der den Rückzug in Richtung Küche antrat. »Außerdem geht es mir im Moment gar nicht gut.«

Doch Göttler schien nicht zu verstehen oder verstehen zu wollen. »Krieg ich auch einen Kaffee?«

»Mach dir selbst einen, und bitte schrei nicht so.«

»Heute sind wir aber empfindlich, was? Oh, oh, oh, Herr Hauptkommissar scheinen gestern einen auf die Lampe gegossen zu haben. Sag bloß, du hast die beiden Flaschen Champagner da allein getrunken?« Er gab sich gleich selbst die Antwort. »Kenne ich sie?«

»Nein«, kam es patzig zurück. »Es sei denn, dir ist in letzter Zeit mal dein Auto abgeschleppt worden.«

Marco Cavalcone konnte sich mit Fug und Recht als Freund des Commissarios bezeichnen, hatte er ihm doch schon so manchen Gefallen getan, der nicht ganz mit den Regularien eines Rechtsstaates vereinbar war. Stocker sah dies allerdings etwas anders.

Normalerweise war das »Poccini« erst abends geöffnet. Doch Marco genoss es, seine Freunde ab und an mit gewissen Sonderleistungen zu verwöhnen.

Auf das Klopfen Stockers hin bewegte sich das Rollo, und der gegelte Haarschopf des Italieners tauchte dahinter auf.

»*Buongiorno, commissario, buongiorno*, Totenschauer.«

»*Buongiorno*, Marco«, murmelte Stocker, während Göttler gleich mit der Tür ins Haus fiel.

»Mann, riecht das hier wieder gut.«

Dabei roch es im »Poccini« eigentlich ausnahmslos gut. Das lag zum einen an den Düften, die permanent der kleinen Küche entströmten, zum anderen an den diversen Würsten und Schinken, die von der Decke hingen und deren Gerüche von Kräutern, Knoblauch, frischem Brot und Wein abgerundet wurden.

Auch Kassandra war immer wieder durch die Vielzahl der Düfte irritiert, doch fiel ihr sofort ein davon abweichender Hauch auf.

»Riecht wie Katzenarsch mit Knoblauch«, entfuhr es ihr.

Marco Cavalcones schwarz-weißer Kater lag wie üblich, wenn das Lokal offiziell geschlossen war, auf der Anrichte, den Charakterkopf auf die Vorderpfoten drapiert. Allein der Anblick hätte bei jedem Inspektor der Lebensmittelaufsicht einen Herzinfarkt oder, schlimmer noch, ein Herzkammerflimmern ausgelöst.

»Hallo, Polizeikatze«, maunzte der Kater. »Sollen wir mal gemeinsam um den Block ziehen?«

»Nur, wenn du vor mir läufst«, retournierte Kassandra.

»Spielverderberin.« Beleidigt schloss Poccini, der seinen Namen dem Lokal zu verdanken hatte, die Augen und ruhte wieder in sich selbst. Auch als es erneut an der Tür klopfte, bewegte er sich nicht.

»*Bella Ina.*« Cavalcone strahlte mit der Morgensonne um die Wette, als er Stockers Assistentin die Tür öffnete.

Nachdem er drei Gläser Spumante, zwei große Caffè macchiato und einen Caffè corretto vor ihnen abgestellt hatte, verschwand er in der Küche, aus der man kurz darauf das Klappern von Pfannen und eine Stimme vernahm, die versuchte, an die ruhmreichen Tage Mario Lanzas anzuknüpfen.

Als Göttler seinen Corretto umrührte und ein Grappadunst über den Tisch wehte, verzog Stocker das Gesicht.

»Was ist denn mit dir los?«, fragte Ina, der die Gesichtsentgleisung nicht entgangen war.

»Er hat gestern schon vorgeglüht«, kommentierte Göttler, was ihm einen bösen Blick seines Freundes einbrachte.

Kurz darauf erschien Marco Cavalcone mit zwei großen, einer sehr großen und einer sehr kleinen Portion seines fabulösen Omelettes Poccini. »*Frittata con tartufo bianco.*« Das kleine Tellerchen stellte er unter den Tisch, wobei er Kassandra zärtlich über das Köpfchen strich. »*Buon appetito, bella donna.*« Die größte Portion setzte er Göttler vor.

Schweigend genossen sie das Omelette, dem die dünn gehobelten weißen Trüffelspäne einen einzigartigen Geschmack nach Heu und Honig verliehen. Marco Cavalcone bezog diese seltenen italienischen Knollen nach eigenen Angaben direkt von einem umbrischen Bauern, der mit seiner Trüffelsau sogar in einem Bett schlafen sollte. »*Povero disgraziato*«, war jedes Mal, wenn diese Geschichte zur Sprache kam, Stockers Kommentar.

Anschließend brachte der Italiener die *secondo piatti*, die er regelrecht zelebrierte.

Göttler bediente sich umgehend an dem Pulposalat mit Artischocken und dem gegrillten Gemüse. Stocker und Ina hielten sich dagegen an die Feigenmarmelade, deren Rezept beide seit zwei Jahren zu erfahren suchten. Doch wenn es um die Geheimnisse seiner Küche ging, wurde der Italiener kompromisslos einsilbig.

Nach dem Essen kam die Sprache wieder auf Sallingers Tod, und Stocker rekapitulierte für Ina und Marco Cavalcone die Ereignisse in Griechenland en detail.

»*Porca puttana*«, entfuhr es dem Gastwirt.

»Und jetzt?« Ina stellte diese Frage in den Raum, wobei sie ihren Vorgesetzten fixierte.

Kassandra hatte sich auf ihrem Schoß eingerollt und genoss es, gekrault zu werden. Die Ohren blieben dabei aber wie immer aufmerksam gespitzt, um ja nichts von dem Gespräch zu versäumen.

»Zuerst muss ich wissen, was hinter dem Geschäft der AGeKon mit Griechenland steckt. Das hier war gestern in meinem privaten Postkasten.« Er legte die Datenauszüge auf den Tisch. »Vermutlich von diesem Bantleon, Controller bei der AGeKon. Das Problem ist nur, dass ich mit den Zahlen nichts anfangen kann.«

»Lasse mal schaue, Commissario.« Marco Cavalcone zog die

Blätter zu sich heran und fuhr murmelnd mit dem Finger die Zahlenreihen entlang. Dann schüttelte er den Kopf und hob entschuldigend die Schultern.

»So weit war ich auch schon«, sagte Stocker gereizt.

»Aber«, setzte Cavalcone an, »ganz linke Spalte ist Kot.«

Stocker begann zu lachen. »*Codice, Marco, non cacata.* Aber wahrscheinlich bist du mit deiner Auslegung näher an der Wahrheit dran. – Ina«, er wandte sich an seine Assistentin, »du kannst dich doch noch an den Abstinenzler im Fall Weinsberg erinnern. Ich hatte damals seine Trockenlegung veranlasst. Irgendwann hat er sich bei mir sogar bedankt, weil er in ein normales Leben zurückgefunden hat, aber ich weiß weder, wo er arbeitet, noch, wo er wohnt.«

»Marco«, sagte Göttler, »hast du so etwas wie ein Telefonbuch?«

»*Come no!*« Er stand auf, um es zu holen.

»Manchmal frag ich mich wirklich, ob der Commissario noch geradeaus denken kann. Also, Florian, wie hieß der Abstinenzler mit seinem Künstlernamen?«

»Stichler, Manfred Stichler.«

»Na siehst du.« Göttler blätterte im Telefonbuch, wurde aber nicht fündig.

»Der ist bestimmt nicht mehr in Augsburg. Wartet, gleich habe ich es«, warf Ina ein. »Genau, Avantgarde. Das ist der Name des Start-ups. Ein kleines, aber innovatives Modelabel. Macht tolle Klamotten. Da arbeitet er als Controller.«

»Und woher weiß man so etwas?«, argwöhnte Göttler.

»Weil man sich als Frau so etwas merkt. Er hatte das erwähnt, als er sich bei Florian bedankt hat.«

»Wo sitzt die Firma?«

Ina hatte ihr Smartphone aus der Handtasche gekramt. »In Kaufbeuren, in der Kaiser-Max-Straße.«

»Dann schau mal, ob Stichler auch in Kaufbeuren wohnt.«

Kurz darauf gab Ina Stocker ihr Handy. »Musst nur noch wählen.«

Der Commissario knurrte zum Dank. Während er auf das Klingelzeichen lauschte, schlenderte er zu der Anrichte, setzte sich neben Cavalcones Kater und begann, den riesigen Katzenschädel zu kraulen.

»Herr Stichler? – Ja. Hier Florian Stocker. Erinnern Sie sich noch an mich? – Ich will Sie am Wochenende auch gar nicht lange stören, aber ich bräuchte dringend Ihre Fachkenntnisse. – Nein, kein Problem. Und wo? – Gut, ich komme zu Ihnen. Danke und dann bis Montag.«

Den Rest des Samstags nutzte Stocker, um sich zu erholen und im Internet nach Informationen zur AGeKon zu suchen. Dabei stieß er auch auf etliches über Baron von Sperling. Der Adlige residierte privat offensichtlich im Allgäu. Laut Pressemeldung hatte er vor Kurzem ein Schloss aus dem Besitz derer von Thurn und Taxis für vier Komma acht Millionen Euro erworben.

»Ein Schnäppchen, was?«, wandte sich der Commissario an Kassandra, die neben dem Computer auf der Tischplatte saß und interessiert die Recherchen verfolgte. »Was hältst du von einem Sonntagsausflug, Süße?«

»Soll ich mich dort umsehen, wo du nicht reinkommst, Großer?«, maunzte sie zurück.

»Vielleicht.« Zärtlich streichelte er über ihr Köpfchen. »Aber nur, wenn es keine Hunde gibt.«

»Ach, Großer, wann lernst du es endlich? Hunde sind einfach nur dumm.«

»Das hält sie aber nicht davon ab, an deinem Hintern kauen zu wollen.«

»Da siehst du, wie dumm die sind. Ich würde jedenfalls an keinem Hundehintern kauen wollen. Bäh. Apropos kauen, ich hab Hunger.« Damit sprang sie vom Tisch und lief in Richtung Küche.

»Der Aufenthalt bei Johann scheint abgefärbt zu haben«, murmelte Stocker.

»Das habe ich gehört, Großer«, ließ sie sich aus der Küche vernehmen, begleitet vom leisen Scheppern des Katzenfressnapfes.

Adelssitz

Nach dem sonntäglichen Frühstück fuhren sie Richtung Allgäu. In Landsberg machten sie in der Eisdiele am Lechwehr Pause, und Kassandra sprang zur Belustigung der übrigen Gäste auf die Mauer, die als eine Art Tisch vor den Barhockern diente, und forderte ihren Anteil an der Sahne von Stockers Kirschbecher ein. Über die Salzgasse schlenderten sie dann zurück zum Hauptplatz, und der Commissario öffnete das Verdeck seines Käfer Cabrios.

Hinter Schwangau bog er in den Bullachbergweg ab. Doch die Hoffnung, von hier aus freien Blick auf das Schlösschen des Barons zu haben, erfüllte sich nicht. Alter Baumbestand und mehrere vorgelagerte Wirtschaftsgebäude nahmen ihm die Sicht. An der eigentlichen Zufahrt, die rechts vom Bullachbergweg abzweigte, wies ein nicht zu übersehendes Schild auf den Status des Privatbesitzes hin, und ein kunstvolles schmiedeeisernes Tor versperrte die Zufahrt.

Stocker wendete und fuhr zurück in Richtung Ortsteil Alterschrofen. An der Einfahrt zu einem großen Außenstall stellte er den Wagen ab, nahm Kassandra vom Rücksitz und sein Fernglas aus dem Handschuhfach. »Wir machen jetzt einen Spaziergang.«

»Sie liefen die Straße zurück und bogen an einem Feldrain auf einen Trampelpfad ab, etwa einhundert Meter vom Schlösschen entfernt. Dieses lag auf einer kleinen Anhöhe und bot seinen Bewohnern somit freien Blick auf die beiden Königsschlösser und die dahinterliegenden Berge. Der Abhang des Anwesens wurde durch eine Mauer gestützt, die gleichzeitig den direkten Zugang von dieser Seite aus verwehrte.

Gerade fragte sich Stocker, ob es keine Security gab, als ein Wachmann mit einem Schäferhund aus dem Schatten hinter dem Haus auftauchte.

»Sollen wir ihn ärgern?«, maunzte Kassandra.

»Nein«, antwortete Stocker entschieden. Zu diesem Zeitpunkt wollte er sein Interesse am Baron noch auf keinen Fall öffentlich machen.

Das Schlösschen war ein stattlicher Walmdachbau mit einem rückwärtigen Rund- und einem Erkerturm auf der Südseite. Vorgebaut war eine überdachte Veranda, die dem ersten Stock als Balkon diente. Stocker prägte sich die Details ein.

»Langweilig«, erklang es wieder von unten, »wenn man keine Hunde ärgern darf.«

»Deine Sorgen möchte ich haben. Komm, wir gehen zurück. Für heute habe ich genug gesehen. Mal schauen, wie lange das unechte Blaublut noch standesgemäß wohnt. Morgen wissen wir vielleicht schon mehr.«

Zurück beim Wagen ließ er Kassandra auf den Rücksitz springen und verstaute das Fernglas wieder im Handschuhfach, als ein Traktor in die Zufahrt zum Stall einbog.

»Du schtoost frei saugünschtig«, maulte ihn der Bauer an, als er ganz knapp an Stockers Wagen vorbeifuhr.

Der Commissario startete den Motor und folgte dem Bullachbergweg, der kurz darauf in die Staatsstraße nach Füssen mündete. An der Kreuzung Prinzregentenplatz schaltete die Ampel auf Rot, sodass ihm Zeit blieb, die »tanzenden Granitsäulen« zu bewundern, deren obere Teile, nur vom Wasser angetrieben, auf den eigentlichen Säulen rotierten. In der Herkomerstraße parkte er vor der Polizeiinspektion.

Innen roch es wie in jeder Wache. Er hasste den Geruch.

»Hauptkommissar Florian Stocker vom Präsidium Schwaben Nord«, stellte er sich vor.

Der Beamte, der offensichtlich Thekendienst hatte, fixierte ihn eher feindselig. »Scho mea a Kontrolle?«

Stocker schüttelte den Kopf und konterte mit einer Gegenfrage: »Ist Ihre Dienststelle auch für Schwangau zuständig?«

Der ältere Beamte nickte. »Warum wellet Sie des wissa?«

»Es geht um das Schlösschen und seinen Bewohner.«

»Den Baro?«, fragte der andere gedehnt zurück.

»Ich ermittle in seinem Umfeld und hoffe, dass Sie mir etwas mehr über ihn sagen können.« Stocker lehnte sich vor und stützte sich auf den Tresen.

»Vo mir aus nemmts den Seggl glei mit. Bloas Ärger, seit der do woahnt. Immer sin mir die Deppa, wenn der an Empfang geat und die ganza Groaßkopfta ahrolla. Absperra, umleita und bleed rumstanda. 's lettscht Mol hot's a so gschifft, dass eums Wasser oba nei und unta wieader nausgloffa isch. Moinsch, oimol a Danke? A Geizhals ona a fedde Sau sen halt erschd nochm Dod zu ebbes nuds. Aber mehr ko ich Eana o it saga.«

Stocker grinste. »Ich dachte eigentlich eher an etwas Ungewöhnliches.«

Der Beamte kratzte sich am Kopf. »Was ma so heard, kommat manchmal komische Leit. Araber un so a Zuigs. Un Schweizer«, fügte er nach einer kurzen Pause hinzu. Damit schien sich das Thema für ihn erschöpft zu haben.

Stocker bedankte sich und hörte im Hinausgehen noch, wie der Kollege seinen Besuch kommentierte. »I glob, des war der Narrete mit seim Katzabohla, vo dem se schon verzellt hend.«

»Wohin fahren wir jetzt?«, maunzte Kassandra etwas später.

»Das wirst du schon sehen. Jetzt habe nämlich ich zur Abwechslung mal Hunger.«

Stocker lenkte den Wagen am Weißensee vorbei in Richtung Pfronten. Als er das Cabrio auf dem Parkplatz in der Kienbergstraße vor der Schankwirtschaft parkte, stellte Kassandra ihre Vorderpfötchen auf seine Rückenlehne und flüsterte: »Das kenn ich, hier waren wir mal mit Ina, richtig? Warum hast du sie heute eigentlich nicht mitgenommen?«

»Warum, warum? Frag nicht so dämlich.«

»Wegen der Rehäugigen? Aber die hast du ja auch nicht mitgenommen.«

»Wenn du jetzt nicht gleich die Klappe hältst, lass ich dich im Auto.«

Kassandra sprang auf die Lehne und schleckte Stocker mit einer schnellen Bewegung ins rechte Ohr.

»Bah! Du weißt, wie ich das hasse.«

Da es noch früh war, fanden sie einen Platz im Garten auf der Bank direkt neben dem großen Rosenstrauch, der einen leichten, betörenden Duft verströmte.

Kassandra rollte sich auf Stockers Schoß ein.

Der Wirt in Lederhose und weißem Hemd mit Weste trug seine Haare zu einem Pferdeschwanz gebunden. Einen Moment lang setzte er sich zu ihnen und lächelte, als er einen Blick aus einem leicht geöffneten Katzenauge auf sich gerichtet sah. Stocker hatte die Speisekarte überflogen und entschied sich für den Schweinebraten in Hofbiersoße mit Brezenküchle. »Und eine kleine Portion Entenleber, aber ungewürzt.« Er deutete mit einem Nicken auf Kassandra.

Stocker genoss den Schweinebraten und die Ruhe, die jedoch plötzlich von einem warnenden Grollen seiner Katze unterbrochen wurde. Der Hund vom Nachbartisch, fünfmal größer als sie, interessierte sich zunehmend für deren Entenleber. »Bitte halten Sie Ihren Hund zurück«, wandte sich Stocker an seinen Besitzer. »Ich will nicht, dass ihm etwas passiert.«

Die Antwort war ein arrogantes Lachen, das jedoch unmittelbar verstummte, als Kassandra sich mit ausgefahrenen Krallen auf das Tier stürzte, das sich noch weiter vorgewagt hatte. Winselnd und auf dem Rücken liegend versuchte der Köter vergeblich, ihr Widerstand zu leisten.

Erst auf Stockers Aufforderung hin ließ Kassandra von ihm ab.

Der Hundebesitzer war aufgesprungen und kümmerte sich um seinen lädierten Vierbeiner. »Was ist das denn für ein Monster?«, blaffte er in Richtung Stocker.

»Allgäuer Waldkatze. Ich hatte Sie gewarnt.«

Wenig später trippelte Kassandra, als wäre nichts geschehen, hinter Stocker aus dem Biergarten.

Satzfetzen wie »einsperren«, »nicht frei herumlaufen« und »Maulkorb« zauberten dem Hauptkommissar ein Grinsen ins Gesicht.

Zahlenspiele

Am Montagmorgen sprintete Florian Stocker um acht Uhr die Treppe im Kommissariat hinauf und lief prompt mal wieder Wörner in die Arme, der gerade den Aufzug verließ.

Wie immer kam dieser ohne Gruß sofort zur Sache und machte Stockers gute Laune mit einem Satz zunichte: »Was ist jetzt mit der Leiche von dieser Prostituierten?«

Stocker kochte innerlich, blieb aber äußerlich vollkommen ruhig. »Die ist noch immer tot. Und es bestehen berechtigte Zweifel daran, dass sie freiwillig als solche gearbeitet hat. Vorschnelles Schubladendenken wie Ihres behindert nur die Ermittlungen. Sie sind ja auch nicht homosexuell, nur weil sie eine rosa Krawatte tragen.« Er ließ den sichtlich um Fassung ringenden Polizeirat einfach stehen.

»Morgen, Cora«, begrüßte er kurz darauf seine Sekretärin. »Sagen Sie, was ist denn mit dem Dicken los? So früh ist der doch sonst nie im Büro.«

»Ich glaube, seine Frau ist von ihrer Reise zurück. Kaffee steht schon auf Ihrem Schreibtisch.«

»Danke.« Er schloss seine Zimmertür hinter sich.

Um halb zehn verließ das ungleiche Paar, bestehend aus Kommissar und Katze, wieder das Präsidium in Richtung Kaufbeuren.

Diesmal parkte Stocker den Wagen direkt vor der Dreifaltigkeitskirche und klemmte das Schild »Polizei im Einsatz« hinter die Frontscheibe. »Einmal abgeschleppt werden reicht«, sagte er zu Kassandra.

Das Atelier, in dem Stichler arbeitete, lag im ersten Stock eines lindgrünen Gebäudes, dessen Fenster verspielter weißer Fassadenstuck umrahmte.

Im Vergleich dazu konnten die Räumlichkeiten der Firma gegensätzlicher nicht sein. Stocker und Kassandra schlug strahlendes Weiß entgegen. Ungefähr fünfzehn Arbeitsplätze waren teilweise mit ebenfalls weißen Paravents abgetrennt oder in kleinen Gruppen arrangiert worden.

Eine attraktive junge Frau im roten Hosenanzug kam direkt auf Stocker zu und reichte ihm lächelnd eine zierliche Hand, deren Druck jedoch unerwartet kräftig ausfiel. »Nathalie Gerber.« Ein Lächeln huschte über ihr schmales Gesicht, als sie Kassandra gewahr wurde, die ihren Annäherungsversuch jedoch mit einem Fauchen quittierte. »Sie sind sicherlich Hauptkommissar Stocker. Herr Stichler hat Sie schon avisiert. Kommen Sie, ich bringe Sie zu ihm.«

Stocker hätte ihn nicht wiedererkannt. Der einst wild wuchernde Bart zierte jetzt streichholzkopfkurz ein braun gebranntes Gesicht. Stichler trug einen extravaganten Anzug mit messerscharfen Bügelfalten und dazu eine Krawatte im passenden Design.

Der Controller deutete das Gesicht des Commissarios richtig. »Die Rundumerneuerung hat mir meine Chefin verordnet. In der Modebranche kann ich nicht so rumlaufen wie früher.« Lachend gab er Stocker die Hand. »Das habe ich übrigens Ihnen zu verdanken. Sonst wäre ich damals wahrscheinlich an Wundbrand gestorben. Einzig der gute Cognac Ihres Chefs ist mir in Erinnerung geblieben.« Er machte eine Bewegung, als wollte er die Schatten der Vergangenheit verscheuchen. »Was kann ich für Sie tun? Verzeihung, darf ich Ihnen etwas anbieten, Kaffee, Wasser, Fruchtsaft?«

»Gern, einen Kaffee und ein Wasser, bitte.«

Während Stocker seinen Kaffee trank, versenkte sich Manfred Stichler bereits in die Zahlenreihen, die vermutlich von der AGeKon stammten. Als Stocker ergänzend bemerkte, nicht über die Bedeutung der Codes zu verfügen, winkte der Controller nur stumm ab.

Es dauerte endlose zwanzig Minuten, bevor Stichler aufschaute. »Meiner Meinung nach handelt es sich um die Gegenüberstellung zweier Investitionskalkulationen für eine Getränkefabrik. Hier stehen die Werte, die vermutlich der Realität entsprechen, und daneben die frisierten. Das Gesamtinvest liegt bei einundzwanzig Millionen. Aus prognostiziertem Umsatz, Personal- und Betriebskosten sowie dem Kapitaldienst ergibt sich ein jährlicher Verlust von knapp drei Millionen. Wertminderungen wurden keine geltend gemacht. Offensichtlich sind die Anlagen bereits voll abgeschrieben. Die zweite Spalte beinhaltet die fiktiven Zahlen. Hier werden seltsamerweise Abschreibungen gebucht, ohne dass ihnen nennenswerte Neuinvestitionen gegenüberstehen. Auch tauchen, woher auch immer, urplötzlich Kapitalrücklagen auf. Zudem sind die prognostizierten Umsätze wesentlich höher als in der, ich nehme mal an, realistischen Bilanz. Summa summarum geht man hier von einem Bilanzgewinn von drei Komma fünf Millionen im Jahr aus, womit der Return of Investment bei geschätzten sechs Jahren läge.«

Stocker überlegte kurz. »Um es auf den Punkt zu bringen: In ein Projekt mit den linken Zahlen würde also nur jemand investieren, der nicht ganz bei Trost ist. Demzufolge wurde die Rechnung getürkt, um den Kauf und eine Finanzierung zu rechtfertigen.«

»So in etwa«, bestätigte Stichler. »Stellt sich jetzt nur noch die Frage, warum jemand Zahlen fingiert, um eine Fehlinvestition zu tätigen.«

»Genauso ist es.« Stocker erhob sich und dankte Stichler. Als er das Atelier durchquerte, lehnte Nathalie Gerber am Schreibtisch eines ihrer Mitarbeiter, stieß sich dann aber ab und kam auf ihn zu.

»Ich hoffe, Manfred konnte Ihnen helfen. Sollten Sie seine Fachkenntnisse nochmals benötigen, sind Sie ein gern gesehener Gast. Hinsichtlich Mode brauchen Sie sicherlich keine Beratung. Leider«, fügte sie lächelnd hinzu und strich kurz über das Revers seines Seidensakkos. Ein Fauchen Kassandras ließ sie ihre Hand erschrocken zurückziehen.

Stocker schüttelte irritiert den Kopf und verabschiedete sich.

»Sag mal, spinnst du?«, wandte er sich an seine Begleiterin, als sie das Büro verlassen hatten. »Führst dich auf wie ein wild gewordener Handfeger. Was soll das?«

»Tu nicht so unwissend. Die Tante passt haargenau in dein Beuteschema.«

»Und wenn, dann geht es dich nichts an.«

»Doch, schließlich wohnen wir zusammen.«

Wieder auf der Straße konnte Stocker der Versuchung nicht

widerstehen, in dem Weinladen De Crignis sechs Flaschen eines Lugana DOC Marogne der Cantina Zeni zu kaufen. Auf dem Weg zum Auto suchte er vergeblich nach dem Modehaus, das denselben Namen wie der Weinladen trug. Er erinnerte sich bruchstückhaft an ein Kostüm, das seine Mutter in seiner Kindheit in dem Bekleidungsgeschäft gekauft hatte, und an die Tasse heiße Schokolade danach in einem Café.

Beim Wagen angekommen verstaute er den Weinkarton hinter dem Vordersitz und ließ Kassandra auf die Rückbank, wo sie sich immer noch beleidigt einrollte. Stocker wollte gerade einsteigen, als Stichler plötzlich neben ihm auftauchte.

»Herr Kommissar, mir ist noch etwas eingefallen. Wenn Sie diese Kalkulation als Beweismittel verwenden wollen, wäre es sicherlich dienlich, auch die Aufstellung der Codierung für die Einzelpositionen zu haben.«

»Danke für den Hinweis.« Stocker lächelte. »Ich werde daran denken.«

»Und übrigens, Frau Gerber ist nicht verheiratet.« Grinsend wandte sich Stichler zum Gehen.

Den Katzenkopf, der bei dieser Bemerkung unvermittelt am Seitenfenster aufgetaucht war, bemerkte er nicht mehr.

Stocker war gerade dabei, den Motor zu starten, als sein Handy klingelte.

»Warum gehst du nicht ans Telefon?«, vernahm er Inas vorwurfsvolle Stimme.

»Ich hab's im Auto liegen lassen.«

»Wo steckst du?«, folgte die nächste Frage.

»Noch in Kaufbeuren. Warum?«

»Weil du gleich weiterfahren kannst. Wir haben eine neue Tote. Im Moment weiß ich noch nicht viel mehr, als dass ihr auch die Kehle durchgeschnitten wurde. Das lässt Parallelen vermuten. Johann und ich sind schon auf dem Weg.«

»Und wohin führt euch dieser Weg?«, fragte Stocker.

»Zum Festspielhaus Füssen.«

»Wie praktisch. Die eine ist noch nicht richtig kalt, da kommt schon die Nächste. Das nennt man Arbeitsbeschaffung«, murmelte Stocker und legte auf. »Bald können wir direkt ins Allgäu ziehen«, wandte er sich an Kassandra. »Jetzt holen wir uns aber noch schnell was zu beißen, denn anschließend habe ich garantiert keinen Appetit mehr.«

Der Tatort war bereits weiträumig abgesperrt. Auf dem Parkplatz seitlich vom Bühneneingang des Festspielhauses standen zwei Container und eine abgekoppelte Zugmaschine. Die Leiche hing an der Rückwand des rechten Containers. Ihre Handgelenke waren mit Stricken zu den Eckbeschlägen hin gezogen worden, sodass der Eindruck einer Gekreuzigten entstand. Bis auf einen Regenmantel war die Tote unbekleidet. Aufgeknöpft gab er den Blick auf einen geschundenen Körper frei, den zahllose Hämatome und blutverkrustete Schnitte bedeckten.

Ina kämpfte mit aufkommender Übelkeit, während Stocker sich ohne erkennbare Regung an Göttler wandte.

»Die Hämatome und Schnitte sind ihr prämortal zugefügt worden, soweit ich das ad hoc beurteilen kann«, sagte dieser ungefragt.

»Todeszeitpunkt?«, fragte Stocker.

»Unter Berücksichtigung der Nachtabkühlung und der Annahme, dass sie vor der Kreuzigung noch gelebt hat, schätzungsweise zwischen ein und zwei Uhr nachts.«

»Näheres erst nach der Obduktion, ich weiß«, entgegnete Stocker. »Und wenn du mit der Fleischbeschau fertig bist, sollte man wenigstens den Mantel schließen. Bevor die ersten Spanner um die Ecke kommen.« Er winkte einem der Füssener Streifenpolizisten, die als Erste am Tatort gewesen waren. »Hat in der Umgebung irgendjemand etwas mitgekriegt?«

Der Beamte sah Stocker an, als zweifelte er an dessen Verstand. »Um zwei Uhr nachts ist hier normalerweise tote Hose.«

Stocker reagierte gereizt. »Vielleicht gibt es einen Sicherheitsdienst oder einen Hausmeister, schon mal daran gedacht?« Er wandte sich zum Gehen. Nach ein paar Metern drehte er sich um und blickte den Streifenbeamten erneut an, da der keinerlei Anstalten machte, sich in Bewegung zu setzen. »Vielleicht habe ich mich gerade eben nicht klar genug ausgedrückt oder zu viel vorausgesetzt. Ich erwarte von Ihnen, dass Sie jetzt ins Theater gehen, sich nach dem Sicherheitsdienst erkundigen und den Hausmeister befragen.«

Verdattert kam der Mann seiner Anweisung nach.

Fünf Minuten später strömten circa fünfundzwanzig Angestellte des Theaters in Richtung Tatort. Als Stocker die Menschenmenge auf sich zukommen sah, ging er zu einem der beiden Streifenwagen und zog das Mikrofon für den Lautsprecher aus der Halterung. Sekunden später schallte seine Stimme über den Platz. »Hier spricht die Polizei. Dies ist ein Tatort. Jeder, der versucht, diesen zu betreten, wird unmittelbar verhaftet und direkt dem Richter wegen Behinderung der Ermittlungen überstellt. Ich hoffe, das wurde verstanden.«

Die Menschenwoge stoppte so abrupt, als wäre sie auf einen Felsen aufgelaufen, und verdichtete sich auf halbem Weg zwischen Theater und Container.

Kurz darauf drängelte sich der Beamte, den Stocker losgeschickt hatte, durch die Schaulustigen hindurch und steuerte wieder auf ihn zu.

»Und?«, fing ihn Stocker ab.

»Die haben mir die Adresse des Sicherheitsdienstes gegeben«, verkündete er. »Und der Hausmeister hat zur Tatzeit geschlafen. Außerdem ist er schwerhörig.«

»Aha. Und so ganz nebenbei haben Sie allen gegenüber erwähnt, dass wir eine Leiche gefunden haben?«

»Schon, die haben doch gefragt, was passiert ist.«

»Mein Gott, wie blöd kann man eigentlich sein?«, murmelte Stocker, drehte sich um und lief direkt Göttler in die Arme.

»Hast du von mir gesprochen?«, fragte dieser.

»Nein, ausnahmsweise mal nicht«, kam es trocken zurück.

»Ich bin mir sicher, dass sie noch gelebt hat, als sie aufgehängt wurde. Hätte man ihr andernorts die Kehle durchgeschnitten, wäre sie hier schon ausgeblutet gewesen, was nicht der Fall war. Aber wir haben jede Menge Blut auf dem Boden gefunden. Die Wahrscheinlichkeit, dass es nicht ihres ist, schätze ich als äußerst gering ein.«

Ina hatte sich zu ihnen gesellt und sah ihren Chef, der kurz überlegte, aufmerksam an.

»Ich brauche sofort ein Polaroidfoto vom Gesicht und eines von ihr mit offenem Mantel, so wie wir sie vorgefunden haben«, ordnete Stocker an.

Fünf Minuten später saß er mit Ina in seinem Wagen. Seine Assistentin, um Frischluft bemüht, hatte die Seitenscheibe heruntergelassen.

Stocker kramte eine Landkarte aus dem Handschuhfach und zog mit dem Finger erst ein Dreieck zwischen Marktoberdorf, Kempten und dem neuen Tatort und dann eine Linie zwischen Marktoberdorf und Füssen, entlang der Bundesstraße 16.

Anschließend wählte er die Nummer der Sitte im Präsidium.

»Hallo, Timo. Gibt es in Füssen oder Kempten ein Laufhaus?«

»Kempten ja, Füssen nein«, erwiderte Reuter knapp.

»Sicher?«

»Weißt du, wenn ich mich mit etwas auskenne, dann mit dem Geschäft.«

»Entschuldige, war nicht persönlich gemeint. Ist aber wichtig im Zusammenhang mit dem alten und neuen Fall.«

»Ein neuer Fall?«, hakte Reuter sofort nach.

»Nachher. Wir werden am späten Nachmittag bei dir vorbeikommen«, sagte Stocker und beendete das Gespräch.

Ina sah ihren Chef mit hochgezogenen Augenbrauen an. »Darf man an deinen geistigen Höhenflügen teilhaben?«

Stocker tippte auf die Karte. »Was wollten der oder die Mörder in Füssen? Vielleicht versorgen die ja noch andere Puffs mit ihren Illegalen. Wenn es aber hier kein Bordell gibt, warum dann Füssen?«

Die Befragung im Foyer des Theaters ergab nichts Neues. Der Hausmeister war taub wie eine Nuss, und einer der Angestellten hatte die Leiche erst entdeckt, als er Requisiten aus dem Container holen wollte.

Stocker war nochmals zum Tatort zurückgekehrt, da machte ihn einer der Kollegen von der Spurensicherung auf einen Reifenabdruck in einem kleinen Pfützenrest neben dem Container aufmerksam. »Ziemlich ungewöhnliches Profil. Könnte amerikanischer Herkunft sein. Hatte auch mal so eine Kiste.«

Stocker kniff die Augen zusammen. »Aber wo kommt die Pfütze her? Es hat seit Ewigkeiten nicht geregnet, und auch der restliche Platz ist trocken.«

»Klimaanlage. Der Wagen, der hier stand, hatte die Klimaanlage eingeschaltet. Das Kondensat wird nach unten abgeleitet, und beim Wegfahren ist er mit einem Reifen durch.«

»Prima Arbeit.« Stocker klopfte dem Kollegen auf die Schulter, dann gab er Ina ein Zeichen und ging zum Dienstwagen zurück.

Eineinhalb Stunden später waren sie wieder im Präsidium. »Zuerst gehen wir zu Timo, damit der noch seine Hausaufgaben machen kann, und dann besuche ich den Dicken, weil der Leichenbilder so gern mag.« Ein sarkastisches Lächeln umspielte seine Lippen.

»Rache für Lothar?«, fragte Ina.

Sofort wurde der Commissario wieder ernst. »Die Rache hat noch gar nicht begonnen. Die fängt erst an, wenn der Baron seine politischen Beziehungen spielen lässt und Wörner Blut und Wasser schwitzt.«

»Lass die Katzenleckerlis im Schreibtisch«, begrüßte Stocker den Kollegen von der Sitte.

Reuter sah Ina belustigt an. »Scheint gute Laune zu haben, der Mordinspektor, oder gibt es bei euch auch welche, die richtige Scheißlaune haben?«

Stocker zog das Polaroidfoto von der Toten aus der Tasche und legte es vor Timo Reuter auf den Schreibtisch. »Das ist die Kleine, die wir gesucht haben. Heute haben wir sie gefunden, festgezurrt an einem abgestellten Container beim Festspielhaus in Füssen.« Er legte ein zweites Foto daneben. »Und weißt du, wo ich sie zuletzt lebend gesehen habe?« Er sah Reuter fragend an.

»Im ›Paradiesgarten‹?«

»Der Kandidat hat hundert Punkte. Weißt du dann auch zufällig, was wir heute Abend machen?«

»Dir schwebt doch nicht etwa eine Razzia vor?«

»Doch. Ina und ich gehen vorne rein, und ihr wartet hinten, falls eine der Illegalen oder Wolfi Götzke stiften gehen will.«

»Ich glaube nicht, dass Götzke da mit drinsteckt. Oder lass es mich anders formulieren: Sein Hirn reicht gerade mal dazu, seine Schwellkörper zu steuern, aber nicht für Dinge, die darüber hinausgehen.«

»Und wie sieht es mit seinem Schokokrapfen aus?«

»Amara Kutere? Die ist schon ein anderes Kaliber. Aber dass sie mit einem Mord zu tun hat, kann ich mir nicht vorstellen. Dennoch weiß sie sicherlich mehr, als sie euch gesagt hat. Wir können sie ja heute Abend mal ganz nett fragen.«

»Wann?«, wollte Stocker wissen.

»Wir sind Punkt elf in Position.«

Stocker nickte und strich die Fotos wieder ein. »Brauch ich noch für den Dicken. Er liebt so etwas.«

»Ich weiß«, grinste Reuter und griff zum Telefon.

Wörner klemmte in seinem Schreibtischstuhl, den Hüftspeck auf den Armlehnen aufliegend. Vor ihm stand ein Teller mit den Keksen aus der Morgenbesprechung. Er wollte gerade nach einem mit Schokolade greifen, als ihm Stocker das Bild der Toten vor den Teller legte. Die durchgeschnittene Kehle tat ihre Wirkung, und der Keks blieb liegen.

»Die Zweite innerhalb einer Woche. Nur die Entsorgung erfolgte auf unterschiedliche Weise.«

»Kann Zufall sein«, warf Wörner ein und schluckte.

»Der gleiche Regenmantel und der gleiche Schnitt am Hals.«

»Aber …« Wörners Hand zuckte just in dem Moment in Richtung Keksteller, als Stocker das zweite Polaroidfoto zwischen ihn und die Kekse schob: eine Nahaufnahme.

Ungläubig sah der Polizeirat erst auf die Fotografie und dann in Stockers Gesicht. »Wer macht so etwas?«

»Genau das versuche ich herauszufinden. Dieses Mädchen haben Frau Schatz und ich Ende letzter Woche im ›Paradiesgarten‹ in Marktoberdorf gesehen. Reuter bereitet gerade einen Einsatz für heute Nacht vor. Wir werden dem Rammler und seiner Gespielin ein paar höchst unangenehme Fragen stellen.«

»Wem, bitte?«, fragte Wörner.

»Wolfi Götzke, Betreiber des Saunaclubs, Spitzname: der Rammler.«

Wörner verzog das Gesicht. »Das sagten Sie bereits.«

»Ich wollte Sie nur über die nächsten Schritte informieren.«

»Stocker«, ein leicht warnender Unterton lag in der Stimme

des Polizeirates, »dies ist ein Schritt. Sie aber haben vom Plural gesprochen.«

»Das hängt von den Ergebnissen der heutigen Nacht ab. Seit einiger Zeit werden in der Umgebung Illegale aus dem Osten auf den Strich geschickt.«

»Was nicht unsere Angelegenheit ist. Das sollten wir den Kollegen von der Sitte überlassen.«

»Die Morde darf ich aber schon bearbeiten, oder?«, kommentierte Stocker den Einwand Wörners und griff nach den beiden Fotos.

»Das lässt sich wohl kaum vermeiden«, seufzte Wörner, bevor der Schokoladenkeks endlich den ihm vorbestimmten Weg fand.

Kurz darauf versammelte Stocker seine Mannschaft im Büro und unterrichtete sie über die geplante Aktion.

Meier hegte sofort die Befürchtung, bei der nächtlichen Aktion mit dabei sein zu müssen, doch Stocker hatte Mitleid und verdonnerte ihn dazu, sich mit dem LKA in Verbindung zu setzen und alle albanischen Aktivitäten im süddeutschen Raum, die etwas mit Zwangsprostitution zu tun haben könnten, zu recherchieren.

Als das erledigt war, verließ er das Präsidium und fuhr die Gögginger Straße stadtauswärts. Die Gerichtsmedizin lag genau hinter dem Komplex der Staatsanwaltschaft.

Göttler steckte in den Katakomben, wie er sein Reich der Toten im Keller der Gerichtsmedizin nannte.

»Wie weit bist du?«, eröffnete Stocker das Gespräch.

Göttler, in grüner Plastikschürze und voller Schlachthausmontur, schaute irritiert auf. »Ich befinde mich gerade auf dem Weg zur Milz, wenn du es genau wissen willst.« Er griff neben sich und warf seinem Freund ein Tupferröhrchen zu, in dem eine milchige Flüssigkeit den Boden bedeckte.

Stocker sah ihn fragend an.

»Sperma. Brauchst nur noch den Spender zu finden, dann hast du zumindest einen der Täter.«

»Bist du sicher, dass es mehrere waren?«

»Scherzkeks. Sie so an den Container zu binden dürfte einen

einzelnen wohl etwas überfordert haben. Die DNA liefere ich dir auch noch. Die haben nicht mal versucht, Spuren zu verwischen.«

»Und das Sperma könnte nicht von einem ihrer Freier davor stammen?«

»Unwahrscheinlich, denn dann hätte der vor Ort gewesen sein müssen. Wir haben nämlich auch Sperma am Boden gefunden, das wieder ausgelaufen ist.«

»Mein Gott«, flüsterte Stocker.

»Den kannst du als Täter ausschließen. Der war heute Nacht garantiert nicht dabei«, erwiderte sein Freund.

Der Commissario betrachtete die junge Frau, deren blasses Gesicht nichts mehr von den Qualen vor ihrem Tod widerspiegelte, sah man von den Hautverfärbungen ab.

»Warum hängt man jemanden an einem Container auf?« Göttler hatte wie zu sich selbst gesprochen.

»Um abzuschrecken oder aus reinem Sadismus. Hier ist etwas aus dem Ruder gelaufen, denn beide Morde haben zweifelsfrei miteinander zu tun. Beim ersten wollte man die Leiche nur loswerden, ob sie gefunden wird, war da noch egal. Mit dem zweiten wollte man ein Exempel statuieren. Eine Warnung an die Konkurrenz oder an die anderen Mädchen senden. Mit normalem Verstand kaum nachvollziehbar.«

»So langsam komme ich mir vor wie auf dem Balkan«, entfuhr es Göttler.

»Die Vorboten sind unübersehbar. Schick mir den Bericht, sobald du fertig bist.«

»Ich hatte eigentlich vor, ihn ins Klo zu spülen … Apropos Klo und Kläranlage, bist du wegen Lothar weitergekommen?«

»Ich habe jetzt Beweise, dass die Fabrik in Griechenland ›hingerechnet‹ wurde. Damit kann ich den Baron schon mal etwas nervös machen. Dann werden wir sehen, was passiert.«

»Im schlimmsten Fall liegst du bei mir auf dem Tisch.«

»Wäre eine Alternative«, maunzte Kassandra, die auf dem kalten Fliesenboden saß.

»In dem Fall nähm ich aber wenigstens wieder ordentlich zu!«, rief Stocker im Gehen und konnte gerade noch Schenk ausweichen, der mit einem Stapel frischer grüner Leichentücher die

Treppe herunterkam. Dann stürmte er, gefolgt von Kassandra, die Stufen hinauf.

»Was ist denn mit dem los?«, fragte Schenk seinen Chef. »Haben Sie ihm eine Obduktion versprochen?«

»Nur ein kleiner Anfall von Selbsttötungsabsicht«, wiegelte Göttler ab.

»Dann bin ich ja beruhigt. Dachte schon, es wäre etwas Ernstes«, murmelte sein Assistent und begann, die Tücher in einen Stahlschrank zu räumen.

Ratzfatz

Schlag zweiundzwanzig Uhr fünfundvierzig bog Stockers Dienstwagen in die Schwabenstraße in Marktoberdorf. Etwa zweihundert Meter vor dem »Paradiesgarten« parkte er am Straßenrand und schaltete die Scheinwerfer aus. Langsam wechselten die roten Minutenangaben der Digitalanzeige.

Kurz vor elf Uhr meldete sich die Stimme des Kollegen Reuter. »Wir sind so weit.«

»Dann los«, antwortete Stocker knapp, startete den Audi und bog auf den Parkplatz vom »Paradiesgarten«. Der dort befindliche Fuhrpark stellte einen repräsentativen Querschnitt der Oberklasse Allgäuer Autohäuser dar.

Als Stocker, Ina und Kassandra durch den roten Samtvorhang traten, nahm niemand Notiz von ihnen. Auf der runden Chaiselongue derselben Farbe saßen einige Freier in dunklem Zwirn und schlürften Champagner, der ihnen von Mädchen in Negligés mit und ohne Strapse nachgeschenkt wurde.

Altes Prinzip, schoss es Stocker durch den Kopf. Sekt ist billiger als Arbeitszeit und verkürzt diese zugunsten des Profites.

Dann bemerkte eines der Oben-ohne-Mädchen hinter der Bar die neuen Gäste. Ina und die kleine graue Katze, die interessiert in die Runde blickte, passten kaum ins Bild des übrigen Publikums. War eine Katze für sich allein bereits ungewöhnlich, so roch eine Frau, die um diese Uhrzeit den Weg in ein solches Etablissement fand, nach Verrat. Nur Sekunden später betrat Götzkes dunkle Gespielin das Parkett.

»Wie kann ich Ihnen helfen, Herr Stocker? Ich hatte –« Ihr Auftritt verriet äußerste Selbstbeherrschung. Indem sie ihn mit seinem Namen und nicht mit seinem Dienstrang ansprach, versuchte sie, die Situation zu dominieren.

»Wir haben noch einige Fragen an Sie, Frau Kutere. Die Situation hat sich inzwischen etwas verschärft«, fiel ihr Ina ins Wort und hielt ihr das Foto der zweiten Toten vors Gesicht.

Ein unterdrückter Schrei entfuhr Amara Kuteres Kehle.

Einige der Schlipsträger hatten sich bereits erhoben und wollten anscheinend über den Hinterausgang entkommen, blieben aber, durch den Lärm, der jetzt aus dem rückwärtigen Teil des Laufhauses zu hören war, irritiert, unschlüssig stehen.

Ina hob ihren Dienstausweis in die Höhe und blickte in die Runde. »Meine Damen und Herren, Mordkommission Augsburg. Dies ist eine Razzia im Zusammenhang mit zwei Mordfällen. Wir werden jetzt Ihre Personalien aufnehmen. Sofern Sie sich glaubhaft ausweisen können und sich keine Verdachtsmomente gegen Sie ergeben, dürfen Sie die Räumlichkeiten danach ungehindert verlassen. Für das entgangene Vergnügen können wir Sie leider nicht entschädigen.«

»Warum machen Sie mir mein Geschäft kaputt?«, zische Amara Kutere.

»Weil Sie uns angelogen haben«, konterte Stocker.

Inzwischen waren mehrere Beamte des Sondereinsatzkommandos aus den hinteren Räumlichkeiten bis ins Foyer vorgedrungen, wobei sie jedes einzelne Zimmer durchsucht und die darin aufgefundenen Personen gebeten hatten, sie zu begleiten. Unter ihnen befand sich auch Wolfi Götzke.

Timo Reuter bildete das Schlusslicht der Gruppe. Mit einem Handzeichen Richtung Einsatzleiter entließ er nun die Truppe, die sich genauso schnell zurückzog, wie sie aufgetaucht war.

Als Amara Kutere Timo Reuter erkannte, verzog sich ihr Gesicht zu einem Ausdruck blanker Wut.

Die im Gefolge des SEK nachgerückten Streifenbeamten begannen, die Personalien der Anwesenden aufzunehmen.

Stocker löste sich von Ina und steuerte auf einen Mann mittleren Alters zu. Dem Beamten, der sich ihm gerade widmen wollte, bedeutete er, dass er sich persönlich um ihn kümmern würde.

Sein Gegenüber sah Stocker an, wirkte jedoch weder verängstigt noch nervös. Wortlos hielt er Stocker den Ausweis hin.

Dieser warf nur einen kurzen Blick darauf und wies ihn an, ihm zu folgen. Er geleitete den Mann durch die kleinen Grüppchen, die sich in der Halle gebildet hatten, zum Eingang und vorbei an den auf dem Parkplatz wartenden Einsatzbeamten. Dort gab er ihm seinen Ausweis zurück und sagte leise: »Sie dürfen jetzt fahren,

Herr Staatssekretär.« Im Gehen drehte er sich nochmals um und ergänzte: »Sie waren übrigens nie hier. Guten Abend.«

Als Stocker den »Paradiesgarten« wieder betrat, führten Ina und Reuter Amara Kutere in deren Büro.

»Was war das denn?«, flüsterte Ina und sah ihn fragend an.

»Später«, blockte er ab.

In Amara Kuteres Büro, das im hinteren Teil des Gebäudes im ersten Stock lag, saßen bereits Wolfi Götzke und zwei junge Mädchen. Ein Mitarbeiter von Reuter versuchte, die Identität der beiden festzustellen. Bisher allerdings erfolglos, woran deren gebrochenes Deutsch schuld war.

Amara Kutere warf Reuter einen aggressiven Blick zu und erklärte, ohne Anwalt keine Aussage machen zu wollen.

»Hast du ihr das Foto der Toten schon gezeigt?«, wollte Reuter von Ina wissen.

Diese nickte.

Er beugte sich vor und sprach ganz leise: »Hör zu, Amara. Wer in deinem Laden huarat und mit wem, interessiert mich nur so lange nicht, wie hier keines deiner Hühner zur Prostitution gezwungen wird und niemand zu Schaden kommt. Offensichtlich hat sich das aber geändert. Zwei deiner Illegalen sind tot, umgebracht auf die widerlichste Art und Weise. Du scheinst dich mit Leuten eingelassen zu haben, die ihre eigenen Gesetze haben und die dich genauso beseitigen werden, solltest du sie bei ihren Geschäften stören. Ich sähe es ungern, wenn dein Hals bald dieselbe Verzierung aufwiese.« Dabei schob er das Foto, das vor Ina lag, in die Tischmitte.

Trotz ihrer dunklen Hautfarbe gelang es Amara Kutere, sichtbar blass zu werden.

Plötzlich brach es aus Wolfi Götzke heraus. »Ihr habt ja alle keine Ahnung! Sie kamen eines Abends und haben uns ein Geschäft vorgeschlagen.«

»Halt die Klappe«, zischte Amara Kutere.

»Was für ein Geschäft, Herr Götzke?«, fragte Ina interessiert.

»Wir sollten ihre Mädchen zu einem festen Tarif beschäftigen. Barauszahlung jede Nacht. Zudem würden sie für eine monatliche Zahlung auch den Schutz des ›Paradiesgartens‹ übernehmen, da ja ihre Hühner bei uns arbeiten würden. Amara hat abgelehnt, aber tags darauf waren sie wieder da. Gleicher Vorschlag, ungünstigere Konditionen. Die Preise würden täglich steigen, sagten sie. Eine andere Option wäre es, ihnen den Laden gleich zu überlassen.«

»Und warum seid ihr nicht zu mir gekommen?« Reuter lehnte sich zurück.

»Da hab ich noch gedacht, das wären nur so ein paar Wichser aus dem Osten, die einen auf dicke Hose machen. Hab ein paar Kumpels gebeten, denen eins aufs Maul zu hauen.«

»Es war aber genau umgekehrt?«, warf Stocker ein.

Götzke nickte betreten.

Reuter lachte sarkastisch. »Wenn man mit den großen Hunden pinkeln will, muss man auch das Bein so hoch heben können.«

»So hoch hättest du deins auch nicht gekriegt«, fuhr ihn Amara Kutere wutschnaubend an.

»Letztendlich habt ihr dann eingewilligt«, konstatierte Reuter.

Der Bordellchef nickte.

»Wie lange geht das schon so?«, fragte Ina.

»Circa drei Monate. Anfangs haben sie uns nur zwei Mädchen geschickt, aber zuletzt waren es bis zu acht gleichzeitig. Ab und an war eine Neue als Ersatz dabei, die dann aber wieder verschwand.«

»Ersatz wofür?«, hakte Reuter nach.

»Wenn eine krank war oder einen anderen Termin hatte. Unsere Putze hat da mal was mitgekriegt. Die kommt nämlich aus dem Osten und hat verstanden, worüber die sich unterhalten haben.«

»Woher aus dem Osten?«

»Albanien, glaube ich.«

Reuter lachte. »Ist zwar streng genommen nicht Osten, sondern der Balkan, aber für eine Fünf mit Stern reicht's.«

Wolfi Götzke sah ihn verständnislos an.

»Wie alt waren die Mädchen?«

»Jung. Bestes Frischfleisch. Gingen weg wie warme Semmeln. Die alten Böcke standen drauf.«

»Da habt ihr euch ganz schön in die Scheiße geritten«, kommentierte Reuter.

»Und du kannst uns auch nicht schützen«, fuhr ihn Amara Kutere an.

Von da ab übernahm Stocker das Gespräch. Er lehnte noch immer am Türrahmen. »Aber ich.«

Ob der Entschlossenheit in seiner Stimme blickten alle Anwesenden ihn an.

An Amara Kutere gewandt fuhr er fort: »Ihr werdet euch genau an das halten, was ich jetzt vorschlage. Tut ihr das nicht, ist euer Leben keinen Pfifferling mehr wert. Meiner Einschätzung nach dürftet ihr morgen noch von einem Besuch verschont bleiben. Die werden erst abwarten, bis sich der Rauch verzogen hat.«

»Welcher Rauch?«, fragte Götzke verwundert.

Reuter verdrehte die Augen. Er ahnte bereits, worauf sein Kollege hinauswollte. Zu Stocker sagte er: »Ich glaube, den ziehen wir kurzfristig aus dem Verkehr, sonst versaut er uns die Aktion.«

Stocker nickte kurz, bevor er weitersprach. »Morgen wird in den lokalen Zeitungen ein kurzer Bericht über eine Razzia im Zusammenhang mit der Beschäftigung illegaler Prostituierter erscheinen. Der Besitzer des Privatclubs wurde vorübergehend verhaftet, da er Widerstand gegen die Beamten geleistet hat. So weit der offizielle Teil des Plans. Der inoffizielle besteht darin, euren Laden zu überwachen. Die Albaner werden in Kürze auftauchen, um zu erfahren, wer falsch gespielt hat. Und ich vermute, sie werden Frau Kutere verdächtigen.«

Diese wurde noch blasser und dann vor Wut noch dunkler als normal.

»Blöd gelaufen, gelle?« Reuter schien sich zu amüsieren.

Stocker beugte sich zu Götzke vor. »Und Sie nennen mir jetzt die Namen Ihrer Schlägerfreunde und wo ich sie finden kann.« Dann drehte er sich zu seinem Kollegen um. »Timo, du treibst jemanden auf, der Albanisch spricht. Wir brauchen eine komplette Aussage der beiden Mädchen. Ich will wissen, wie, woher, wann und warum sie hergekommen sind. Lückenlos. Und die beiden sollen getrennt werden, damit sie sich nicht absprechen können.«

»Der Grund dürfte wohl klar sein«, warf Reuter ein.

»Nur vordergründig, fürchte ich. Aber morgen wissen wir hoffentlich mehr.« Stocker machte eine Geste, die den allgemeinen Aufbruch signalisierte.

Die Beamten führten die beiden Mädchen und Götzke zu den

Einsatzwagen, Amara Kutere wurde in ein Zivilfahrzeug gesetzt. Bevor Stocker die Autotür schloss, beugte er sich noch ins Wageninnere. »Sie werden morgen früh oder mittags so verfahren wie immer. *Business as usual.* Nur wenn Sie mitspielen und sich normal verhalten, kann ich Sie schützen. Ihre beiden Begleiter werden sicherheitshalber vor Ihrer Haustür Position beziehen.«

»Danke für die Nachtschicht, Commissario«, erwiderte der Beamte auf dem Fahrersitz.

»Ich lasse Sie morgen früh ablösen. Großes Frühstück geht auf mich.«

»Das ist aber nicht normal«, wunderte sich Amara Kutere noch.

Doch Stocker hörte ihre Worte ebenso wenig wie die Antwort der beiden Beamten: »Normal ist bei dem nie etwas. Der rennt ja auch die ganze Zeit mit seiner Katze durch die Gegend.«

Ina wartete vor dem dunkelblauen Audi.

Stocker beugte sich in den Wagen, holte sein Handy aus dem Handschuhfach, rief eine Nummer auf und drückte auf »Wählen«. Es dauerte eine geraume Weile, bis sich eine Frauenstimme meldete. »Hallo, Siggi, ich hab jetzt keine Zeit für lange Erklärungen. Hör einfach zu und tu, um was ich dich bitte. Als Gegenleistung bekommst du von mir in Kürze eine exklusive Story. Ich diktiere dir jetzt einen kurzen Text, der inhaltlich so morgen in allen Ostallgäuer Regionalzeitungen stehen muss. – Ich weiß, dass gleich Redaktionsschluss ist. Dann verkauf es eben als Teil einer Recherche, die mit dem Kosovo-Konflikt zusammenhängt. – Nein, ich erzähl keinen Mist.« Als er den Anruf beendet hatte, bekreuzigte er sich und hob Kassandra auf den Rücksitz.

»Kenne ich sie?« Ina rutschte hinter das Lenkrad.

»Wenn du in den letzten Jahren Artikel über einige aufgedeckte Skandale in verschiedenen Zeitungen gelesen hast, dann waren die bestimmt von Siggi. Ich nenne sie scherzhaft die Filzlaus.« Er lachte. »Wenn sie sich einmal festgesetzt hat, wirst du sie nicht mehr los.«

»Und du glaubst, sie schafft es, diese Meldung noch in den Zeitungen unterzubringen?«

»Wenn sie um diese Uhrzeit in einer Redaktion anruft, dann schnellen allein schon deshalb die Auflagenprognosen in die Höhe, und alle haben Eurozeichen in den Augen.«

»Aber bis auf zwei Leichen, ein paar illegale Mädchen und zwei Albaner, denen wir noch nicht mal begegnet sind, haben wir selbst noch nichts.«

»Glaubst du! Ich denke, da steckt mehr dahinter. Ich weiß es einfach. Kassandra ist übrigens auch meiner Meinung.« Als er sich umdrehte, sah er in ein skeptisch blickendes Katzenauge. »Und morgen nehmen wir uns Wolfis Freunde vor. Vielleicht wissen die ja, wo wir unsere beiden Albaner finden, bevor die im ›Paradiesgarten‹ auftauchen.« Er schlug die Autotür zu.

Ina steckte den Schlüssel ins Lenkradschloss und ließ den Motor an, lehnte sich aber plötzlich zurück. »Sag mal, was sollte das vorhin eigentlich mit diesem Typen, den du durch unsere Kollegen gelotst hast? Hab ich da irgendwas versäumt?«

»Der Typ, wie du ihn bezeichnest, ist Staatssekretär im Justizministerium. Es wäre doch peinlich gewesen, wäre sein Abstecher publik geworden.« Er schmunzelte ob dieses Wortspiels.

Ina zog die Brauen hoch. »Stocker, der Menschenfreund? Das brauchst du mir nicht zu erzählen, dafür arbeite ich schon zu lange mit dir zusammen. Irgendwann wirst du seine Rettung als Joker aus dem Ärmel ziehen.«

»Vielleicht«, erwiderte er.

»Nein, ganz sicher.« Kopfschüttelnd gab Ina Gas.

Frischfleisch

Als Ina und Stocker im Präsidium eintrafen, befanden sich die beiden Mädchen bereits in getrennten Vernehmungszimmern. Im Flur davor wartete ein hagerer Mann in einem abgetragenen Anzug, der von Reuter als Übersetzer organisiert worden war und sich als Berat Balci vorstellte.

»Wenigstens ein Name, den man sich merken kann«, murmelte Stocker und erklärte dem Mann kurz die Sachlage. Zumindest so viel, wie er unbedingt wissen musste.

Balci nickte und signalisierte sein Verstehen.

Während sie den Vernehmungsraum eins betraten, sah ihnen das erste der Mädchen erschrocken entgegen. Doch als Stocker sie anlächelte, entspannten sich ihre Züge etwas. Gleich darauf versteifte sich ihr Körper jedoch urplötzlich wieder, und sie blickte nach unten.

Kassandra rieb ihr Köpfchen an ihrem Bein und sah sie erwartungsvoll an.

Ein scheues Lächeln glitt über das ebenmäßige Gesicht der jungen Frau. »*Jeda lepa mačka*«, flüsterte sie.

Balci stutzte und sah Stocker an. »Das ist kein Albanisch, das ist Serbisch. Ich kann trotzdem übersetzen.«

Während Ina Ort und Zeit der Vernehmung auf Band sprach, machte Stocker ein Zeichen, woraufhin Kassandra dem dunkelhaarigen Mädchen auf den Schoß sprang und ihr Köpfchen unter ihre Hand schob.

Ina reagierte irritiert, unterdrückte jedoch eine Äußerung.

Wie sich bei der Aufnahme der Personalien herausstellte, hieß sie Adrijana Sinjeri, gehörte zur serbischen Minderheit im Kosovo und war in einem Nest nahe der Grenze zu Serbien zu Hause. Ihren Ausführungen nach waren eines Tages mehrere Zivilisten in weißen Geländewagen mit der Aufschrift »UN« in ihr Dorf gekommen und hatten erklärt, dass man jungen Leuten unter achtzehn Jahren im Rahmen von Förderprogrammen der EU Ausbildungsplätze in einigen EU-Ländern in Aussicht stellen könne. Voraussetzung sei jedoch ein Gesundheitszeugnis. Die dafür erforderlichen Untersuchungen würden in einer Klinik der UN durchgeführt werden. Da das Förderprogramm jedoch begrenzt sei, müssten sich die Interessierten unmittelbar registrieren lassen.

Stockers Gesicht spiegelte unverhohlenes Misstrauen wider.

Am nächsten Abend sei dann ein Bus gekommen und habe die akzeptierten Jugendlichen eingesammelt. Eine etwa zweistündige Fahrt folgte, wohin, habe sie wegen der Dunkelheit nicht erkennen können, aber geglaubt, dass es Richtung Osten ging. Die Klinik selbst sei ein einfaches Gebäude und als Krankenhaus von außen nicht zu erkennen gewesen. Adrijana hielt inne und deutete auf eine Karaffe mit Wasser, die am Ende des Tisches stand.

Ina nickte und schenkte ihr ein.

Nach einigen Schlucken erzählte sie weiter, nur jeweils unterbrochen durch den Übersetzer. Man habe ihnen etwas zu essen gegeben und sie in kleinen Einzelzimmern untergebracht. Wie man ihnen erklärte, sollten am nächsten Morgen die Untersuchungen beginnen.

»Fragen Sie sie, ob ihr irgendetwas Ungewöhnliches aufgefallen ist«, mischte sich jetzt Stocker ein.

Adrijana überlegte kurz, bevor sie antwortete. Als sie am nächsten Morgen zur Untersuchung geführt worden war, habe sie kurz aus dem Fenster blicken können. Dort hätten zwei der weißen Jeeps gestanden, die in ihr Dorf gekommen waren, doch die Beschriftung »UN« auf der Seite habe gefehlt. Sie machte erneut eine Pause und griff nach dem Wasserglas.

»Was waren das für Untersuchungen«? In Stockers Stimme lag etwas ungeduldig Lauerndes.

»Viele Untersuchungen«, antwortete sie leise.

»Versuche, dich zu erinnern.«

»Warum ist das so wichtig? Ich verstehe das nicht. Was hat das mit dem Tod von Kaltrina zu tun?«, übersetzte Balci.

Stocker kniff die Augen zusammen. »Woher weiß sie, dass Kaltrina tot ist?«

Das Mädchen blieb Stocker eine Antwort schuldig.

»Dann erzähl mir etwas über die vielen Untersuchungen.«

Stocker hatte seinen Tonfall geändert, er war unfreundlicher geworden.

»Zuerst haben sie uns Blut abgenommen. Dann mussten wir eine Stuhl- und Urinprobe abgeben. Mir war das alles sehr peinlich, aber ich wollte nach Deutschland. Im Kosovo gibt es für Serben kaum Arbeit. Und wir werden immer wieder belästigt.« Sie schluckte, während sie mechanisch Kassandras Köpfchen streichelte. »Dann steckten sie uns in eine Röhre. Drinnen war es so eng und laut, dass ich Panik bekommen habe. Als sie mich als Nächstes auf einer Liege festgeschnallt haben, wusste ich, dass etwas nicht stimmt. Aber da war es schon zu spät«, fügte sie leise hinzu.

»Wozu, glaubst du, hat man diese Untersuchungen gemacht?«, fragte Stocker.

»Das weiß ich nicht. Aber Marija hatte eine Vermutung. Sie hat ja mal in einem Krankenhaus in Sarajevo gearbeitet.«

In Stockers Augen blitzte etwas auf, doch nur Kassandra schien seine Reaktion bemerkt zu haben.

Mit einem Auge schielte sie in seine Richtung, während sie die mechanischen Liebkosungen Adrijanas über sich ergehen ließ.

»Und was geschah nach den Untersuchungen?«, übernahm Ina, da Stocker geistig abgedriftet zu sein schien.

»Teile der Untersuchungen wurden wiederholt.«

»Weiter.«

»Dann haben sie vieren von uns gesagt, dass wir es geschafft hätten.«

»Waren Kaltrina und Marija auch dabei?«

Adrijana begann zu weinen.

»Wer war das vierte Mädchen?«

»Nada Ilic.«

»Weißt du, wo sie jetzt ist?«, meldete sich Stocker wieder zu Wort.

»*Nä.*«

»Wann hast du sie das letzte Mal gesehen?«

»*Pre dva dana. Htela je da ide*«, stieß sie hervor.

»Vor zwei Tagen. Sie wollte weg«, übersetzte Balci.

»So wie Kaltrina auch?«

Adrijana nickte stumm.

Stocker zog das Foto der Toten vom Container aus der Tasche. Ina bemerkte es und sah ihn entsetzt an.

Daraufhin knickte er den unteren Teil der Aufnahme nach hinten, sodass nur noch der Kopf zu sehen war, und hielt sie Adrijana vors Gesicht. »Ist das Nada?«

Auch wenn man nur das Gesicht bis zum Kinn erkennen konnte, war offensichtlich, dass die abgebildete Person tot war. Ein Gurgeln entfuhr Adrijanas Kehle, dann ein Schrei.

Kassandra sprang von ihrem Schoß und flüchtete sich in eine Ecke des Vernehmungsraumes.

»*Oni su je ubili. Kakve svinje.*«

Der Übersetzer rang sichtbar um Fassung. »Sie haben sie umgebracht. Diese Schweine.«

»Haben diese Schweine auch Namen?«, fragte Stocker nach.

»Diar und Riza.«

»Familiennamen?«

»Čalić.« Sie schwieg.

»Und wie noch?«

»*Samo Čalić. Ovi kučkini sinovi su braća.*«

Balci wand sich, als er übersetzte. »Nur Čalić. Diese Hurensöhne sind Brüder.«

Stocker atmete tief ein. »Und wo finden wir die Hurensöhne?«

Nachdem ihr dieser Satz übersetzt worden war, sah Adrijana Stocker mit einem gequälten Lächeln an. »Weiß nix«, antwortete sie auf Deutsch und hob entschuldigend die Schultern.

»Keine Angst. Wir werden sie schon kriegen. Das ist mir ein persönliches Anliegen. Jetzt wirst du erst mal auf Staatskosten frühstücken, während wir mit Marija sprechen. Anschließend bringen wir dich sicher unter. Ab jetzt seid ihr zwei wichtige Zeugen.« An die anwesende Polizeibeamtin gewandt sagte er: »Gehen Sie mit ihr in die Kantine und bestellen Sie ihr etwas zum Frühstücken. Aber lassen Sie sie keinen Augenblick aus den Augen. Und danach bringen Sie sie zur Personenfahndung, lassen ein Porträt der Brüderchen erstellen und kommen wieder hierher.«

Auf dem Flur drehte sich Ina zu Stocker um. »Soll ich die beiden zur Fahndung ausschreiben?«

Der Commissario schüttelte den Kopf. »Die suche ich selbst. Aber zuerst will ich noch weitere Infos zu den Untersuchungen. Vielleicht kann uns Marija ja mehr sagen, wenn sie früher in einem Krankenhaus gearbeitet hat. Du kannst Cora bitten, sich mit der Polizei in Priština in Verbindung zu setzen. Die Kollegen dort sollen die vier Mädchen überprüfen. Sicher ist sicher. Von den Brüdern aber kein Wort. Wir wissen noch nicht, wie groß das Netzwerk ist, das hinter allem steckt.«

»Jetzt siehst du aber Gespenster, meinst du nicht?« Ina lächelte ihren Chef an.

»Das glaube ich nicht. Allein die medizinischen Untersuchungen bedeuten einen riesigen Aufwand. Von den technischen Einrichtungen, die man dafür benötigt, mal ganz abgesehen. Ein Kernspintomograf ist eine Millioneninvestition. Nur um ein paar junge Mädchen auf den Strich zu schicken? Jetzt bist du naiv, Ina.«

Seine Kollegin biss sich auf die Unterlippe. »Weißt du, was ich an dir hasse, Florian? Dass du mit deinen Erkenntnissen immer hinter dem Berg hältst. Das nervt auf Dauer.«

»Korrektur, Ina. Mit Erkenntnissen halte ich nicht hinter dem Berg. Nur mit Vermutungen. Aber ich verspreche dir, nach dem Gespräch lasse ich die Katze aus dem Sack. Apropos Katze: Danke, Kassandra.«

Ein leises Schnurren war die Antwort.

Im Gegensatz zu Adrijana war Marija blond. Ein ideales Pärchen, um die zwei gemeinsam auf den Strich zu schicken, schoss es Stocker durch den Kopf.

Marija wirkte selbstsicher, zumindest zeigte sie keinerlei Anzeichen von Angst.

Ina begann mit der Aufnahme ihrer Personalien.

Wie Adrijana stammte auch Marija aus einem Dorf nahe der serbischen Grenze und gehörte der serbischen Minderheit im Kosovo an. Im Prinzip bestätigte sie deren Aussagen. Auch sie hatte das Spielchen mit den UN-Fahrzeugen und dem Versprechen von Ausbildungsplätzen miterlebt. Ihre medizinischen Vorkenntnisse und ihre Tätigkeit als Schwester in einem Krankenhaus hatte sie bei dem Auswahlverfahren allerdings aus Angst, nicht berücksichtigt zu werden, verschwiegen. Wäre sie erst mal in einem anderen EU-Land, könnte sie unter Umständen dort sofort als Krankenschwester arbeiten, so ihr Plan.

»*Naivno, zar ne?*« Sie lachte auf.

»Naiv, nicht wahr?«, übersetzte Balci.

»Welche Untersuchungen wurden bei dir durchgeführt?«, kam Stocker auf den Punkt.

Ihre Ausführungen klangen wie das Leistungsverzeichnis einer Universitätsklinik, und Balci hatte teils Mühe, die richtigen Fachausdrücke zu finden. »Zuerst wurde uns Blut abgenommen. Dies übrigens mehrmals während des Untersuchungszeitraumes. Dann mussten wir einen Fragebogen ausfüllen. Frühere Erkrankungen, Alkohol- und Drogenkonsum, Raucher oder Nichtraucher, Unfälle, Diabetes, Herzerkrankungen, Epilepsie und psychische Erkrankungen in der Familie. Anschließend wurden wir abgehört, gewogen, es wurde der Blutdruck gemessen und die Haut untersucht. Es folgten normales EKG und Belastungs-EKG, Lungenfunktionstest, Abnahme von Stuhl-, Urin- und Speichelproben und ein Schwangerschaftstest.«

»*Kompletan program, zar ne?*« Wieder lachte sie mit ihrer dunklen Stimme.

Stocker nickte und bedeutete Balci, dass er auch ohne Übersetzung verstanden hatte.

»Dann ging es weiter. Ultraschall, Röntgen und zum Abschluss eine Kernspintomografie. Bei Nada kamen sie sogar durch die Hintertür.«

Stocker sah Balci irritiert an. »Was meint sie damit?«

Der Übersetzer wandte sich leise an Marija. »Eine Darmspiegelung«, beantwortete er die Frage des Hauptkommissars.

»Waren das alle Untersuchungen?«, fragte Stocker.

»*Nije dovoljno da ...*« Sie fuhr herum, verneinte, setzte sich wieder gerade hin.

»Es reicht nicht, dass ...«, sagte Balci.

Dann fuhr sie fort, und er übersetzte jeweils nach mehreren serbischen Sätzen. »Man brachte uns über Mazedonien nach Griechenland und von dort mit der Fähre nach Italien. Von da aus ging es nach Deutschland. Die Pässe waren uns schon bei der Aufnahme in der Klinik abgenommen worden. Bevor sie uns dann auf den Strich schickten, haben sie uns vergewaltigt, dabei gefilmt und gedroht, diese Videos unseren Angehörigen im Kosovo zu schicken. Damit hätten wir für immer unsere Familie und unsere Heimat verloren. Aber das haben wir jetzt auch so.«

»Wer hat euch auf den Strich geschickt? Amara Kutere?«

Wieder dieses Lachen. Marija schüttelte den Kopf und wandte sich an Balci.

»Die war auch nur Mittel zum Zweck«, übersetzte der. »Sie hat selbst Angst. Außerdem waren wir Mädchen nicht immer im ›Paradiesgarten‹. Manchmal wurden wir in irgendwelche Villen gefahren.«

»Wo waren diese Villen?«, unterbrach Stocker den Übersetzer.

»Sie glaubt, in München und öfter auch in der Schweiz. Dort gab es wilde Partys, auf denen sie die Staffage waren«, sagte Balci.

»Namen, Marija. Wer waren deine Zuhälter?«

»*He, yon me.*«

»Nein, die schlagen mich sonst tot.«

»Damit könntest du recht haben. Bei zweien von euch waren sie schon recht erfolgreich.« Bei diesen Worten legte er die Fotos der beiden Toten vor sie auf den Tisch.

Sie schlug die Hände vor den Mund und erstickte einen Schrei. Langsam nahm sie das erste Bild in die Hand. »Kaltrina«, flüsterte sie. Tränen rannen ihr über das Gesicht und tropften auf das Bild. Sie legte die Aufnahme zurück und griff nach der zweiten. »Nada«, presste sie hervor und strich zärtlich über das Papier.

»Bekomme ich jetzt die Namen?« Stockers Stimme zerschnitt die Stille.

Langsam hob Marija den Kopf. »*Diar i Riza Ćalić.*«

»Danke. Wir lassen dich jetzt frühstücken. Dann schicken wir dich zum Erkennungsdienst beziehungsweise lassen nach deinen Angaben Phantomzeichnungen der beiden anfertigen. Und anschließend bringen wir dich an einen sicheren Ort.«

Die junge Frau stand langsam auf. In der Tür drehte sie sich nochmals um und flüsterte: »*Nadjite ih brzo*«, bevor sie der Polizeibeamtin folgte.

Stocker sah den Übersetzer fragend an.

»Sie meinte, dass Sie die beiden schnell finden sollten.«

Als Stocker den Raum verließ, lehnte Ina im Gang an der Wand und sah ihm entgegen. »Du hast mir nach dem Gespräch Erkenntnisse versprochen, erinnerst du dich noch?«

»Ich habe keine. Nur Vermutungen.«

Ina funkelte ihn böse an.

Er versuchte, sie am Arm zu fassen und sie mit sich zu ziehen, aber sie schüttelte seine Hand wütend ab. Er blieb stehen. »Ich will, dass meine Vermutung von neutraler Seite bestätigt wird. Deshalb fahren wir gleich zum Leichenfledderer. Inzwischen dürfte auch er im Büro sein. Aber vorher kriegt Meier noch etwas zu tun.«

Der Kollege focht gerade einen Kampf mit einer Rosinenschnecke aus, als Stocker und Ina die Köpfe in sein Büro steckten. Stocker erwischte Kassandra im letzten Moment, bevor sie auf Meiers Schreibtisch springen konnte. »Wenn Sie meiner Katze auch nur eine Rosine geben, laufen Sie wieder Streife. Das schwör ich Ihnen.«

Meier sah seinen Chef konsterniert an.

»Und nun zum Beruflichen. Versuchen Sie, alles in Erfahrung zu bringen, was im Zusammenhang mit den Brüdern Diar und Riza Čalić steht. Offensichtlich sind die beiden Kosovo-Albaner. Am meisten interessiert mich, wo wir sie finden können. Und Meier, Report nur an mich oder Ina. Falls der Dicke rumstrolcht, wissen Sie von nichts.«

»Eh klar«, kam es hinter der Rosinenschnecke hervor.

Bevor Stocker das Büro verließ, schnappte er sich noch Meiers »Allgäu News«. Unübersehbar wurde auf der ersten Seite über eine Razzia im Zusammenhang mit illegaler Prostitution berichtet. Der Hinweis war offensichtlich aus dem Milieu gekommen. Stocker lächelte.

Organscreening

Während sie durch den Eingang der Pathologie gingen, kam ihnen Schenk von unten aus den Katakomben entgegen, umhüllt von einer Wolke aus formalin- und chlorgeschwängerter Luft.

»Ihr wollt sicherlich zum Chef«, konstatierte dieser. Auf Stockers Frage »Oben oder unten?« deutete er mit dem Kinn in Richtung erster Stock.

Göttler saß an seinem Schreibtisch, einen Latte macchiato vor sich, und war in einen Stapel Unterlagen vertieft. Kassandra, die den Beamten auf der Treppe vorausgelaufen war, stand schon auf dem Schreibtisch und schleckte Göttlers Finger ab, an dem eine dicke Schicht Milchschaum klebte, als Stocker und Ina durch die offene Tür traten.

»Nur zu deiner Information«, sagte Stocker in die Stille hinein, »sie hat gerade vorhin noch ihren eigenen Hintern gefrühstückt. Und jetzt leckt sie an deinem Finger. Mahlzeit.«

Göttler sah von den Papieren auf. »Weißt du, was? Der einzige Nachteil, den Kassandra hat, ist die Tatsache, dass du immer an ihr dranhängst. Ihr beide seht übrigens nicht gerade taufrisch aus. Habt ihr gesumpft?«

»Woher weißt du das? Wir waren die halbe Nacht im ›Paradiesgarten‹.«

Johann Göttler setzte eine Unschuldsmiene auf. »Machen die jetzt auch einen auf Swingerclub?«

»Nein, aber auf Vermarktung illegaler Nutten.«

»Eher Mädchen, die man zur Prostitution zwingt«, korrigierte Ina mit einem Kopfschütteln in Richtung ihres Chefs.

»Sollte das etwas mit den beiden Toten und den durchgeschnittenen Kehlen zu tun haben?«

»Und ob.« Stocker nickte. »Zwei der Mädchen konnten wir, je nachdem, wie man es sieht, gestern oder besser heute Nacht noch in lebendem Zustand sicherstellen. Alle vier, die lebenden wie die toten, stammen aus dem Kosovo, sind aber serbischer Nationalität. Und jetzt kommt's. Alle wurden vor ihrer sexuellen

Vermarktung einer eingehenden Untersuchung unterzogen, die unter fragwürdigen Begleitumständen verlief.«

Er wiederholte die Geschichte, die ihnen die beiden Mädchen übereinstimmend im Verhör erzählt hatten. »Und jetzt frage ich dich: Welche Rückschlüsse ziehst du als gelernter Mediziner aus folgender Palette von Untersuchungen?« Er legte ihm eine Liste vor.

»Das alles bezieht sich auf jeweils ein und dieselbe Person?«, hakte Göttler nach, aber es klang mehr wie eine Feststellung denn wie eine Frage.

Wieder nickte Stocker.

Sein ehemaliger Schulfreund lehnte sich zurück und verschränkte die Hände, als wollte er beten. »Nun, ein Teil der Untersuchungen wird bei akuten Erkrankungen spezifischer innerer Organe oder bei Verdachtsmomenten darauf durchgeführt. Auch als Voruntersuchung bei Transplantationen sind sie vorstellbar.« Er machte eine Pause und sah Stocker ernst an. »In der Kombination und der Komplexität eines Organscreenings und vor dem Hintergrund lassen sie nur einen Schluss zu: Die Mädchen wurden auf ihre Verwertbarkeit als lebendes Ersatzteillager überprüft. Auf einen Nenner gebracht: Organhandel.«

Die Aussage traf Stocker und Ina wie ein Faustschlag. Ina wurde blass und lehnte sich gegen die Schrankwand.

»Und weil sie, aus welchen Gründen auch immer, nicht geeignet waren, hat man sie auf den Strich geschickt«, murmelte der Commissario. »Denn zurück konnten sie auf keinen Fall, da sie zu viel gesehen hatten. Und als Prostituierte haben sie wenigstens noch einen Teil des geplanten Gewinnes abgeworfen. – Das bedeutet, dass Diar und Riza entweder in der ganzen Scheiße mit drinstecken oder nur die Verwertung der zweiten Wahl erledigen. Wird Zeit, dass wir mit den beiden Herzchen ein Gespräch führen.«

»Dazu müssen wir sie erst mal finden«, flüsterte Ina noch immer geschockt.

Stumm hielt Meier seinem Chef zwei Phantombilder hin. »Ist das Ergebnis der Beschreibung von den beiden«, das Wort »Nutten«

schluckte er schnell hinunter, als er Ina in der Tür auftauchen sah, »den beiden Illegalen von heute Nacht. Sympathisch wirken die albanischen Brüder nicht gerade.«

»Und was haben Sie an Informationen über sie?«

»Das ist der springende Punkt, Commissario. So gut wie nichts. Ich habe nochmals mit unseren … na, mit den beiden Frauen gesprochen. Sie meinten, aus einer Unterhaltung der Brüder entnommen zu haben, dass diese mal für die UÇK tätig waren, aber bestätigt ist das nicht. An Hinweise bezüglich ihrer Aufenthaltsorte ist nicht einmal zu denken.«

»LKA und BKA?«

»Unbekannt. Was ich denen aber nicht abnehme.«

»Gut. Danke, Jens.« An Ina gewandt sagte er auf dem Weg in sein Büro: »Dann müssen wir uns eben anderweitig behelfen. Komm mit.« Doch er kam nicht weit.

»Stocker!«, hallte es im Gang.

Lächelnd drehte der sich um und sah Wörner auf sich zukommen.

»Wie ist der aktuelle Stand der Ermittlungen bezüglich der beiden Nuttenmorde?«, fragte der Dicke.

»Sollten wir das nicht besser hinter geschlossener Tür besprechen, Herr Polizeirat?«, konterte Stocker und wies auf sein Büro.

Im Vorbeigehen beugte er sich kurz zu seiner Sekretärin und sagte, sodass Wörner es hörte: »Ich brauche noch mal die Nummer von Jannis. Soll Ihnen übrigens einen schönen Gruß von ihm ausrichten.«

»Soll ich gleich verbinden?«, fragte Cora mit einem Seitenblick auf den Polizeirat und strich sich ihre rote Mähne mit der rechten Hand hinters Ohr.

»Ich bitte darum.«

Wörner rollte ins Büro, Ina und Stocker folgten. Er presste sich in den Besucherstuhl seines Mitarbeiters, sodass die Armlehnen krachten.

»Kaffee?«, fragte Stocker.

Wörner nickte und betrachtete argwöhnisch die Kanne auf dem Schreibtisch, die seiner verschwundenen verdammt ähnlich sah.

Stocker stellte ihm eine Tasse vor die Nase. »Die Kekse sind leider aus.«

Wörner winkte ab. »Muss ohnehin abnehmen.«

Vom Fensterbrett kam ein unterdrücktes Prusten Inas.

Stocker blieb todernst. Er setzte sich auf die Kante seines Schreibtisches und sah seinen Chef schweigend an.

Wörner schwitzte und versuchte, auf dem Stuhl hin- und herzurutschen. Ein vergebliches Unterfangen, da der verbleibende Spielraum gegen null ging. »Also, wegen der beiden Prostituierten«, sagte er schließlich, »was gibt es Neues? Offensichtlich läuft ein psychopathischer Freier in der Gegend herum. Wir müssen schnell handeln, bevor sich die Boulevardpresse darauf stürzt. Ich kann schon die Schlagzeilen sehen.«

»Da bin ich ganz Ihrer Ansicht, Herr Polizeirat. Wir müssen handeln. Sie genehmigen die Überwachung des ›Paradiesgartens‹ und der Betreiberin, und ich versuche, Ihnen den Freier zu liefern.«

Wörner wurde argwöhnisch. »Sie sind also der Meinung, dass sich der Psychopath in diesem Bordell ein neues Opfer suchen wird?«, fragte er. »Das ist doch reiner Humbug. Sie glauben doch nicht, dass ich bei dem Personalnotstand meine Beamten einen Puff und eine Puffmutter überwachen lasse. Und schon gar nicht als Vertretung für die Kollegen in Kempten. Wenn das rauskommt, werden wir zum Gespött der gesamten Polizei.« Er versuchte, sich aus der Umarmung der Armlehnen zu befreien. Doch noch während er dabei war, sich hochzustemmen, fuhr ihm Stocker in die Parade.

»Wenn Sie die Überwachung ablehnen, gehen uns unter Umständen die beiden dringend Tatverdächtigen durch die Lappen. Wir tanzen hier auf albanischem Parkett. Das Zuhälterpaar schickt illegale Mädchen auf den Strich. Sollten die zwei sich absetzen, gibt es wohl kaum eine Möglichkeit, sie im Kosovo aufzuspüren. Und dann liegen zwei Frauenleichen und mein Bericht auf Ihrem Schreibtisch.«

»Wollen Sie mich erpressen?«

»Ich versuche nur, meine Arbeit zu machen. Die Presse hat übrigens Wind von der Sache bekommen. Heute Morgen stehen bereits Artikel in einigen der Boulevardblätter.«

Wörner gab sich geschlagen. Endlich gelang es ihm, sich von dem Stuhl zu befreien. »Dann machen Sie, was Sie für richtig halten. Aber mehr als zwei Beamte und achtundvierzig Stunden gebe ich Ihnen nicht.« Er verließ das Büro.

»Geht doch«, kommentierte Stocker den Abgang sichtlich zufrieden.

Eine Minute später klingelte der Apparat des Commissarios. Kassandra, die auf der Fensterbank lag, öffnete interessiert ein Auge.

»Hallo, Jannis. – Nein, kein Problem, nur eine kurze Frage. Sind dir schon mal die Namen der Brüder Diar und Riza Čalić über den Weg gelaufen?« Plötzlich blickte er entschuldigend zu Ina und schaltete den Lautsprecher ein.

Sekundenlang war es still am anderen Ende der Leitung, bevor Jannis Papadopoulos zögerlich antwortete: »Es gibt einen Bericht des Europarates, der sich unter anderem mit der Finanzierung der UÇK befasst hat. Spätestens ab 1997 begann diese, selbstständig Gelder in Europa und den USA zu sammeln. Man redete von zweistelligen Millionenbeträgen. Den Aufforderungen an Exil-Albaner zum Spenden wurde dabei zum Teil Nachdruck verliehen. In diesem Zusammenhang fiel auch der Name Čalić.«

»Zu einer Anklage kam es aber nie, wie ich vermute?«, unterbrach ihn Stocker.

»Es gab keine Zeugen, Flori.«

»Du hast vorhin gerade die Formulierung ›unter anderem‹ verwendet. Wie ist das gemeint?«

Der Grieche zögerte erneut. »Nun, in dem Bericht gibt es Hinweise auf organisierten Drogen- und die Verwicklung in den illegalen Organhandel.«

Stocker holte hörbar Luft. »Könnte dies auch heute noch der Fall sein?«

»Für eine kurze Frage hat deine aber reichlich viele Unterpunkte.« Jannis Papadopoulos lachte. »Offiziell wurde die UÇK am 20. September 1999 aufgelöst und gleichzeitig eine Art Nationalgarde als Kosovo-Schutzkorps gegründet. Die Mitglieder der UÇK traten in der Folge in das Kosovo-Schutzkorps ein, gingen zur Polizei, in die Politik, die Wirtschaft, zogen sich ins Privatleben zurück oder wandten sich der organisierten Kriminalität zu. Die einzelnen Tätigkeitsfelder sind dabei aber nicht als strikt voneinander getrennt zu begreifen. Reicht dir diese Aussage?«

»Zumindest vorerst. Danke, Jannis.« Stocker legte auf.

»Er hat gar nicht gefragt, ob das mit Sallingers Tod in Zusammenhang steht. Er schien es einfach vorauszusetzen«, sagte Ina.

»Das fühlt doch ein blinder Kater mit der Schwanzspitze«, maunzte es vom Fensterbrett.

Irritiert schaute Ina zuerst Kassandra und dann ihren Chef an.

Stocker hatte bereits ein Handy aus einer der Schreibtischschubladen hervorgekramt und schaltete den Lautsprecher ein.

»Alekto«, meldete sich eine Frauenstimme.

»Hier ist Ares.«

Melina lachte, wurde jedoch sofort wieder ernst. »In der Fabrik wurde eine verstärkte nächtliche Ladetätigkeit festgestellt. Wir vermuten, dass sie im Zusammenhang mit den zunehmenden Spannungen im Kosovo steht. Während die politische Seite versucht, die Krise zu verharmlosen, agieren die militanten Kreise eher gegenteilig. Wahrscheinlich stecken Teile der ehemaligen UÇK dahinter. Inoffiziell werden auch Übergriffe auf die serbische Minderheit im Norden gemeldet.«

»Darf ich hier einhaken?«, unterbrach sie Stocker. »Gibt es Hinweise auf verschwundene Personen der serbischen Minderheit?«

»Nicht offiziell. Aber die Zahl der Migranten scheint hoch zu sein. Indiz dafür sind Aktivitäten der Internationalen Organisation für Migration, der IOM. Ziel dieser ist es, junge Menschen über die Risiken irregulärer Migration und die Schutzlosigkeit irregulärer Migranten aufzuklären. Dabei werden insbesondere neue Medien wie zum Beispiel Facebook, YouTube und Twitter zur Information und Kommunikation genutzt. Aber Sie fragen doch nicht ohne Hintergrund.«

»Wir haben hier vier junge Mädchen. Zwei davon sind tot. Alle stammen aus dem Norden des Kosovo und gehören der serbischen Minderheit an. Den Aussagen der beiden, die noch am Leben sind, zufolge wurden sie, bevor man sie in Deutschland zur Prostitution gezwungen hat, einer Untersuchung unterzogen, die auf Organspende hindeutet.«

Eine kurze Pause entstand, bevor Melina reagierte. »Wohl eher Organhandel. Es ist bekannt, dass diverse illegale Organisationen Nierenspender rekrutieren. Zahlungen zwischen drei- und fünftausend Euro sind in der Region die Regel. Auf dem Schwarzmarkt ist dieselbe Niere dann achtzigtausend Euro wert. Wussten Sie übrigens, dass der Ersatzteilwert eines Menschen durchschnittlich bei eins Komma zwei Millionen liegt? Das weckt Begehrlichkeiten.«

»Sie glauben also, dass das Geschäft wieder läuft?«

Melina lachte sarkastisch. »Es hat nie aufgehört. Seien Sie vorsichtig, wenn Sie etwas in dieser Richtung unternehmen. Die Verbindungen reichen auch nach Deutschland, und in dem Geschäft ist man nicht gerade zimperlich. Bezüglich der Transporte kann ich Ihnen vielleicht in Kürze mehr sagen. *Bye*, Ares.« Bevor Stocker nachhaken konnte, hatte sie das Gespräch beendet.

»Meine griechische Entführerin.« Er zuckte mit den Schultern.

»Hast du ihr von deinem Kontakt zu Jannis erzählt?« Ina war aufgestanden.

»Seh ich so aus? Nein, noch ist das Ganze ein Puzzlespiel, und ich habe keine Ahnung, wer der Joker ist. Da halte ich mich lieber bedeckt. Aber Jannis ermittelt in Sachen Fabrik und hat offensichtlich den Baron auf dem Schirm. Allerdings weiß ich nicht, wie er über verdeckte Ermittlungen seitens irgendwelcher Journalisten denkt, deshalb kann ich noch keine gemeinsame Basis erkennen.«

In dem Moment steckte Cora ihren Kopf durch die Tür. »Ich will ja eure konspirative Sitzung nicht stören, aber Wörner hat mir gerade die Genehmigung für die Überwachung reingereicht.«

»Danke. Dann kann ich den Kollegen jetzt mitteilen, dass sie offiziell observieren.«

Cora schloss lächelnd die Tür.

»Wie bitte?« Ina trat auf Stocker zu. »Du hast die Kollegen da draußen die ganze Zeit ohne Genehmigung bei Amara Kutere abgestellt? Noch dazu außerhalb unseres eigentlichen Zuständigkeitsbereiches?«

»Hat ja keiner gewusst.« Stocker versuchte, schuldbewusst auszusehen.

»Ich glaube es einfach nicht. Und so etwas ist bei der Polizei.«
Der Commissario griff sich den Autoschlüssel. »Kommst du
mit, oder schmollst du lieber?«

»Natürlich komme ich mit. Dich darf man ja nicht allein lassen.
Los, Kassandra, wir müssen auf deinen Großen aufpassen.«

Im Vorbeigehen legte Stocker seiner Sekretärin noch einen
Zettel auf den Schreibtisch, dann waren sie schon im Flur. »Früher
habe ich mich immer gefreut, ins Allgäu zu fahren«, sagte er.
»Allein dieser Duft nach frischem Heu um diese Jahreszeit. Aber
momentan rieche ich nur Blut.«

Ina ließ diesen seltenen verbalen Gefühlsausbruch ihres Chefs
unkommentiert.

Godzilla

In gebührendem Abstand vom »Paradiesgarten« parkte ein weißer Sprinter. Stocker fuhr langsam an ihm vorbei und stellte seinen Wagen dann direkt davor.

»Wieder dieses blöde Spiel?« Ina sah ihn an.

»Klar. Auffällig unauffällig.«

Ina riss die Beifahrertür auf, stieg aus und knallte sie dann zu. Sofort tat Stocker es ihr mit der Fahrertür nach, und ein demonstratives Streitgespräch entspann sich zwischen ihnen, das damit endete, dass er Ina in den Arm nahm.

In dem Moment öffnete sich die Seitentür des Sprinters einen Spaltweit, und ein grinsendes Gesicht erschien. »Na, ihr Turteltäubchen?«

»Ist Amara Kutere schon im Laden?«, fragte Stocker, ohne sich umzudrehen.

»Vor einer halben Stunde eingetroffen. Bis dato war alles ruhig. Entweder kommen die Typen noch vor der Happy Hour um sechs oder erst nach Ende der Nachtschicht.«

»Tippe auf Letzteres.«

Der Kollege nickte, dann schloss sich die Tür des Kastenwagens wieder.

Stocker sah auf die Uhr. »Das war der erste Streich, und der zweite folgt zugleich. Wird Zeit für unser Training. Was meinst du?« Er hatte sich zu Kassandra umgedreht, die auf dem Rücksitz lag.

Die Katze öffnete lediglich ein Auge und sah ihren Großen schräg von unten an.

Für die dreißig Kilometer bis nach Füssen brauchten sie knapp eine halbe Stunde. Der Fitnessclub lag direkt im Gebäudekomplex des Luitpoldpark-Hotels.

»Schätze, das wird nicht für uns gelten«, sagte Stocker leise zu Ina und wies auf das »Herzlich willkommen«-Schild am Empfang.

»Ich suche Herbi. Herbert Gerber«, erklärte er dem jungen Mädchen hinter dem Tresen, das ihn anlächelte.

»Godzilla ist dahinten. Der Fleischberg. Sie können ihn gar nicht verfehlen«, kommentierte sie mit breitem Grinsen. Dann fiel ihr Blick auf Kassandra, und ihr Lächeln gefror. »Tut mir leid, aber Tiere dürfen hier nicht rein.«

Nun lächelte Stocker und hielt ihr seine Polizeimarke unter die Nase. »Das ist nur in weitläufigem Sinne ein Tier. Im Speziellen ist es eine Polizeikatze. Sie wollen doch keine Behinderung im Dienst verantworten, oder?«

Stumm schüttelte das Mädchen den Kopf. Ihrem Gesichtsausdruck nach zu schließen, verstand sie die Welt nicht mehr, zumal dieses kleine graue Etwas sie auch noch anzugrinsen schien.

Stocker wandte sich um und betrat, gefolgt von Ina und Kassandra, den Bereich für das Krafttraining. Wer aber war jetzt der Gesuchte? Einer der anwesenden Fleischbullen quälte sich gerade mit geschätzten hundertachtzig Kilo und befreite sich dann mit einem Urschrei von der Last, wobei er Stocker die Langhantel direkt vor die Füße schmiss.

Der setzte den Fuß just in dem Moment auf die Stange, als der Bodybuilder wieder danach greifen wollte, und dem Commissario fiel auf, dass dessen Oberlippe geschwollen war und ein Schneidezahn fehlte. »Ich suche Godzilla.«

Der Mann deutete mit einer Kopfbewegung auf ein Wesen, das einem geölten Guglhupf glich und dessen Rücken das Tattoo eines unbegabten Michelangelo zierte.

Stocker trat auf ihn zu und eröffnete den Reigen: »Sind Sie ein Freund von Wolfi Götzke?«

»Wer will das wissen?«, kam es von irgendwo aus der Muskelmasse. Der Mann drehte sich um und starrte Stocker aus einem normalen und einem halb zugeschwollenen, blaugelb gerahmten Auge an.

Der Urschrei-Mann hatte mitgehört und schloss nun bedrohlich nah zu dem Commissario auf.

Ina tippte dem Muskelpaket von hinten auf die Schulter. »Wenn du nicht genauso geschminkt sein willst wie dein Kumpel«, flüsterte sie, »würde ich mich ganz schnell hinsetzen.« Vorsorglich hielt sie ihm ihre Polizeimarke unter die Nase, was sofortige Wirkung zeigte.

»Herr Gerber, Sie sind ein Freund von Herrn Götzke?«, wiederholte Stocker.

Godzilla sah ihn tumb an.

»Ihr Freund hatte Sie um einen Gefallen gebeten. Sie sollten zwei Brüder davon überzeugen, ihre Finger aus seinem Geschäft rauszuhalten, richtig?«

Godzilla reagierte immer noch nicht.

»Nun, Ihre beiden Sparringspartner werden wegen des dringenden Tatverdachts des Menschenhandels, der Zuhälterei und wegen Mordes gesucht«, fuhr Stocker fort. »Wenn man es positiv sieht, hatten Sie Glück, mit einer Doublette davongekommen zu sein. Wir würden jetzt gern von Ihnen erfahren, wo die beiden sich aufhalten beziehungsweise Sie sie gefunden haben.«

Godzilla versuchte offensichtlich ernsthaft nachzudenken. Nach endlosen Sekunden wurde Stocker das verbale Ergebnis präsentiert. »War eher Zufall. Die beiden fahren einen mattschwarzen Dodge Van. Wir«, er nickte zu seinem Kumpel, »wollten nach dem Training gegenüber noch was trinken gehen, und da stand so ein Ding genau vor der Dönerbude. Die haben gleich zugeschlagen. Wenn ihr die festnehmen wollt, würde ich 'ne Hundertschaft anfordern.«

Stocker sah ihn amüsiert an. »Nicht notwendig, meine Assistentin tut es auch. Fragt mal euren Freund Wolfi.«

»Haben Sie sich die Autonummer gemerkt?«, wollte Ina wissen.

Godzilla schüttelte stumm den Kopf.

»Ein Satz mit x«, kommentierte Ina ihre Aktion im Hinausgehen.

»Nicht ganz. Jetzt wissen wir zumindest, dass die beiden Herzchen einen Dodge Van fahren. Das ist ein amerikanischer Schlitten, und nach erster Aussage der Spusi stammte der Reifenabdruck am Festspielhaus von einem ebensolchen Wagen. Zudem haben wir erfahren, dass die Brüder sich zumindest zeitweise in Füssen aufhalten. Und da es hier kein Laufhaus gibt, in dem sie ihre Mädchen unterbringen können, muss es dafür einen anderen Grund geben.«

»Und jetzt?«, fragte Ina, als sie im Wagen saßen.

»Hast du Lust auf Döner?«

Sie verdrehte die Augen.

»Du musst ja nichts essen. Dauert auch nicht lange und ist gleich um die Ecke.« Stocker stieg wieder aus, und Ina folgte ihm eher widerwillig.

Die Dönerbude entpuppte sich als eine ehemalige Tankstelle. Ein paar Tische standen unter der Überdachung, ansonsten sah sie aus wie jeder x-beliebige Döner-Schnellimbiss. Der Dönermeister war gerade dabei, mit einem elektrischen Dönerschäler Fetzen vom Fleischspieß runterzuschneiden.

»Wir suchen zwei Typen«, sagte Stocker zu ihm. »Fahren einen schwarzen Dodge Van. Kennen Sie die beiden, und sind die öfter hier?«

»Wer will das wissen?«, war durch das Surren des Schneideapparates die Gegenfrage zu vernehmen.

»Ich.«

Der Mann drehte sich um und sah Stocker unfreundlich an.

»Wenn Sie die zwei albanischen Arschlöcher meinen, ja, die kenn ich. Haben mir meinen halben Laden demoliert.«

»Das wissen wir schon. Haben Sie die Polizei gerufen?«

»Besser nicht. Außerdem haben sie den Schaden gleich mit ein paar Hundertern bezahlt.«

»Wissen Sie, wo die residieren?«

»Seh ich so aus? Ein Freund von mir hat sie mal auf einem Parkplatz gesehen, in Begleitung von so einem Lackaffen mit einem Maserati. Mehr kann ich euch auch nicht sagen. Wollt ihr was essen?«

Stocker winkte zu Inas Erleichterung ab.

Wieder in Augsburg setzte Stocker seine Assistentin bei ihr zu Hause ab. »Ich muss noch mal ins Büro. Brauch noch eine Info.«

Ina sah ihn auffordernd an, doch das war alles, was er preisgeben wollte.

»Wenn unsere Freunde im ›Paradiesgarten‹ auftauchen, erfährst du ohnehin mehr«, setzte er noch hinzu.

Die Büros im Präsidium waren bereits bis auf den Bereitschaftsdienst verwaist. Auf seinem Schreibtisch entdeckte Stocker einen einsamen roten Zettel.

Kurz darauf fuhr er in seinem dunkelblauen Audi in Richtung Friedberg. Die auf dem Zettel angegebene Hausnummer lag am Ende der Schmidgasse.

Zwei zu Kugeln geschnittene Buchsbäume säumten den Eingang, bewacht von einer großen schmiedeeisernen Laterne, die die Fassade zierte.

Stocker läutete, doch nichts regte sich. Erst nach wiederholtem Ertönen der als impertinent einzustufenden Klingel tauchte ein verschwommenes Gesicht in der mit Milchglas gefüllten Raute im oberen Drittel der blauen Tür auf.

»Was wollen Sie?«, ertönte es von innen. »Ich habe Ihnen doch schon alles gesagt, was ich weiß. Lassen Sie mich in Ruhe, verdammt noch mal. Sie bringen mich noch in Teufels Küche.«

»Vor der will ich Sie ja gerade bewahren. Aber ich wüsste gern, wer der Teufel ist. Und ich glaube, Sie können mir das sagen«, erwiderte Stocker.

Schier endlose Sekunden verstrichen, bis sich ein Schlüssel im Schloss drehte und ein verängstigter Bantleon in der Tür erschien. Ruckartig bewegte sich sein Kopf, als er links und rechts in die schmale Gasse blickte. »Sind Sie allein?«

»Nein.«

Angst zeichnete sich im Gesicht des Hausherrn ab, dann folgten seine Augen der Kopfbewegung des Commissarios, und er nahm die kleine graue Katze wahr. »Kommen Sie rein, bevor Sie jemand sieht.« Fast gewaltsam packte er Stocker am Sakkoärmel und zerrte ihn in den Hausflur.

»Hier stinkt es nach Hund«, maunzte Kassandra.

»Sie haben einen Hund?«, fragte Stocker. »Ich meine, nur wegen meiner Katze.«

»Keine Sorge. Der tut niemandem etwas. Ist schon halb lahm und blind. Lange macht er es ohnehin nicht mehr.«

»Riechen tut er schon wie ein Kadaver«, bestätigte Kassandra.

Irritiert sah Bantleon zu ihr hinunter. »Was hat sie denn? Er tut wirklich nichts. Sie braucht keine Angst zu haben.«

»Wenn, dann leistet sie eher aktive Sterbehilfe«, entfuhr es Stocker. »Apropos Angst, die scheint ja inzwischen zu Ihrem permanenten Begleiter geworden zu sein.«

»Ich hätte mich nie darauf einlassen sollen, Ihnen diesen Brief zu überbringen.«

»Und was ist mit den Unterlagen, die Sie mir in den Briefkasten gesteckt haben?«

»Ich hatte gehofft, Sie würden mich dann in Ruhe lassen. Ich will da nicht mit reingezogen werden.«

»Tut mir leid, Herr Bantleon, aber Sie sind bereits mittendrin.«

»Ich fürchte mich, verstehen Sie das nicht? Ich will nicht so enden wie Sallinger.«

»Das kann ich sogar durchaus verstehen, wenngleich die Kläranlage von Friedberg für Ihre Entsorgung eher unwahrscheinlich ist.«

»Machen Sie sich nicht über mich lustig, Herr Kommissar. Sagen Sie, was Sie wollen, und dann vergessen Sie mich endgültig.«

»Dem Wunsch kann entsprochen werden, wobei ich das mit dem ›endgültig‹ noch gern offenlassen würde. Also«, er zog die Listen aus dem mitgebrachten DIN-A4-Umschlag, »ich brauche die Posten, die sich hinter den Codierungen verbergen. So nützt mir das Ganze rein gar nichts. Bis wann können Sie das ergänzen?«

»Geben Sie her.« Bantleon riss Stocker die Papiere aus der Hand und ging in die Küche. Dort griff er sich einen Bleistift und setzte sich an den Tisch, ohne seinen Gast weiter zu beachten.

Stocker zog sich einen Stuhl heran und beobachtete irritiert den Controller, der begann, Zeile für Zeile zu ergänzen. »Verzeihung, aber Sie wollen doch nicht die zweihundertfünfzig Positionen auswendig kennzeichnen?«

»Was denn sonst? Soll ich etwa in der Firma einen Computerausdruck machen? Dann könnte ich mir gleich den Totenschein ausstellen lassen.«

Stocker schaute ihn zweifelnd an. »Aber Sie können das doch nicht alles im Kopf haben?«

»Wo denn dann?«, antwortete Bantleon lapidar und war schon wieder in die Unterlagen vertieft.

Nach ein paar Minuten unterbrach er seine Arbeit und sah auf, wobei sein Blick ins Unendliche ging. »Bei dieser Position hier fällt mir noch etwas ein. Als ich in Griechenland war, habe ich aus verschiedenen Unterlagen die Zahlen zusammengetragen, die ich brauchte. Dabei sind mir zufällig die Lieferscheine für zwei Transporte in die Hände gefallen. Der eine ging an eine Adresse in Serbien, der andere in den Kosovo. Das Seltsame daran war, dass der für Serbien fakturiert war, der in den Kosovo aber nicht. So als hätte man einen ganzen Lkw umsonst geliefert. Vielleicht können Sie damit etwas anfangen.«

»Ich werde es versuchen. Und danke.«

Doch Bantleon war schon wieder in seine Welt der Zahlen eingetaucht.

Eine halbe Stunde später stieg Stocker mit einer kompletten Aufstellung der Positionen kopfschüttelnd in sein Auto. »Ein Hirn wie ein Computer«, murmelte er.

»Der Typ könnte glatt als Katze durchgehen«, maunzte Kassandra auf der Rückbank.

Brudermord

Ein leiser Klingelton mischte sich unter Händels Feuerwerksmusik. Stocker stellte seine Anlage leiser.

Das Telefonat dauerte ganze fünfzehn Sekunden.

»Tut mir leid, Neville«, sagte er, als er aufgelegt hatte, und schaltete die Anlage ab. Die Academy of St. Martin-in-the-Fields unter der Leitung von Neville Marriner verstummte.

Ein Katzenschädel schob sich um die Ecke. »Sprichst du mit mir?«

»Einsatz, Süße«, ließ Stocker Kassandra wissen.

»Nicht mal nachts hat man mehr seine Ruhe.« Sie verschwand wieder, und Stocker vernahm das Klappern des Fressnapfes.

»Vorratsfressen«, murmelte er.

»Das habe ich gehört«, kam es aus der Küche.

Fünfzehn Minuten später stand er wieder vor Inas Tür. »Lange nicht gesehen«, grinste er.

»Auf ein so schnelles Wiedersehen hätte ich jetzt wirklich gern verzichtet«, konterte sie. »Wo wurden die beiden Leichen gefunden?«

»Eisenberg.«

»Das ist doch nicht dein Ernst. Warum ziehen wir nicht gleich runter ins Allgäu oder lassen uns versetzen?«

»Habe ich mir auch schon überlegt. Hätte zumindest den Vorteil, dem Dicken dauerhaft zu entkommen«, scherzte Stocker und wurde dann wieder ernst.

Sie fuhren los, und schon bei Königsbrunn war Ina auf dem Beifahrersitz eingeschlafen. Auch Kassandra hatte sich eingerollt und schien zu schlummern.

Hinter dem südlichen Ortsende von Seeg hatte man freie Sicht auf die dunklen Schatten der Allgäuer Alpen, die sich majestätisch vor dem Nachthimmel abhoben. Auf einigen Gipfeln war das schwache Licht der Berghütten auszumachen.

Als Stocker auf den Parkplatz vor der Wallfahrtskirche Maria Hilf direkt neben Göttlers Sportwagen fuhr, kam ein junger Streifenpolizist auf ihn zu. Noch bevor er ihn zum Verlassen des Tatortes auffordern konnte, hatte ihm Ina, die erst kurz vor Speiden wieder erwacht war, schon ihre Dienstmarke unter die Nase gehalten.

»Wo?«, fragte sie.

Der junge Kollege deutete wortlos mit der Hand rechts an der Kirche vorbei. Es war ihm anzusehen, dass er von dem nächtlichen Einsatz ebenso wenig begeistert war wie die beiden Augsburger Kollegen.

Polizeifahrzeuge und Notarzt hatten den kleinen Weiler aus dem Schlaf gerissen. Zum Teil in Schlafanzügen und Pantoffeln drängten sich die Einwohner hinter der Polizeiabsperrung. Das orangefarbene Licht des Notarztwagens flackerte über die rote Vollziegelfassade des Gebäudes und die Gesichter der Umstehenden.

»Hat noch einer gelebt, als ihr kamt?«, fragte Stocker einen der anwesenden Sanitäter.

»Noi, de senn maustoat«, antwortete der mit einem Kopfschütteln.

Der eigentliche Tatort lag in der Brauerei, genauer gesagt in einem alten Gewölbe, das nach Wiederaufnahme des Braubetriebes als Lager diverser unbrauchbarer Gerätschaften diente und seit Jahren nicht entrümpelt worden war.

Ein weiterer Kollege, wohl aus Füssen, wies ihnen den Weg. Auch er zeigte Anzeichen absoluten Missfallens ob des nächtlichen Einsatzes. »Mörder sollte man schon deshalb zu lebenslänglich verurteilen, weil sie anderen Leuten regelmäßig die Nachtruhe versauen.«

»Ganz Ihrer Meinung«, erwiderte Stocker im Vorbeigehen. »Aber es ist doch tröstlich, dass auch Johann betroffen ist«, fuhr er an Ina gewandt fort. »Wo ist der Leichenfledderer eigentlich?«

»Bei den Leichen, vermute ich, wo sonst?«

»Hoffentlich nicht schon wieder zwei Illegale mit durchgeschnittener Kehle.«

»Diese Serie dürfte zu Ende sein«, klang Göttlers Stimme dumpf aus dem angrenzenden Gewölbekeller.

Zwei eilig aufgestellte Scheinwerfer beleuchteten eine chaotische Ansammlung undefinierbaren Schrotts im Hintergrund. Davor kniete Göttler neben zwei auf dem Rücken liegenden Leichen, deren weiße Poloshirts unter den schwarzen Lederjacken blutgetränkt waren. Oberhalb der Nasenwurzel wiesen ihre Gesichter jeweils ein kleines, hässliches Loch auf.

»Die Gebrüder Čalić«, entfuhr es Stocker. »Hallo, Johann. War wohl ein Profi am Werk?«

»Hallo, Florian, hi, Ina. Jeweils ein Schuss in die Brust und dann noch einer in den Kopf. Letzterer ist übrigens erst ausgeführt worden, nachdem die beiden schon am Boden lagen. Da wollte einer nichts dem Zufall überlassen. Sieht tatsächlich nach einem Profikiller aus. Kann noch keine drei Stunden her sein. Du kennst die beiden?«

»Du auch, wenn auch nur von den letzten Tatortspuren her. Ich wette, die DNA von einem der beiden stimmt mit derjenigen der Spermaspuren am Container von Füssen überein. Irgendwelche Papiere, Handys, Waffen?«

»Nein, nichts, laut Aussage der Kollegen«, mischte sich Ina ein.

»Und der schwarze Dodge, steht der irgendwo in der Nähe?«

»Auch negativ. Die Kollegen haben wohl bereits das gesamte Gelände hinten und die Nebenstraßen abgeklappert. Autoschlüssel haben sie auch keine gefunden.«

»Zeugen?«

»Nur die beiden Mitarbeiter, die die unschöne Entdeckung gemacht haben.«

Plötzlich maunzte es irgendwo in der Schrottwüste.

Stocker drehte sich um und folgte der Stimme Kassandras, die neben einer alten Kühlraumtür im hinteren Teil des Lagers stand. Er nahm sein Handy, um es als Taschenlampe zu benutzen, da das Licht der Scheinwerfer kaum mehr als einen schwachen Schein in diesen Bereich warf. Um die schwere Tür am Schlagen gegen die Wand zu hindern, war ein ausladender Stahlwinkel in der angrenzenden Wand verankert worden. Anstelle des ehemaligen Gummipuffers, der die Tür abfangen sollte, ragte Stocker nun ein spitzer Dorn entgegen, an dem sich ein kleines Stückchen Stoff leicht im Luftzug bewegte.

»Danke, meine Süße.« Er ließ den Stofffetzen in einen Plastik-beutel gleiten und tastete sich vorsichtig wieder zurück in Rich-tung des grellen Scheinwerferlichtes.

Die beiden Angestellten der Gasthausbrauerei saßen mit blassen Gesichtern in der Gaststätte. Der Schock des schrecklichen Funds war ihnen noch deutlich in die Gesichter geschrieben.

Stocker wollte in Inas Beisein gerade seine erste Frage stellen, als sich fünf Mann beziehungsweise drei Mann und zwei Frauen von der Spurensicherung in ihren weißen Overalls den Weg durch den Raum bahnten.

»Tatort ist nebenan!«, rief Stocker. »Konzentriert euch auch auf den hinteren Ausgang des Gewölbekellers. Es scheint, als wäre der Täter in Ausübung seines Auftrages überrascht worden, bei der überstürzten Flucht in eine Blutlache getreten und vermutlich durch die hintere Tür raus.«

»Was der schon wieder alles weiß«, flüsterte die ältere der Be-amtinnen von der Spurensicherung ihrer jüngeren Kollegin zu.

»Der hat aber auch einen Riecher für so was. Eine Sünde wär er schon wert«, war die Antwort.

»Aber einen Schlag hat er auch. Denk nur an seine Katze. An jedem Tatort ist das langhaarige Mistviech dabei, und wir müssen uns mit den Fusseln in den Proben rumschlagen.«

Den bösen Blick aus zwei gelben Katzenaugen bemerkten die beiden Frauen nicht.

»Personalien hat meine Kollegin bereits aufgenommen?«, wandte Stocker sich wieder den beiden Zeugen zu.

Die beiden nickten stumm.

»Warum hatten Sie heute Abend hier zu tun? Der Laden scheint ja geschlossen zu sein.«

»Morgen Abend findet hier ein großes Event statt, mit Brau-ereiführung und Verkostung«, ergriff der junge Mann das Wort.

»Und weiter?«

Ina sah ihren Chef mit hochgezogenen Augenbrauen an.

»Also«, fuhr der Mann fort, »wir hatten gestern schon angefan-gen, die Tische und Stühle sauber zu machen. Sie haben ja selbst gesehen, wie es dahinten ausschaut. Gegen neunzehn Uhr dreißig waren wir dann wieder da. Haben aufgesperrt und Licht gemacht.

Wir sind gleich hinter, um die ersten Tische nach vorne zu tragen, und da lagen die zwei. Ich habe sofort die 110 angerufen.«

»Als Sie reinkamen, ist Ihnen da etwas aufgefallen? Stimmen, Geräusche oder Schüsse?«

»Hinten hat die Notbeleuchtung gebrannt. Stimmt doch?« Er blickte zu seiner Kollegin, die stumm nickte und sich an ihrem Glas Mineralwasser festhielt.

»Und dann hat es zweimal so geploppt, wie wenn man eine Sektflasche öffnet, nur leiser. Mein erster Gedanke war, dass da wieder ein paar Penner oder Jugendliche eingebrochen sind, um sich mit den Vorräten die Kante zu geben. Wär ja nicht das erste Mal gewesen. Also bin ich mit Sylvia hin, um nachzusehen. Den Rest kennen Sie. Nicht auszudenken, wenn wir den Typen überrascht hätten. Oder, Herr Kommissar?«

»Zumindest müssten Sie sich dann um Ihre Pension keine Gedanken mehr machen.«

Die junge Frau erbleichte um eine weitere Nuance.

»Sie sagten, Sie wären um halb acht wieder hier gewesen. Wie muss ich das verstehen?«

»Wir haben vorher noch bedient. Die zwei Toten haben übrigens hier gegessen. Später gesellte sich ein dritter Mann dazu. Komischer Typ. Hatte ein richtiges Pferdegfries.«

»Na toll, dass wir das auch mal erfahren. Fällt Ihnen sonst noch etwas ein?«

Beide schüttelten synchron den Kopf. »Wie geht es jetzt weiter, Herr Kommissar? Wir müssen fertig werden. Unser Chef reißt uns die Rübe runter, wenn morgen Nachmittag nicht alles steht.«

»Dann sagen Sie ihm einen schönen Gruß von mir. Dies ist ein Tatort, und wenn er Zicken macht, dann sperre ich den Laden zu, und er kann sich den Reingewinn von dem Event in die Haare schmieren. Sie beide gehen jetzt erst mal nach Hause, kippen sich zwei Cognac hinter die Binde und schlafen sich aus. Morgen Vormittag können Sie dann wieder übernehmen. Bis dahin ist das unsere Party, verstanden?«

Beide nickten, warfen ihre Schürzen über einen Stapel Bierkisten und verschwanden.

Stocker sah durchs Fenster nach draußen, wo zwei grau gekleidete Männer der Trauerhilfe mit der ersten Zinkwanne erschienen.

Göttler trat in die Gaststube, riss sich im Gehen die Gummihandschuhe von den Händen und knallte sie auf den Tisch. »Hoffentlich werden die von der Spusi rechtzeitig fertig, sonst können wir uns die Sause morgen abschminken.«

»Was für eine Sause?«, fragte Ina und sah Göttler und Stocker abwechselnd an.

»Lions Club, Mädel«, sagte Göttler.

»Eher Gammelfleischparty, zumindest, was Johann betrifft«, warf Stocker ein.

»Jetzt kokettiert er wieder damit, dass er ein halbes Jahr jünger ist«, konterte Göttler. »Aber zurück zu unseren zwei Leichen. Todesursache ist wohl eindeutig. Beziehen erst mal eine schöne Kühlzelle bei mir, die beiden Herzchen. Morgen früh schau ich mir dann die Innereien an. Kugeln stecken übrigens noch. Saubere Arbeit, muss ich sagen. Wenigstens ist die Suche damit hinfällig, und sie liegen dem Steuerzahler nicht mehr auf der Tasche.«

»Deine Sorgen möchte ich haben.« Stocker verzog das Gesicht, griff in seine Sakkotasche und förderte den kleinen Plastikbeutel mit dem Stofffetzen zutage. »Nimm das bitte auch mit und analysiere die DNA. Ergebnis noch vor Sonnenaufgang. Ich will Folgendes wissen: Mann oder Frau, Alter, Haarfarbe und ethnische Herkunft. Und Ina, du klemmst dich hinter den Computer und suchst die ersten Flüge raus, die morgen nach Tirana, Priština, Skopje und Thessaloniki gehen. Sobald du von Göttler Ergebnisse hast, gibst du an den Zoll und die Bundespolizeiinspektion am Flughafen München eine Fahndung heraus. Die Kollegen sollen das Gepäck aller Verdächtigen untersuchen, die ins Raster passen, das uns Johann liefert. Vielleicht finden wir ja den zu dem Stück Stoff passenden Anzug. Außerdem will ich die Aufnahmen der Überwachungskameras der entsprechenden Flugsteige. Und nach dem schwarzen Dodge gibst du ebenfalls eine Fahndung raus.« Er drückte Göttler den Plastikbeutel in die Hand und wandte sich im Gehen wieder an seine Assistentin. »Die Beamten am Flughafen sollen auch Schuhe und Hosenbeine der mutmaßlich Verdächtigen mit UV-Licht auf Blutspritzer hin untersuchen.« Dann rief er die Kollegen an, die immer noch vor dem »Paradiesgarten« die Stellung hielten, schickte sie nach Hause und deutete ein Grinsen an. »Lass uns fahren Ina«, sagte er. »Morgen früh werde ich dem Dicken den Tag versauen.«

Fra(X)-Syndrom

Bereits um sechs Uhr morgens saß der Hauptkommissar wieder im Büro. Der Dodge war eine Stunde zuvor von einer Streife auf dem Parkplatz eines Supermarktes in Nesselwang entdeckt worden. Erste Untersuchungen hatten Blutspuren auf der Fußmatte ergeben.

Ina traf eine Viertelstunde später ein und legte ihrem Chef kurz darauf die Liste der Flüge auf den Schreibtisch, die für die Flucht des Auftragsmörders in Frage kamen.

»Der früheste Flug von München geht um sieben Uhr fünf nach Priština, fast zeitgleich mit einem nach Skopje. Der nächste nach Tirana um neun Uhr zehn und nach Thessaloniki erst um zehn Uhr zwanzig. Denkst du wirklich, dass er von München fliegt?« Sie ließ die Frage mehrere Sekunden im Raum stehen, bevor ihr klar wurde, dass sie keine Antwort erhalten würde. »Wenn er wirklich ein Profi ist, und danach sieht es verdammt noch mal aus, dann muss er damit rechnen, dass wir den Flughafen München überwachen.«

Stocker sah sie interessiert an, während auf der Fensterbank ein Katzenohr zuckte.

»Alternativ gehen zwei Flüge von Friedrichshafen in weniger als einer Viertelstunde, gegen sechs Uhr dreißig. Allerdings über Frankfurt und Wien beziehungsweise über Düsseldorf und Rom. Aber auch einer mit nur einem Stopp in Frankfurt und dann direkt nach Priština.«

»Meier soll anhand der Passagierlisten der Flüge der letzten Tage aus der Region München, Memmingen und Friedrichshafen überprüfen, ob ein und dieselbe Person bis Tirana oder Priština durchgecheckt hat.«

Mit den Worten »Ich habe um vier Uhr angefangen, einen der Brüder aufzuschneiden« ließ sich ein übernächtigter Gerichtsmediziner zwei Stunden später bei Stocker in den Besucherstuhl fallen.

Der Commissario sah ihn stumm an und wedelte symbolisch mit einem kleinen Plastikbeutel.

»Flüge negativ«, platzte Ina dazwischen, indem sie Göttler mitleidig ansah und sich neben Kassandra auf die Fensterbank setzte.

»Dann bleibt uns nur noch die Hoffnung, dass dieses menschliche Wrack etwas herausgefunden hat«, meinte Stocker.

Göttler zog ein zusammengefaltetes Blatt aus der Brusttasche seines zerknitterten Hemdes und reichte es seinem Freund. Dabei rezitierte er die ermittelten Fakten. »Der Frack – übrigens aus einem teuren Stöffchen – gehört zu einem Mann. Alter zwischen vierzig und fünfundvierzig Jahren. Schwarzhaarig. Slawischer Typ.«

»Na toll«, unterbrach ihn Stocker, »da können wir gleich den gesamten Flughafen in Sippenhaft nehmen.«

»Lass mich halt einmal ausreden, verdammt. Das Besondere ist ein Gendefekt. Der Gute hat ein Fragiles-X-Syndrom, das sich im Aussehen bemerkbar macht. Oft haben Betroffene ein eher langes, schmales Gesicht mit markantem Kinn und breiter Stirn sowie recht große Ohren. Auffallend sind außerdem ein häufig offen stehender Mund und ein schlaksiger Gang. Die Ursache dafür ist eine geringe Muskelspannung. Ein weiteres Kennzeichen für das Syndrom ist ein vergrößertes Hodenvolumen.«

»Letzteres werden die Kollegen beim Einchecken wohl kaum feststellen können«, sagte Stocker. »Oder doch! Ina, gib die Personenbeschreibung an Zoll und Bundespolizei durch. Die sollen alle mit Segelohren, Hängepleppe und großen Eiern rausziehen.« Er konnte sich ein Grinsen nicht verkneifen.

Kopfschüttelnd verließ Ina den Raum, nachdem sie Göttlers schriftliche Personenbeschreibung an sich genommen hatte.

»Und jetzt weiter zu den Čalić-Brüdern«, sagte Stocker.

»Da ist noch etwas«, schob Göttler ein, »Menschen mit dem Fragilen-X-Syndrom sind sprachlich sehr gewandt und besitzen ein ausgezeichnetes Gedächtnis, was Erlebnisse oder Dinge betrifft. Schwerer fallen ihnen Aufgaben, die ein eigenes Planen und das Lösen von Problemen erfordern. Für einen Profikiller nicht gerade ideale Voraussetzungen.«

»Und was willst du mir damit sagen?«

»Dass der Täter gesteuert wird. Rein hypothetisch.«

»Du meinst, dass ein zweiter oder eher dritter Mann im Hintergrund agiert?«

»So ungefähr.«

Stocker spielte mit einem Kugelschreiber. »So dumm ist deine Theorie vielleicht gar nicht. Der schwarze Dodge der Ćalić-Brüder wurde auf einem Supermarktparkplatz in Nesselwang gefunden. Mit Blutspuren im Fahrerfußraum. Aber wie ist unser Killer von dort weggekommen? Und noch viel wichtiger: Woher hatte er eine Waffe? Mitgebracht haben kann er sie ja wohl kaum. Womit wir wieder bei dir sind.«

»Die Ergebnisse der Obduktion bestätigen meine Vermutungen. Den beiden Brüdern hat man zuerst gezielt ins Herz geschossen. Tödlich. Anschließend noch einmal in Profimanier in den Kopf. Sicher ist sicher. Dabei stand der Täter über den Leichen, die ausgestreckt auf dem Boden lagen, und hat mit ausgestrecktem Arm abgedrückt. Schusskanal leicht von unten nach oben. Wären die Kopfschüsse zuerst abgegeben worden, hätte der Killer ein Pygmäe sein müssen, aber diese Theorie widerspricht den Einschusskanälen in der Brust. Die verlaufen nämlich leicht von oben nach unten. Da die Brüder circa einen Meter siebzig groß waren, muss der Täter also mindestens eins achtzig sein. Und er ist mit einem Schuh in das Blut am Boden getreten, was hinsichtlich der Spuren auf der Fußmatte vermuten lässt, dass er mit dem Dodge weggefahren ist.«

»Ist die DNA eigentlich registriert?«, unterbrach ihn Stocker.

Göttler schüttelte den Kopf. »Bei uns nicht. Hab die Sequenzen bereits durch INPOL laufen lassen. Negativ. Bei Interpol wurde auch schon angefragt.«

»Und die Kugeln?«

Jetzt grinste Göttler. »Neun mal achtzehn Millimeter, Vollmantelgeschoss, zylindrische Form, Rillen von vier Zügen. Sagt dir das etwas?«

Die Antwort Stockers bestand nur aus einem Wort. »Makarov.«

»Richtig. Mit Schalldämpfer. Dadurch reduziert sich die Geschossgeschwindigkeit in den Unterschallbereich und erzeugt keinen Überschallknall. Praktisch, wenn man darauf angewiesen ist, nicht aufzufallen. Die Munition kannst du im Osten quasi im Supermarkt kaufen. Ein Produzent sitzt sogar in Serbien.«

»Dann bring die Kugeln in die Ballistik. Vielleicht wurde die Waffe ja schon mal benutzt. Einen Versuch ist es wert.«

»Fahndung ist raus«, meldete sich Ina zurück.

»Dann zur Theorie. Soll ich?« Stocker sah Ina und seinen Freund fragend an. Beide nickten, und auf dem Fensterbrett drehte sich ein zweites Katzenohr in Richtung Schreibtisch.

»Im Kosovo werden junge Menschen der serbischen Minderheit von falschen UN-Mitarbeitern mit dem Versprechen auf einen Ausbildungsplatz in einem EU-Land geködert. Man schafft sie in eine getarnte Klinik, die komplett ausgestattet ist, und untersucht sie auf Herz und Nieren.«

»Im wahrsten Sinne des Wortes«, ergänzte Göttler.

»Alle von unseren zwei Zeuginnen beschriebenen Untersuchungen lassen darauf schließen, dass die Probanden als lebende Ersatzteillager dienen sollen. Wer durchfällt, kann nicht mehr zurückgeschickt werden, da er ein Sicherheitsrisiko darstellt. Die Jungen werden vielleicht umgebracht, die Mädchen kann man noch in einem der EU-Länder auf den Strich schicken. Vorher vergewaltigt man sie vor laufender Kamera und erpresst sie mit der Drohung, dieses Video ihren Familien zu zeigen, sollten sie zu fliehen versuchen. Damit wären sie praktisch entehrt und heimatlos.

Als Zuhälter fungieren vor Ort ansässige Albaner, in unserem Fall waren es die Brüder Ćalić. Wie das alles geschäftlich abläuft, wissen wir noch nicht. Sind die Mädchen nur geleast und es müssen dementsprechend Raten abgedrückt werden, oder werden sie verkauft? Vielleicht hat Timo mehr dazu.

Im süddeutschen Raum haben vermutlich die Ćalićs als ehemalige UÇK-Kämpfer mit direkten Kontakten in den Kosovo die Hand auf dem Geschäft und legen ihre alten Angewohnheiten, Leute, die nicht spuren, umzubringen, nicht ab. Aber Kaltrina und Nada wollen weg und werden deshalb ermordet. Kaltrina will man einfach nur entsorgen, doch dann wird dummerweise das Wasser im Schwaltenweiher abgelassen, und die Tote ist somit wieder präsent. Mit Nada verhält es sich schon anders. Denn würde sich die Abwanderungstendenz durchsetzen, würden die beiden Luden bald ohne Personal dastehen. Also wollen sie ein Exempel im Albanien-Style statuieren, um abzuschrecken. Diese Art von

Öffentlichkeitsarbeit entspricht aber nicht ganz den Vorstellungen von Orson.«

»Wer zum Teufel ist Orson?«, unterbrach ihn Ina und blickte kopfschüttelnd zu Göttler. »Wie soll man nur mit jemandem zusammenarbeiten, der einem laufend wichtige Informationen vorenthält?«

Göttler lachte. »Das ist nur eine Metapher, Ina. 1949 hat Orson Welles in einer Verfilmung nach Graham Greene einen gewissen Harry Lime als den ›dritten Mann‹ verkörpert. War lange vor deiner Zeit. Aber gar nicht schlecht, Flori. Nennen wir den Unbekannten Orson oder auch Lime in der Hoffnung, dass er uns auf denselben geht. Deiner Theorie nach hat also jemand die Brüder aus dem Verkehr gezogen, um zu vermeiden, dass durch deren Aussage bei einer möglichen Verhaftung die Verbindung zu ihm hergestellt werden könnte?«

»Möglich.« Stocker nickte.

»Und wer ist der dritte Mann?«, fragte Ina prompt.

In dem Moment maunzte es auf dem Fensterbrett. Stocker wollte verbal reagieren, als sich die massige Gestalt von Wörner durch die Tür schob.

Schnaufend ließ sich der Polizeirat in Stockers zweiten Besucherstuhl fallen. »Konspirative Sitzung?« Er sah von einem zum anderen. »Dann lassen Sie mich mal teilhaben an Ihren Ermittlungsergebnissen. Sie haben doch hoffentlich welche?«

Stocker lehnte sich zurück. »In erster Linie haben wir zwei hingerichtete Zuhälter. Die Arbeit eines erstklassigen Profis. Schuss ins Herz und in den Kopf. Der Täter ist flüchtig, aber die Fahndung läuft. Wir vermuten, dass er über München oder Friedrichshafen ausreisen will.«

»Aha, das vermuten Sie also.« In Wörners Stimme schwang ein Unterton mit, der Stocker zur Vorsicht mahnte.

»Wir haben sehr wahrscheinlich die DNA von unserer Zielperson, weshalb wir bezüglich ihres Äußeren bereits gewisse Aussagen treffen können.«

»Was für Aussagen?«, fuhr Wörner dazwischen.

Göttler machte Stocker ein Zeichen und wandte sich direkt an den Polizeirat. »Der Gesuchte hat ein Fragiles-X-Syndrom.«

Wörner sah den Gerichtsmediziner mit zusammengekniffenen Augen an, als hätte der Chinesisch gesprochen.

»Dieses drückt sich bei erwachsenen Menschen in einer länglichen Gesichtsform und weiteren spezifisch großen Körperteilen aus«, fuhr Göttler fort.

Wörners Augen wurden noch schmäler. »Scheint eine Spezialität von Ihnen beiden zu sein«, sagte er gefährlich leise. »Die übergroßen Körperteile.«

»Spielen Sie auf den Fall Weinsberg und meinen Informanten an, den Biber?« Stocker gelang es, ernst zu bleiben. »Letztendlich hat aber doch gerade sein großes Körperteil zur Identifikation geführt.« Er machte eine kurze Pause. »Doch bei unserem aktuell Gesuchten sprechen wir von einer anderen Körperregion als damals, Herr Polizeirat. Es geht nur um die Ohren.«

Vom Fensterbrett war ein Prusten zu vernehmen, als Ina vergeblich versuchte, ein Lachen zu unterdrücken.

Wörner lief rot an und stemmte sich aus dem Sessel hoch. »Mit den beiden toten Zuhältern sind die Nuttenmorde dann ja wohl aufgeklärt, und wir können eine entsprechende Meldung an die Presse geben. Formulieren Sie mal was vor, so in der Art von: ›Prostituierten-Mord aufgeklärt. Mörder fielen selbst den Machtkämpfen innerhalb des organisierten Verbrechens zum Opfer. Tätersuche über Interpol läuft bereits.‹« Auf seinem Gesicht breitete sich ein zufriedener Ausdruck aus, der jedoch schlagartig verschwand, als Stocker zu sprechen begann.

»Vermutlich steckt hinter dem Täter eine dritte Person. Jemand muss unseren Killer schließlich mit der Waffe versorgt haben.«

Wörners Gesichtsfarbe verdunkelte sich um eine weitere Nuance. Wie immer, wenn ihm die Argumente fehlten, begann er, in seinem lichter werdenden Haarkranz zu wühlen. »Halten Sie mich auf dem Laufenden«, blaffte er und suchte dann das Weite.

Auch Göttler erhob sich. »Ihr entschuldigt mich, aber auf mich wartet der zweite Čalić.« Er deutete einen Y-Schnitt an. »Außerdem habe ich noch nicht gefrühstückt«, wehten die Worte noch nach seiner Verabschiedung aus dem Gang zu ihnen.

Der dritte Mann

»Cora, versuchen Sie bitte, mir einen Termin bei der AGeKon zu verschaffen«, wies Stocker seine Sekretärin an. »Mit Baron von Sperling.«

»Glaubst du, er ist der dritte Mann?«, maunzte Kassandra neben ihm.

Stocker blieb ihr die Antwort schuldig und machte sich auf den Weg zur Sitte.

»Gratuliere«, begrüßte ihn Timo Reuter. »Hab schon von deinem Fahndungserfolg gehört.«

»Schöner Erfolg«, knurrte Stocker und winkte ab. »Zwei tote Zuhälter, wobei noch aussteht, ob sie tatsächlich die Mörder der jungen Frauen waren, und ein flüchtiger Killer. Außerdem macht der Dicke Stress. Will den Fall schon für abgeschlossen erklären.«

Reuter grinste. »Klar, sein Ziel ist es, möglichst keine Fäkalien aufzurühren. Zusammen mit dem Faulgas könnte ihm ja die Scheiße um die Ohren fliegen.« Er kramte in seiner Schreibtischschublade.

Schon beim ersten diesbezüglichen Geräusch sprang Kassandra auf seinen Schreibtisch.

»Stopf sie ruhig voll, das verfressene Stück«, murmelte Stocker.

Reuter fand, wonach er gesucht hatte, und schüttelte eine kleine pinkfarbene Plastikdose. »Diät-Leckerlis, Kassandra. Jetzt kann er nicht mehr meckern.«

Stocker verdrehte die Augen.

»Übrigens«, fuhr Reuter fort, »ich hab mich mal bezüglich der Čalić-Brüder in der Szene umgehört. Einer meiner Informanten hat sie zweimal mit einem dritten Mann gesehen, diesen allerdings nur von hinten, sodass er ihn nicht erkennen konnte.«

»Der dritte Mann.« Stocker hatte die Worte fast geflüstert.

Reuter sah ihn irritiert an. »Der Typ fuhr einen Maserati«, sagte er weiter, »und davon gibt es genau sieben in Augsburg. Der Ort des Zusammentreffens war eher ungewöhnlich für Besitzer eines Wagens dieser Preisklasse.«

»Autonummer?«

»Negativ, war zu weit weg und zu dunkel. Aber mein Informant war sich sicher, dass es ein in Augsburg zugelassener Wagen war. Halteranfrage läuft.« Er hielt dem Commissario einen kurzen Ausdruck hin. »Ein Wagen ist auf ein Autohaus zugelassen, einer auf einen Rechtsanwalt, ein Immobilienheini ist dabei, und der Rest sind Firmenwagen, unter anderem von der AGeKon.«

»Jetzt wird's heiß.« Stocker riss Reuter das Blatt fast aus der Hand. »Dafür darfst du die Dicke auch zukünftig mästen.« In der Tür drehte er sich noch mal um. »Übrigens, Wolfi Götzke und seinem Import aus Ghana kannst du jetzt wieder grünes Licht für unbeschwerten Sex geben.« Und draußen war er.

Das Fauchen von Kassandra und auch die Bemerkung seines Kollegen hörte er nicht mehr: »Jetzt hat es ihn endgültig erwischt.«

Kaum in seinem Stockwerk angekommen legte Stocker Cora den Ausdruck auf den Schreibtisch und tippte auf die Zeile der AGeKon. »Rufen Sie dort mal an und geben Sie sich als Beamtin der Verkehrspolizei aus. Ihnen wird schon was einfallen. Ich will wissen, wer die Bonzenschleuder normalerweise fährt.«

Noch ehe Cora reagieren konnte, war er schon im Büro verschwunden.

Eine Minute später stellte sie ihm eine Tasse Kaffee auf den Schreibtisch und legte einen Zettel daneben: »16.15 Uhr, Termin AGeKon, Baron von Sperling, Schwangau«.

»Heute?«, fragte er ungläubig.

»Danach ist der Baron laut Aussage der Sekretärin auf Geschäftsreise.«

Dann erst registrierte Stocker den Ort. Als er mit dem Finger darauf zeigte, zuckte Cora mit den Schultern. »Ist schon umgezogen, das Blaublut.«

Als sie bereits halb aus der Tür war, rief er ihr noch nach: »Wegen dem Wagen brauchen Sie dann nicht mehr anzurufen. Das erledige ich gleich vor Ort.«

Mittags war klar, dass die Fahndung nach dem Mörder der Čalić-Brüder erfolglos geblieben war.

»Der hatte Hunderte Möglichkeiten, sich abzusetzen.« Stocker war enttäuscht. »Seht euch aber trotzdem die Überwachungsaufzeichnungen von den Flughäfen an. Achtet auch auf Typen, die nicht ins Raster passen, die zum Beispiel eine andere Haarfarbe haben oder mit Rollstuhl, Krücken und so weiter unterwegs sind.«

»Der liest doch zu viele Krimis«, brummte Meier, als er mit Ina Stockers Büro verlassen hatte.

Der Commissario war geistig längst schon wieder woanders. Gedankenverloren spielte er mit der Hundemarke des erschlagenen Mavros. Er hielt sie noch immer in der Hand, als er das Polizeipräsidium verließ und kurz darauf seinen Dienstwagen öffnete.

Auf der Fahrt Richtung Kaufbeuren rekapitulierte er gedanklich noch einmal den Stand der Ermittlungen im Fall Diar und Riza Čalić, kam aber zu keinem zufriedenstellenden Ergebnis. Zu viele Fragen waren noch offen.

Der Gong schallte durch das Haus.

Stocker glaubte, leise Schritte zu vernehmen, war sich jedoch nicht ganz sicher. Als die Klappe des Briefschlitzes sich öffnete und ein Paar Kinderaugen ihn misstrauisch beäugte, musste er lächeln. »Hallo, Michael. Ist die Mama zu Hause?«

Das Kopfschütteln war nur zu vermuten, da sich das Augenpaar hin- und herbewegte.

»Darf ich reinkommen?«

Diesmal ein offensichtliches Kopfschütteln. »Ich darf niemanden reinlassen.«

»Ist auch besser so. Weißt du, was? Ich setze mich jetzt hier auf die Treppe und warte, bis deine Mama kommt. Einverstanden?«

Diesmal bewegte sich das Augenpaar auf und ab.

Stocker nahm auf der obersten Stufe Platz, während Kassandra noch immer vor dem Briefschlitz hockte und das Augenpaar hinter der Tür fixierte.

Keine Minute später öffnete sich die Haustür einen Spaltbreit, und ein kleiner blonder Wuschelkopf schob sich ins Freie. Schweigend hob der Junge Kassandra hoch und setzte sich mit ihr auf dem Schoß neben den Commissario.

Etwa zehn Minuten später erschien seine Mutter, einen Einkaufskorb und ein pralles Einkaufsnetz in den Händen. »Dem

Florian hättest du doch öffnen können«, wandte sie sich an ihren Sohn, bevor sie Stocker mit einem Kuss auf die Wange begrüßte.

»Hab ich doch nicht gewusst«, maulte der Kleine und verschwand im Haus, gefolgt von den beiden Erwachsenen.

»Kaffee?«, fragte Karin.

»Gern«, brachte Stocker gerade noch heraus, als er von einem Scheppern an der Balkontür abgelenkt wurde.

Auch Kassandra starrte auf die Katzenklappe, die jetzt nach innen schwang, bevor sich ein Katzenschädel dazwischenklemmte und ein roter Kater im Wohnzimmer erschien. Sofort drehte er sich um, und seine vordere Hälfte verschwand wieder durch die Klappe nach draußen. Dann zog er rückwärts rangierend eine tote Stockente am Hals hinter sich in den Raum. Allerdings nur, bis deren dicke Körpermitte zwangsläufig in der Klappenöffnung feststeckte. Alles Ziehen und Zerren half nichts. Die Ente bewegte sich keinen Zentimeter mehr.

»So was von selten dämlich«, maunzte Kassandra. »Dein zweiter Vorname ist bestimmt ›Bekloppt‹.«

Karin stürzte zur Balkontür. »Felix, weg von der Ente! Der Kater macht mich noch vollkommen fertig. Warst du wieder am Tümpel? Schleppt mir noch die Vogelgrippe ins Haus, das dämliche Vieh.« Unter protestierendem Fauchen zog sie den Kater an den Hinterläufen von der Katzenklappe weg.

Dieser musste seine Beute notgedrungen loslassen, tat dies jedoch nicht, ohne einige Entenfedern mitzureißen, die ihm an Schnauze und im Fell hängen blieben. Doch so ohne Weiteres wollte Felix seine Beute noch immer nicht aufgeben und rannte, als Karin ihn losließ, erneut in Richtung Katzenklappe. Erst als der Entenkadaver in einer Plastiktüte verschwunden und in der Mülltonne gelandet war, gab er auf.

Karin stellte zwei Tassen Kaffee auf den kleinen Esstisch in der Küche. »Die Beerdigung ist nächste Woche. Johann hat mich angerufen, dass die Leiche freigegeben wurde.« Ihre Stimme kippte leicht, doch Karin fing sich wieder. »Übrigens war ein Mitarbeiter der AGeKon bei mir, um zu kondolieren. Dabei hat er mich mehrmals gefragt, ob ich von Lothar irgendwelche Unterlagen bekommen hätte. Eigenartig, nicht?«

»Vielleicht gar nicht so eigenartig, wie du denkst. Hat sich der Typ vorgestellt?«

Karin dachte kurz nach. »Seltsam. Er hat keinen Namen genannt.«

Stockers Augen verengten sich. »Und wie sah er aus?«

»Kann ich dir gar nicht sagen. Eigentlich ganz normal. So eine modische Brille hat er aufgehabt. Sah etwas lächerlich aus.«

»Aber 'ne geile Karre hat er gefahren«, ließ sich Michael vernehmen.

Stocker horchte auf, und auch Kassandra wandte sich mit ihrer ganzen Aufmerksamkeit, die bis dato dem roten Kater gegolten hatte, dem Jungen zu.

»Weißt du, was das für ein Auto war?«

»Es war ein schwarzer Sportwagen. Mit so einer Figur vorne drauf.«

»Was für eine Figur?« Stocker ging neben Michael in die Knie.

»Wie von meinem Neptun halt.«

Stocker sah Karin fragend an.

»Er meint seine Playmobil-Figur. Neptun mit dem Dreizack.«

»Michael, bist du dir da ganz sicher?«

»Ich bin doch nicht doof«, protestierte der Junge.

»Ist das denn wichtig, Florian?«, fragte Karin.

»Unter Umständen«, wich Stocker einer eindeutigen Antwort aus.

Punkt fünf nach vier fuhr der Commissario auf das Anwesen des Barons von Sperling. Den Wagen stellte er auf einen der Besucherparkplätze vor dem Bau der ehemaligen Wirtschaftsgebäude. Wenige Meter weiter stand ein schwarzer Maserati mit Füssener Kennzeichen auf einem für die Geschäftsleitung reservierten Stellplatz.

»Da ist ein Dreizack drauf«, maunzte Kassandra, als sie nach einem Abstecher durch die Blumenrabatten vor dem Sportwagen auftauchte.

»Ich weiß«, sagte Stocker.

Die Nebengebäude des kleinen Schlösschens entsprachen äußerlich dem Stil, der sich in die Allgäuer Landschaft vor der Kulisse der beiden Schlösser Neuschwanstein und Hohenschwangau harmonisch einfügte.

Die Dame am Empfang nahm Stocker nur widerstrebend zur Kenntnis.

»Der Sportwagen draußen, gehört der Baron von Sperling?«

»Das ist der Wagen von Dr. Leitz«, antwortete sie unterkühlt.

»Bitte nehmen Sie noch Platz. Sie werden gleich abgeholt.«

Stocker sah sich um. Ein Innenarchitekt hatte mit Gemälden und Skulpturen kontrovers zum Äußeren der historischen Gebäude moderne Akzente gesetzt.

Es war bereits sechzehn Uhr fünfundzwanzig, als eine junge Frau ihn bat, ihr zu folgen. Hatte die Ausstrahlung der Empfangsdame bereits einem Kühlschrank entsprochen, so glich diese Dame einem personifizierten Gefrierschrank.

Stocker musste unwillkürlich lächeln. Das Spiel mit dem Baron hatte begonnen.

»Tiere sind im Gebäude nicht erlaubt.« Ein kalter Blick traf Kassandra, die die Dame, so schien es wenigstens, herausfordernd ansah.

Stocker lächelte. »Das ist eine Polizeikatze.« Als der Gefrierschrank zu einer Entgegnung ansetzen wollte, fügte er hinzu: »Ich möchte den Herrn Baron nur ungern ins Präsidium nach Augsburg bemühen.«

Das saß. Ein Grinsen schien das kleine Schnäuzchen zu umspielen, und der Gefrierschrank stöckelte eine geschwungene Treppe nach oben.

Der Besprechungsraum mit Blick Richtung Schloss Neuschwanstein zeugte von Geld. Mehrere handsignierte Radierungen von Salvador Dalí zierten die Wände. Stocker stand vor einer Bronzeplastik in Form einer geflügelten Schnecke, als sich eine Tür öffnete und ein hagerer Mann in dunklem Zwirn den Raum betrat. Das schlohweiße Haar war akkurat gescheitelt. Zahllose Altersflecken und ein dürrer, faltiger Hals prägten den Anblick des Barons, der den letzten Abschnitt seines Lebens bereits erreicht hatte.

»›L'escargot et l'ange‹, Salvador Dalí, 1977«, stellte Stocker mit einem leichten Lächeln fest.

»Ein kulturell interessierter Polizist ist eher selten«, erwiderte der Baron zynisch, bevor er mit knöcherner Hand wie beiläufig auf einen der Stühle wies.

Während Stocker Platz nahm, betrat ein zweiter Mann den Raum.

»Dr. Leitz, der Justiziar unseres Hauses«, stellte der Baron die aalglatte Erscheinung des noch relativ jungen Mannes vor, der Stocker auf Anhieb unsympathisch war. Dann blickte er irritiert auf Kassandra, die ungeniert durch den Raum strich.

»Herr Baron«, begann Stocker, »es geht um den Tod eines Ihrer Mitarbeiter in Griechenland.«

»Ein Unfall, den wir sehr bedauern«, warf Dr. Leitz ein.

Stocker nickte und sah ihn direkt an. »Bedauerlich. Nur dass es kein Unfall war.«

Leitz hatte sich im Griff, doch ein kurzes nervöses Zucken des rechten Auges verriet seine innere Anspannung. »Wie soll ich das verstehen?«, presste er hervor.

»Nun, wie ich es gesagt habe. Herr Sallinger ist im Meer ertrunken.« Stocker zog die Hundemarke aus der Tasche und begann wie zufällig, damit zu spielen.

Jetzt konnte Leitz seine Nervosität nicht mehr verbergen, seine Augen zuckten.

»Genauer gesagt«, fuhr Stocker fort, »ist Lothar Sallinger nicht einfach ertrunken, sondern wurde ermordet, wobei den Mördern ein eklatanter Fehler unterlaufen ist.« Stocker stand auf. »Aber eigentlich wollte ich Sie nur darüber informieren, dass nun offizielle Ermittlungen zum Tod Ihres Mitarbeiters aufgenommen werden. Danke, ich finde schon hinaus.« Er verließ den Raum und sah den zornigen Seitenblick, den der Baron seinem Justiziar zuwarf, gerade noch schemenhaft im Bilderglas einer der Dalí-Radierungen.

»Treffer«, maunzte Kassandra auf dem Weg zum Ausgang.

»Versenkt wird später«, ergänzte Stocker.

Repressalien

Am nächsten Morgen wurde der Commissario sogleich zu Wörner zitiert, der ohne Umschweife auf den Punkt kam. »Gerade habe ich einen Anruf aus dem Justizministerium erhalten. Ich musste mir sagen lassen, einer meiner Herren sei bei Baron Sperling aufgetaucht und habe gewisse Unterstellungen verbreitet. Ist das so richtig?«

»Bis auf die Unterstellungen, ja. Ich habe die Geschäftsleitung der AGeKon nur davon in Kenntnis gesetzt, dass einer ihrer Mitarbeiter zwangsweise ertrunken ist und jetzt offizielle Ermittlungen eingeleitet werden.«

»Stocker, ich habe wegen Ihnen gelogen und musste so tun, als wäre ich informiert.«

»Macht ungefähr zwei Jahre Fegefeuer für Sie. Ein Jahr für die Lüge und ein Jahr, weil Sie informiert wurden. Der Obduktionsbericht befindet sich mit größter Wahrscheinlichkeit unter dem kleinen Stapel auf Ihrem Schreibtisch.«

Wörner lief rot an und klopfte auf den Aktenberg. »Ich hatte Sie davor gewarnt, in irgendwelchen Schweinereien zu wühlen, und Ihnen gesagt, dass ich in diesem Zusammenhang keinen Anruf von höherer Stelle wünsche. Warum haben Sie mich bei der Brisanz der Angelegenheit nicht direkt informiert?«

»Weil ich keine Brisanz sehe, Herr Polizeirat. Es ist lediglich ein Mitarbeiter der AGeKon in Griechenland ums Leben gekommen.«

»Wenn er ums Leben gekommen ist, so ist das für ihn traurig, hat aber nichts mit uns zu tun, oder?« In dem kleinen Wort »oder« schwang die ganze Bandbreite von Wörners Befürchtungen mit.

Jetzt hatte Stocker Oberwasser. »Leider hat sich bei der Obduktion der Leiche herausgestellt, dass der Tod durch Ertrinken im Meer verursacht wurde und nicht im Klärbecken der Fabrik eingetreten ist, wie offiziell gemeldet wurde. Zudem wurde der Hund des Toten erschlagen in der Nähe der Stelle gefunden, wo das Opfer ermordet wurde.«

Wörner überlegte kurz und sah dann Stocker, der stehen geblieben war, mit einem eigenwilligen Gesichtsausdruck von unten an. »Wer hat eigentlich die Leiche obduziert? Nein, Sie brauchen es mir gar nicht zu sagen. Göttler?«

Stocker nickte mit Unschuldsmiene.

»Und warum wurde sie hier in Deutschland überhaupt nochmals obduziert?«

»Weil die Schwester des Toten einen offiziellen Antrag gestellt hatte.«

»Aha. Und Sie haben nichts damit zu tun?«

»Nein«, log Stocker. »Das war allein ihre Entscheidung.«

»Meine?« Wörner fuhr aus seinem Stuhl.

»Nein, die seiner Schwester.«

»Warum nur glaube ich Ihnen nicht, Stocker? Vermutlich hängen jetzt die Nuttenmorde auch noch mit dem Fall zusammen«, versuchte der Polizeirat zu scherzen.

»Könnte schon sein.«

»Raus!«

Der Commissario machte keine Anstalten, den Raum zu verlassen.

»Was wollen Sie denn noch?«, blaffte Wörner ihn an.

»Einen Tag Urlaub.«

»Kriegen Sie. Und glauben Sie mir, wenn ich die Möglichkeit hätte, würde ich Sie bis zu meiner Pensionierung beurlauben. Dann könnten Sie wenigstens keine Scheiße mehr aufrühren. Die Repressalien von oben habe ich nämlich satt.«

Lächelnd ging Stocker auf den Flur hinaus. Kassandra saß vor Wörners Tür und putzte sich. Stocker sah sie argwöhnisch an. »Und bei wem hast du dich gerade wieder durchgefressen?«

»Nur ein Stückchen Leberpastete, Großer. Ganz mager, hat Meier gesagt.«

»Wenn das so weitergeht, mache ich meine Drohung wahr und er läuft wirklich bald wieder Streife.« Geladen kehrte Stocker in sein Büro zurück und bestellte Ina und Meier zu sich.

Kaum hatte Meier Platz genommen, setzte Stocker sein falsches Lächeln auf und sah ihn an. »Wie viele Kilokalorien haben eigentlich hundert Gramm Leberpastete?«

Meier schluckte. »Sie hat nur einmal meinen Finger abgeschleckt.«

Stocker wechselte abrupt das Thema. »Jens, Sie werden einen gewissen Dr. Leitz, Justiziar der AGeKon, durchleuchten.«

Meier nickte dienstbeflissen, froh, dass das Thema Leberpastete gegessen war.

»Er war übrigens bei Sallingers Schwester in Kaufbeuren, angeblich, um zu kondolieren. Ein bisschen spät für meine Begriffe. Außerdem ist es eigenartig, dass er sie nach Unterlagen Sallingers gefragt hat, und zwar mehrmals. Übrigens besitzt dieser Leitz einen Maserati.«

»Wie schön für ihn«, entfuhr es Meier.

Stocker schüttelte missbilligend den Kopf. »Eher nicht. Die Čalić-Brüder wurden nämlich zweimal mit einem Unbekannten gesehen, der einen solchen Wagen fuhr. Dem Kennzeichen nach ist es ein in Augsburg zugelassener Maserati. Leitz hat aber ein Füssener Kennzeichen. Das ist alles, was wir wissen. Aber offensichtlich gibt es eine Verbindung zwischen der AGeKon und der albanischen Mafia.«

»Du meinst, dass dieser Leitz der dritte Mann sein könnte?«, unterbrach ihn Ina.

»Möglich.« Dann kam ihm ein Gedanke. »Überprüf doch mal die Flüge München–Athen. Bring in Erfahrung, ob der Justiziar nach dem Aufenthalt von unserem Controller in Griechenland war.«

»Ich mach mich dann auch mal an die Arbeit«, sagte Meier und verließ das Büro.

Ina erhob sich ebenfalls. »Wenn es tatsächlich eine Verbindung zwischen der AGeKon und den Čalić-Brüdern gegeben hat«, dachte sie laut, »dann stellt sich doch automatisch die Frage, ob es auch eine Verbindung in den Kosovo und damit zum illegalen Organhandel gibt.«

»Und damit zur Fabrik in Griechenland«, ergänzte Stocker. »Das meinst du doch?«

»Das sehe ich momentan ehrlich gesagt noch nicht.« Ina wandte sich zum Gehen.

»Kannst du übers Wochenende auf meine Süße aufpassen?«,

fragte Stocker, als sie schon an der Tür war. »Wenn ich sie wieder zu Göttler gebe, platzt sie womöglich noch.«

Ein Grollen ertönte irgendwo aus der Fellkugel auf dem Fensterbrett.

Ina sah Stocker an, als erwarte sie eine Erklärung.

»Ich besuche meinen Freund in Albanien, rein privat. War schon lange überfällig«, murmelte er.

»Und so ganz nebenbei ermitteln wir ein bisschen.« Inas spöttischer Unterton war nicht zu überhören.

Hajri

»Von euren Hoxha-Bunkern könnt ihr euch wohl auch nicht trennen«, begrüßte Stocker seinen Freund.

»Mahnmal, Flori, das ist ein Mahnmal. Schön, dich wieder einmal zu sehen.« Hajri Elizaj umarmte seinen Freund und küsste ihn links und rechts auf die Wangen.

»Du hast abgenommen«, lästerte Stocker und klopfte Elizaj auf den stattlichen Bauch.

»Was soll ich machen? Zu viel Business, zu viel Essen und kein Sport. Ich sehe ihn einfach als erotische Nutzfläche.« Er lachte schallend.

Als Stocker Elizaj vor mehr als zwanzig Jahren kennengelernt hatte, war er noch im Kader der Ringer und topfit gewesen.

»Und das Trinken nicht zu vergessen. Oder bist du vielleicht abstinent geworden?« Wieder ein schallendes Lachen als Echo.

»Es ist viel gebaut worden, seit ich das letzte Mal hier war.« Stocker deutete auf die Flughafengebäude.

»Gehört jetzt einem Konsortium aus Albanern und Amerikanern. Auch deine Landsleute – wie sagt man? – mischen mit. Aber die Preise …« Elizaj machte mit der flachen Hand eine Aufwärtsbewegung.

Als sie das Flughafengebäude vom Tirana International Airport Nënë Tereza verließen, überflog ein Eurocopter Cougar das Terminal und drehte in Richtung Küste ab. Die beiden Zwanzig-Millimeter-Maschinenkanonen und die Behälter für die Boden-Luft-Raketen waren deutlich erkennbar.

»Albanische Luftwaffe?«, schrie Stocker gegen den Lärm an.

Elizaj nickte. »Ja. Fliegen vermutlich nach Durrës. Die *amerikanac* haben dort noch immer ihr Headquarter.«

Stocker lachte. »Du hast ›amerikanac‹ gesagt?«

Elizaj sah ihn irritiert an und zuckte die Schultern. »Ist der serbische Ausdruck für Amerikaner. Was ist komisch daran?«

»›Kanake‹ ist bei uns ein Schimpfwort für Ausländer.«

Elizajs Gesicht verzog sich zu einem Grinsen. »Siehst du, Flori. Die serbische und die deutsche Sprache liegen gar nicht so weit auseinander.« Er deutete Richtung Helikopter, dessen Turbinen zwei schwarze Abgasfahnen hinter sich herzogen. »Sind ein bisschen nervös, die Jungs. Irgendetwas braut sich zusammen. An der Grenze zum Kosovo gab es wieder Übergriffe. Hoffe nur, dass wir nicht wieder Krieg bekommen. Ist nicht gut fürs Geschäft. Du hast sicherlich Hunger – und Durst.« Beim letzten Wort ließ Elizaj wieder sein gutturales Gelächter hören.

Offensichtlich waren die Preissteigerungen und die Störfaktoren der letzten Jahre doch nicht so übermäßig gewesen, als dass Elizaj sich das neueste Modell der Mercedes S-Klasse nicht hätte leisten können.

»Wir setzen uns erst mal zu mir ins Büro, dort sind wir ungestört. Muss ja niemand mitkriegen, weswegen du hier bist.«

Jetzt war es an Stocker zu lachen.

Der Kaffee war wie immer – schwarz und so dick, dass der Löffel in ihm stehen blieb. Der Raki schimmerte fast rötlich und wie üblich handbreit in einem Wasserglas.

»Gëzuar, Flori«, prostete Elizaj, schenkte gleich wieder nach und sah seinen Freund erwartungsvoll an.

Stocker begann mit seinem Bericht in Griechenland, erzählte vom Tod seines Freundes und kam dann über die AGeKon auf die Brüder Čalić und den Verdacht des Organhandels zu sprechen.

Elizaj schwieg, aber seine Miene sprach Bände.

»Ich will wissen, wer für Lothar Sallingers Tod verantwortlich ist. Wir kannten uns seit der Schule. Das bin ich ihm schuldig.« Stocker stürzte den Raki hinunter und lehnte sich zurück.

»Eigentlich müsste ich dir dringend raten, dich wieder ins Flugzeug zu setzen und dich rauszuhalten. Aber er war dein Freund und damit auch meiner.« Elizaj machte eine Pause, bevor er fortfuhr. »Es begann alles im Herbst 1999. Die, die schon am Krieg verdient hatten, übrigens auf beiden Seiten, nahmen auch danach wieder Schlüsselpositionen bei staatlichen Institutionen ein, gingen in die Politik und die Wirtschaft, zogen sich ins Privatleben zurück oder wechselten ins Fach der organisierten

Kriminalität. Je nach Interesse und Profit arbeiten sie noch heute zusammen.«

Elizajs Wortlaut erinnerte Stocker an sein letztes Telefonat mit Jannis Papadopoulos.

»Natürlich versuchen auch NATO-Verbündete, Interessen zu wahren, allen voran die *amerikanac*. Du hast dich gewundert, dass ich den serbischen Ausdruck für Amerikaner benutzt habe, gib es zu.« Er sah Stocker an, doch da der nicht reagierte, fuhr er fort. »Ich habe geschäftliche Verbindung in den Kosovo und nach Belgrad. Geld kennt keine Grenzen, Flori. Und Gier natürlich auch nicht. Ich fahre dich jetzt ins Hotel. Du ruhst dich ein bisschen aus, machst dich frisch, und dann gehen wir essen. Ich werde inzwischen ein bisschen telefonieren. Mal sehen, was ich erreichen kann.«

Das Gespräch beim Abendessen war anfangs von anderen Themen geprägt. Eingangs hatte Elizaj Stocker einen weiteren Gast als Leka vorgestellt – es war unklar geblieben, ob dies der Vor- oder Nachname war –, der überraschenderweise auch Deutsch sprach, wenn auch nicht so gut wie Elizaj.

Als die Unterhaltung ins Politische abdriftete, verzichtete er, überrascht über die Detailkenntnisse Lekas, auf jeglichen Kommentar.

Nach dem vorzüglichen Essen wechselten sie in eine andere Lokalität, und die Preise der dortigen Weinkarte ließen sogar den Commissario schlucken.

»Zuerst probieren wir einen albanischen Wein. Du wirst begeistert sein, Flori. Kaum jemand weiß, dass diese Region vermutlich eines der wenigen Rückzugsgebiete von Weinreben während der Eiszeit gewesen ist. Schon vor den Römern und den Griechen wurde hier Wein gekeltert, die ältesten Weinstöcke wurden auf ein Alter von vier- bis sechstausend Jahre geschätzt. Nach dem Ende des Hoxha-Regimes 1990 hat man sich der alten Tradition erinnert und wieder angefangen, Wein anzubauen. Meist einheimische Rebsorten.«

Sie begannen mit einem Weißwein mit dem Namen »E Bardha e Berati«. Nach einer gemeinsam geleerten halben Flasche spürte Stocker bereits die Wirkung des Alkohols.

Elizaj sah ihn lachend an. »Jetzt kommt ein Roter.«

Der Madonna del Piano von 2004 machte seinem Ruf als Wein aus der Region Montalcino in der Toskana alle Ehre, obgleich er mit über zweihundert Euro zu den günstigeren Angeboten auf der Karte gehörte. Elizajs Aussage hinsichtlich gestiegener Preise schien sich an den Ansprüchen zu relativieren.

Den Abschluss bildete ein Raki me Arra, ein Brandy mit Nüssen und Gewürzen versetzt, der allen dreien den Rest gab.

Auch nach albanischen Kriterien hätte niemand von ihnen sich noch hinters Steuer setzen dürfen, doch Elizaj schien das nicht zu berühren. Er ließ sich in seinen Mercedes fallen und setzte Stocker wohlbehalten vor dessen Hotel ab.

»Schlaf gut, Flori. Wir treffen uns morgen um zehn.«

Stocker winkte müde ab und verzog sich sofort auf sein Zimmer. Auch wenn mich jemand morgen entführt, wird er mit meiner Leber nichts mehr anfangen können, dachte er und schlief mit diesem tröstlichen Gedanken schließlich ein.

Niemandsland

Als er am nächsten Morgen zum Frühstück ins Restaurant kam, saß Elizaj schon vor einem doppelten Espresso und drückte gerade den Saft einer halben Zitrone in die schwarze Brühe.

»Albanisches Rezept gegen Kopfschmerzen.«

Stocker verzog das Gesicht. »Ich weiß. Eure Rezepte bei schwereren Leiden möchte ich gar nicht erst kennenlernen.«

Hajri Elizaj winkte dem Kellner und deutete erst auf seine Bestellung und dann auf seinen Freund. Als der Espresso serviert wurde, presste er eigenhändig mit einem Grinsen die Zitronenhälfte übers Stockers Tasse aus.

»Schmeckt wie vollgepinkelte Wolldecke«, beschwerte der sich. Doch allen Zweifeln zum Trotz verschwanden die Kopfschmerzen, und sogar die Rühreier mit Speck blieben in seinem Magen.

Während Stocker noch aß, telefonierte Elizaj.

Wenig später klopfte Leka von außen an die große Panoramascheibe.

»Fährt mit«, sagte Elizaj einsilbig, »wegen der Sicherheit.«

Als Stocker sich wenig später auf die Rückbank setzte, sah er gerade noch, wie Leka eine Pistole im Handschuhfach verstaute.

Elizaj hatte seinen Blick im Rückspiegel bemerkt. »Nur für alle Fälle«, sagte er. »Wir fahren in den Norden des Kosovo, da gelten eigene Gesetze. Dort werden wir einen Mann treffen, der dir Antworten auf deine Fragen geben kann. Zumindest auf die meisten.«

Die Route führte Richtung Norden, am Flughafen vorbei. Nach circa fünfzig Kilometern folgte der Wagen dem Hinweisschild nach »Pristinë«. Seit Stocker das letzte Mal in der Region gewesen war, hatte man eine Autobahn durch die Berge und Täler gesprengt, die zum Teil entlang der alten unbefestigten Straße verlief. Die Industrieruinen links und rechts waren noch immer dieselben.

»Hat die EU bezahlt«, grinste Elizaj.

»Von meinen Steuern«, erwiderte Stocker.

Nach zwei Stunden Fahrt, die sie nur für einen rabenschwarzen Kaffee unterbrachen, erreichten sie die Vororte von Mitrovica.

»Seit Ende des Krieges ist die Stadt geteilt«, erklärte Elizaj. »Albaner wohnen im Süden, Serben im Norden. Der Fluss fungiert als Grenze. Kein Serbe erkennt die Unabhängigkeit des Kosovo an. Hier im Nordteil weht die serbische Flagge. Es gibt serbische Schulen, ein serbisches Gericht und ein serbisches Gesundheitssystem, alles finanziert von Belgrad. Aber die Leute sind arm, und nur dreißig Prozent der hier ansässigen Firmen haben Handelsbeziehungen mit dem Süden. Viele Leute würden gern weggehen. Aber wohin?«

Sie passierten triste Apartmentblocks und kleinere Mehrparteienhäuser. Überall waren noch die Spuren des längst vergangenen, aber nie vergessenen Krieges sichtbar. Vor der Brücke über den Ibar stand ein dreisprachiges Warnschild mit dem Hinweis auf das herrschende Versammlungsverbot. Im Nordteil der Stadt herrschte das gleiche trostlose Bild.

Nachdem sie Mitrovica und die befestigten Straßen wieder in Richtung Süden verlassen hatten, verlor Stocker bald die Orientierung. Offensichtlich befanden sie sich im Niemandsland zwischen dem serbischen und albanischen Kosovo.

Etwas später gab es einen kleinen Zwischenfall. Ein Esel nahm ihnen die Vorfahrt, und Elizaj musste so abrupt bremsen, dass sich einige Gegenstände im Auto selbstständig machten. Eine leere Wasserflasche flog gegen das Armaturenbrett, und ein roter Schlüsselanhänger mit der Aufschrift »Remove before flight« landete in Stockers Schoß.

»Kannst du behalten«, sagte Elizaj, bevor er eine Vielzahl von albanischen Flüchen dem stoisch weiterziehenden Esel hinterherschickte.

In einem kleinen Ort hielt Elizaj schließlich direkt vor einem Haus an, das als »Restoran« gekennzeichnet war.

Leka hatte sich die Pistole in den Hosenbund geschoben, als sie den Ortsrand passierten.

»Lass mich reden.« Elizaj gab Stocker ein Zeichen, ihm zu folgen.

Der Gastraum wirkte schmuddelig. Farbe blätterte von den Wänden.

Der Wirt kam auf Elizaj zu, und sie begrüßten sich wie alte Bekannte. Elizaj deutete mit dem Kopf auf Stocker und schien diesen vorzustellen. Leka war seitlich der Tür stehen geblieben und behielt den Außenbereich im Auge. Stocker war nicht ganz klar, ob seine Aufmerksamkeit dem teuren Wagen oder einer möglichen Gefahr galt.

Dann verschwand der Wirt hinter einem ausgeblichenen Vorhang aus Plastikstreifen, durch den nach scheinbar endlosen Sekunden ein anderer Mann den Gastraum betrat.

Stocker schätzte ihn auf etwa vierzig. Instinktiv spürte er, dass der Mann gefährlich war. Seine nachlässige Kleidung, er trug ein kariertes Hemd, eine ausgeblichene Weste und eine alte fleckige Hose, stand in krassem Gegensatz zu seinen scharfen Gesichtszügen und den stechenden Augen. Der kurz geschnittene Bart und die blank geputzten Militärstiefel schienen Stockers Eindruck von ihm noch zu unterstreichen. Seine Bewegungen waren geschmeidig und ließen auf einen durchtrainierten Körper schließen. Schweigend musterte er zuerst Elizaj und dann Stocker, bevor er sich an einen der Tische setzte, die mit verschlissenen Tischtüchern gedeckt waren.

Der Wirt brachte eine Flasche Raki und drei Gläser, füllte sie fast bis zum Rand und verschwand wieder im Nebenraum.

Elizaj ergriff das Wort, und der Mann hörte seinen Ausführungen schweigend zu. Als Elizaj geendet hatte, wandte er sich an Stocker, um zu übersetzen. »Ich habe ihm geschildert, dass du nach Beweisen für die Verschleppung von jungen Frauen und illegalem Organhandel suchst und du die Aussagen von zwei Mädchen serbischer Herkunft aus dieser Region hast, die in Deutschland zur Prostitution gezwungen wurden. Außerdem, dass zwei weitere Mädchen umgebracht wurden und es Verbindungen zu einem Unternehmen in Deutschland und auch nach Griechenland gibt.«

»Wer ist er?«, fragte Stocker.

»Ich glaube kaum, dass er seine Identität preisgibt.« Elizaj stellte dem Mann Stockers Frage.

Der antwortete ohne Gefühlsregung.

»Er ist Serbe«, übersetzte Elizaj. »Man hat seinen Sohn verschleppt. Mehr brauchst du nicht zu wissen. Er ist bereit, dir Beweise für deine Vermutungen zu liefern, aber nur gegen eine Information deinerseits.«

Stockers Augen verengten sich.

»Er will lediglich einen Namen von dir.«

»Wessen Namen?«

»Von dem, den sie ›den Baron‹ nennen.«

»Und wenn ich ihn nicht weiß?«

»Dann hat dieses Gespräch nie stattgefunden, und du bekommst keine Informationen.«

»Wie kommt er auf ›den Baron‹?«, wollte Stocker wissen.

Für den Bruchteil einer Sekunde umspielte der Hauch eines Lächelns die Mundwinkel des Unbekannten.

Stocker wusste oder besser ahnte, dass der andere seine Frage richtig gedeutet hatte. »Sag ihm, ich benötige Beweise, dass der sogenannte Baron in die Angelegenheit verwickelt ist. Reine Vermutungen sind nicht genug.«

Nach der Übersetzung nickte der Bärtige fast bedächtig, als wäre er sich noch nicht sicher.

»Er vertraut dir«, übersetzte Elizaj schließlich.

»Wie schön.«

»Er holt einige Dokumente. Sein Freund wird uns inzwischen bewirten. Wir sind seine Gäste.«

Wortlos erhob sich der Unbekannte und verließ das Lokal.

Stocker sah sich suchend um.

»Deine Blase, Flori?« Elizaj deutete mit dem Kopf Richtung Vorhang. »Dahinten, den kleinen Gang entlang.«

Im Flur schlug Stocker ein stechender Geruch nach Ammoniak entgegen. Die Toilette bestand nur aus einem Loch im Boden und zwei gerippten Tritten links und rechts. Die Spuren seiner Vorgänger waren nicht zu übersehen.

Zurück im Lokal stürzte er sein Glas Raki in einem Zug hinunter.

Elizaj lachte. »Hast du etwas anderes erwartet? Wir sind auf dem Balkan.«

Kurz darauf stellte der Wirt eine Schüssel mit Salat, eine mit frittierten Kartoffelspalten und eine Platte mit kleinen gegrillten Fischen auf den Tisch. Drei Gläser folgten, gehalten an der Innenseite von drei schmutzigen Fingern.

Der Rotwein war so stark, dass der Alkoholgehalt zur Sterilisation ausreichen sollte. Zumindest suchte Stocker in diesem Gedanken Trost. Da er mit Elizajs Schlüsselanhänger gespielt hatte, legte er diesen auf den Tisch, bevor er nach dem Besteck griff und Messer wie Gabel an der dünnen Papierserviette abwischte.

Das Essen überraschte ihn. Er hatte selten besser zubereitete Fische gegessen.

Knapp zwanzig Minuten später erschien der Bärtige wieder. Er zog einen kleinen braunen Umschlag aus dem Hosenbund und reichte ihn mit einer auffordernden Kopfbewegung Stocker.

Der schob seinen Teller beiseite. Das Kuvert enthielt Fotografien und einige Papiere.

Der Ausschnitt der Bilder war immer rund, wie mit einem Fischauge aufgenommen, das Motiv jedoch unverzerrt. Die Details waren gestochen scharf.

Stocker sah zuerst den Fremden, dann seinen Freund an.

»Die Bilder sind mit einer normalen Digitalkamera gemacht worden, allerdings durch ein Zielfernrohr«, sagte Elizaj.

Langsam blätterte Stocker durch die Aufnahmen. Auf der ersten war ein längliches zweigeschossiges Gebäude zu sehen, das inmitten bewaldeter Berge lag. Es folgte ein Bild, das zwei weiße Landrover etwas abseits davon zwischen den Bäumen zeigte. Deutlich konnte man auf einem der Fahrzeuge die Buchstaben »UN« erkennen. Ein weiteres Motiv waren mehrere junge Frauen und Männer, die aus einem Kleinbus stiegen und offensichtlich in das Gebäude geführt wurden. Auf verschiedenen Fotos waren schwer bewaffnete Männer, einzeln oder in kleinen Gruppen, zu sehen. Die folgenden Bilder waren Nahaufnahmen von Personen, die das offensichtlich als Klinik genutzte Gebäude verließen. Ein Gesicht erkannte Stocker wieder. Die letzten beiden Abzüge zeigten Mitglieder der bewaffneten Milizen, die offensichtlich Leichensäcke aus dem Haus trugen.

Die Papiere, die der Commissario anschließend überflog, waren

Personalakten von verschwundenen jungen Menschen, offensichtlich aus behördlichen Registern kopiert oder entwendet.

Elizaj sah seinen Freund ernst an. »Das Ausschlachten geht weiter, und die Drahtzieher sitzen ganz oben, es sind Geschäftsleute, Politiker und Beamte.«

Der Bärtige flüsterte mehr, als dass er sprach.

»Dies ist die Klinik, in der sein Sohn ermordet wurde«, übersetzte Elizaj. »Er will den Verantwortlichen zur Rechenschaft ziehen.«

Stocker überlegte kurz, bevor er antwortete. »Wie soll die Kontaktaufnahme laufen?«

»Über mich. Du nennst mir den Namen des Barons, den ich an ihn weiterleite, und er übergibt mir die Dokumente. Ich lasse sie dir dann auf dem schnellsten Weg zukommen.«

Stocker nickte.

Der Bärtige schob die Fotografien mit den Papieren in den Umschlag und klemmte sich diesen wieder in den Hosenbund. Dann stand er auf, starrte Stocker an, der seinem Blick standhielt, und nickte ihm kurz zu. Bevor er den Raum verließ, griff er nach dem Schlüsselanhänger auf dem Tisch.

Stocker nahm das unberührte Glas des Fremden und stürzte den nicht getrunkenen Raki hinunter.

Die Rückfahrt verlief die ersten Kilometer schweigend. Stockers Gedanken kreisten um das gerade geführte Gespräch und den Deal, den er eingegangen war.

»Woher kennst du ihn?«, richtete er unvermittelt die Frage an Elizaj.

»Ich kenne ihn nicht. Aber ich mache Geschäfte mit dem Wirt.«

Stocker sah seinen Freund schräg von der Seite an.

Wieder ertönte dessen gutturales Lachen. »Flori, du bist ein misstrauischer Mensch.«

»Das ist mein zweiter Beruf, Hajri.«

»Wenn du so misstrauisch bist, warum hast du dich dann auf den Deal eingelassen? Vielleicht bescheißt er dich.« Erneut ein lautes Lachen.

»Kaum.«

»Du hast auf den Fotos jemanden erkannt?«

»Woher weißt du das?«

»Weil du eins etwas länger betrachtet hast. Wen?«

»Einen der Čalić-Brüder.«

Der sich anschließende Abend wurde erwartungsgemäß feucht-fröhlich, wobei die Betonung eindeutig auf feucht lag. Elizaj hatte extra ein Schaf für Stocker schlachten lassen und zu diesem Anlass einige seiner Freunde eingeladen.

Die Feier fand in einer Art Blockhütte statt, die zu einem Restaurant oberhalb von Tirana gehörte. Die Männer saßen um einen großen Tisch herum und prosteten dem *mik* von Elizaj zu. Das gegrillte Schaf wurde komplett mit Kopf auf den Tisch gestellt. Elizaj forderte Stocker auf, ihm seinen Teller rüberzureichen, und legte Zunge und Herz darauf. Eine Geste, die als Zeichen der Ehrerbietung galt. Stocker war sie bereits von seinen letzten Besuchen bekannt. Er rechnete es Elizaj hoch an, dass er ihn dieses Mal wenigstens mit den Schafsaugen und den Hoden verschonte, die er an andere Gäste in der Runde verteilte. Dann war das Schaf freigegeben, und jeder griff mit bloßen Händen zu, um sich ein saftiges Stück Fleisch zu sichern.

Unterbrochen wurden die Essensgeräusche regelmäßig von der verbalen Aufforderung – »*Gëzuar!*« – zum Trinken.

In der Folge kam einer der Gäste auf die Idee, dem deutschen Gast auch das Hirn des Tieres anbieten zu wollen, und versuchte mit einem großen Tranchiermesser, den Schafsschädel zu spalten. Fett, Fleischfetzen und Knochensplitter spritzten, und auch Stockers Seidenkrawatte wurde von ihnen getroffen.

Der Commissario beobachtete das Treiben mit steigendem Argwohn, da ihm die Absicht der Versuche schlagartig klar geworden war. Doch zu seiner Erleichterung leistete das Schaf auch im Tod noch erbitterten Widerstand, der den Initiator der Hackorgie schließlich zur Aufgabe zwang und das BSE-Risiko für Stocker letztendlich gegen null gehen ließ.

Am nächsten Vormittag holte Elizaj seinen Freund wie selbstverständlich ab, um ihn zum Flughafen zu fahren. Beiden sah man die Folgen der letzten Nacht deutlich an. Bevor Elizaj Stocker am Check-in verabschiedete, drückte er ihm noch eine Flasche vom teuren Raki vom Vorabend in die Hand. »Damit du noch eine Weile an mich denkst.«

»Wenn ich überhaupt je wieder normal denken kann«, stöhnte Stocker mit einem Blick auf die Flasche.

Nach Erreichen der Reiseflughöhe kam die Stewardess mit ihrem Wagen zu Stocker und bot ihm ein Glas Sekt an.

»Um Gottes willen«, entfuhr es ihm, und er bat sie um zwei Kopfschmerztabletten und ein Glas Wasser.

Die Maschine landete pünktlich um kurz vor zwei in München. Auf dem Weg zu seinem Wagen rief der Commissario kurz Ina und Göttler an, um sich anzukündigen.

Die Fahrt nach Augsburg vollzog er bei geöffnetem Verdeck. Die intensive Frischluftzufuhr verbesserte seinen Zustand merklich, sodass er einigermaßen wiederhergestellt seine Wohnung erreichte. Eine Wechseldusche und ein Alka-Seltzer-Cocktail taten das Ihrige.

Eine Stunde später stand Ina vor der Wohnungstür und drückte ihm Kassandra in die Arme. Kurz sog sie die Luft ein. »Du hast eine Fahne.«

»Kein Wunder. Sauf du mal die halbe Nacht mit einem Haufen Albaner.« Gerade wollte er die Tür hinter Ina schließen, als ein Schnaufen auf der Treppe zu hören war.

Sekunden später tauchte Göttler auf. »Dein Fahrstuhl ist kaputt«, begrüßte er den Commissario vorwurfsvoll.

»Bloß gut, dass du die verlorenen Kalorien gleich wieder mitgebracht hast«, grinste Stocker und nahm ihm die Kuchenschachtel ab.

Während Stocker mit seiner Maschine drei Cappuccinos zauberte, verteilte Ina den Kuchen auf drei große Teller. Von einem Stück Schwarzwälder Kirsch stach sie mit der Gabel eine kleine Ecke ab und legte sie auf eine Untertasse, die sie vor Kassandra auf den Boden stellte. Den strafenden Blick ihres Chefs ignorierte sie.

»Gibt's heute keinen Grappa zum Kaffee?«, wollte Göttler wissen.

»Den kannst du dir selbst einschenken. Ich kann für die nächsten Tage keinen Alkohol mehr sehen«, erwiderte Stocker, bevor er zu einem ausführlichen Bericht über seinen Albanienbesuch ansetzte.

Als er geendet hatte, herrschte minutenlanges Schweigen. Endlich ergriff Ina das Wort. »Wenn tatsächlich einer der Čalić-Brüder im Kosovo in der Klinik war, dann besteht über diesen Leitz doch auch eine Verbindung zur AGeKon und dem Baron. Und der wiederum könnte der von diesem Unbekannten Gesuchte sein. Aber wir können es nicht beweisen.«

»Noch nicht. Dazu benötigen wir die Fotos und die Aussage von Reuters Informanten.«

»Und hier beißt sich die Katze in den Schwanz. Entschuldige, Kassandra«, unterbrach Göttler seine Schlussfolgerung mit einem Seitenblick auf die Katze, die lang gestreckt neben Ina lag, »aber ohne Namensnennung keine Beweisfotos. Und ohne Beweisfotos keine Verbindung zur AGeKon. Und selbst wenn wir beweisen könnten, dass die Čalić-Brüder und Leitz sich kannten, heißt das nicht zwangsläufig, dass auch der Baron mit drinsteckt.«

Stocker sprang auf und fischte sein Handy vom Beistelltischchen im Flur. Während er es klingeln ließ, schaltete er auf Lautsprecher.

»Hat man vor dir nicht mal am Wochenende seine Ruhe?«, tönte Timo Reuters Stimme aus dem Lautsprecher.

»Selbst schuld, wenn du rangehst«, parierte Stocker. »Einer deiner Informanten hat doch ausgesagt, er habe die Čalić-Brüder mit einem Typen in einem Maserati gesehen.«

»Oh nein, Florian. Ich werde dir diese Quelle nicht zum Fraß vorwerfen. Und mein Informant wird weder eine Aussage unterschreiben noch vor irgendeinem Gericht im Zeugenstand erscheinen. Vergiss es.«

»Du bist aber gut drauf. Und das an einem Sonntag. Da möchte ich deine Laune am Montag gar nicht kennenlernen. Ich will von deinem Schattenmann doch lediglich das Datum, an dem er den dritten Mann mit den Brüdern gesehen hat. Ist das in Ordnung?«

»Darüber können wir reden. Ich melde mich.« Reuter legte ohne Abschiedsgruß auf.

Göttler sah seinen Freund zweifelnd an. »Was willst du mit der Aussage anfangen?«

»Man merkt wirklich, dass sich deine Qualitäten mehr auf innere Angelegenheit beziehen«, erwiderte Stocker. »Wenn wir nicht direkt beweisen können, dass der Mann im Maserati Leitz war, dann können wir vielleicht beweisen, dass es die anderen Maserati-Besitzer nicht waren. Und dann kann es im Umkehrschluss zwangsläufig nur Leitz gewesen sein. Meier wird das morgen früh als Erstes klären. Leite das für mich in die Wege, Ina. Johann und ich sind morgen auf Lothars Beerdigung. Und dann will ich wissen, wo sich Leitz zum Zeitpunkt der Čalić-Morde rumgetrieben hat, und vor allem, wo sein Wagen war. Ich habe da so einen Verdacht.«

»Du hast einen Verdacht, und wir sollen dumm sterben?« Ina sah Stocker auffordernd an.

»Wenn Leitz unser dritter Mann ist, dann hat er unter Umständen den Mörder der Čalić-Brüder beauftragt, weil ihm ihre Schlachtorgien zu heiß wurden.«

Grabesstille

Gegen zehn Uhr holte Stocker Sallingers Schwester und ihren Sohn zu Hause ab. Schweigend fuhren sie die Augsburger Straße hinauf. Den wunderbaren Blick auf die Stadt Kaufbeuren nahmen sie nicht zur Kenntnis, jeder von ihnen war in Gedanken bei dem Toten.

Stocker stellte den Wagen auf dem Parkplatz vor dem Friedhofsareal ab.

Als sie die linker Hand liegende Aussegnungshalle betraten, standen schon einige Personen in kleinen Grüppchen zusammen.

Johann Göttler und Hannes Nadler nahmen die Schwester ihres Freundes schweigend in den Arm, um ihr Halt zu geben, war sie doch damals bei ihren Streichen mit Lothar immer dabei gewesen. Meist hatte sie Schmiere stehen müssen.

Stocker überflog schon allein aus beruflichem Interesse die übrigen Anwesenden. Doch außer dem Controller der AGeKon, den er jedoch nicht zu kennen vorgab, erweckte niemand seine Aufmerksamkeit.

Die Totenfeier wurde, vermutlich ganz im Sinne des Verblichenen, knapp gehalten.

Anschließend schoben vier livrierte Männer des Bestattungsinstitutes den Sarg auf einem Rollwagen über gewundene Kieswege bis vor das Grab.

Der kleine Michael stand zwischen seiner Mutter und Stocker und umfasste krampfhaft deren Hände.

Während der Sarg langsam abgesenkt wurde, nahm Stocker am Rande der Trauernden eine Bewegung wahr. Als er den Kopf wandte, sah er direkt in das Gesicht von Dr. Leitz. Sofort machte sich ein ungutes Gefühl in ihm breit.

Nach den üblichen Kondolenzbezeugungen zerstreute sich die Trauergemeinde, und Stocker ging mit Karin und Michael zurück zum Wagen. Dr. Leitz war bereits verschwunden. Kassandra, die auf dem Rücksitz gewartet hatte, schmiegte sich während der Fahrt tröstend an den kleinen Jungen.

»Komm noch kurz mit rein.« Karin sah ihn mit einem wehmütigen Lächeln an.

Im Flur schoss Kassandra plötzlich an ihnen vorbei, bevor sie unvermittelt in der Tür zum Wohnzimmer stehen blieb. Ihr Grollen durchbrach die eigentümliche Stille.

Der Grund für ihr seltsames Verhalten wurde Stocker schlagartig bewusst, als er Bruchteile von Sekunden später neben ihr stand. Das gesamte Wohnzimmer war auf den Kopf gestellt worden. Schrankschubladen standen offen, ihr Inhalt lag teilweise auf dem Boden verstreut. Gleiches galt für die Bücherregale. Ein Schrei ließ ihn zusammenzucken.

Karin stand hinter ihm und starrte ungläubig auf das verursachte Chaos.

Als sie weitergehen wollte, streckte er die Hand aus, um sie am Betreten des Wohnzimmers zu hindern. »Geht in die Küche und bleibt dort.«

Langsam zog sich Karin zurück und schob ihren Sohn vor sich her.

Stocker entledigte sich seiner Schuhe und schlich in den oberen Stock. Auch hier bot sich das gleiche chaotische Bild, aber die Räume waren verlassen. Er wählte Inas Nummer und bat sie, so schnell wie möglich zusammen mit der Spurensicherung nach Kaufbeuren zu kommen.

Wieder im Wohnzimmer blockierte er die Katzenklappe. »Nicht dass Felix uns noch einen Schwan anschleppt und alle Spuren versaut, wenn es denn überhaupt welche gibt. Muss heute mal auf sein Mittagessen verzichten, dein Kumpel.« Er grinste Kassandra an.

»Der Vogelhändler ist nicht mein Kumpel«, maunzte sie zurück.

Fünfzig Minuten später rückte Ina mit der Spurensicherung im Schlepptau an.

Als Stocker deren Chef die Situation kurz erklärt hatte, musste er sich die Frage gefallen lassen, ob die Mordkommission jetzt neuerdings auch für Einbruchsdelikte zuständig und die Ausdehnung des Zuständigkeitsbereiches auf das gesamte Allgäu chronisch sei.

»Das hast du dem Dicken zu verdanken«, erwiderte der Commissario. »Als die Kemptner um Unterstützung baten, hat er gleich zweimal ›Hier!‹ geschrien.«

»Was tut man nicht alles um der eigenen Karriere willen«, erwiderte der Kollege sarkastisch, bevor sein Blick auf Stockers Socken fiel. »Jetzt werde ich auch noch Fußpilz in den Proben finden. Kannst die Käser gleich ausziehen. Brauch ich zum Abgleich.«

»Mach einfach deinen Job und such nach Spuren und überlass die Beurteilung der Zuständigkeiten einfach mir, einverstanden?«, gab Stocker patzig zurück und verzog sich mit Ina nach draußen vor das Haus. »Derjenige, der für diesen Saustall da drinnen verantwortlich ist, hat etwas gesucht. Etwas, das mit Sallingers Tod zu tun hat.«

Ina sah ihren Chef etwas zweifelnd an. »Meinst du nicht, dass du jetzt unter Paranoia leidest?«

»Quatsch. Leitz war auf der Beerdigung, kam aber erst nach der Andacht kurz vor Ende dazu. Weißt du, was mir jetzt erst auffällt? Normalerweise steuert die Firma bei so einem Anlass auch einen Kranz bei. Doch Leitz kam ohne. Eigenartig, oder? Außerdem hat er Karin im Anschluss nicht kondoliert. Ich frage dich also, warum er dann überhaupt auf der Beerdigung war.«

»Vielleicht einfach nur als Vertreter der Firma.«

»Oder um ein Alibi zu haben. Seine beiden Mitarbeiter fürs Grobe liegen bei Johann in der Kühlung, deshalb musste er hier selbst ran.«

»Eine sehr gewagte Theorie.« Ina schüttelte den Kopf.

»Aber möglich«, behauptete Stocker stur. »Mach mal die Runde im Viertel und befrag die Anwohner, ob ihnen etwas Ungewöhnliches aufgefallen ist. Ach, und bezieh die übernächsten Straßen auch noch mit ein.«

Während die Spurensicherung ihrer Arbeit nachging, fuhr Stocker mit Karin auf Michaels Wunsch nach Neugablonz zu McDonald's. Seinen Kommentar der »kulinarischen Subkultur« ließ er allerdings nur Karin hören.

Bereits nach etwas weniger als einer Stunde waren die Kollegen fertig und benachrichtigten Stocker, dass das Haus wieder zur Verfügung stünde.

Als die drei, respektive mit Kassandra vier, vor Ort eintrafen, packte die Truppe gerade ihre Gerätschaften zusammen.

»Habt ihr etwas gefunden?«

»Eines ist sicher: Der Täter war kein Profi. Er ist ziemlich unsachgemäß vorgegangen, kam über den Garten. Die Abdrücke sind zu sehen, wenn auch eher undeutlich. Er hatte Erde an den Sohlen, die wir im Innern der Wohnung auf dem Teppich gefunden haben. Zum Öffnen der Terrassentür benutzte er allerdings wieder einen professionellen Glasschneider, und Fingerabdrücke sind im ganzen Haus negativ. Vermutlich trug er Handschuhe. Mit einem Griff durch das eingeschlagene Glas konnte er die Klinke runterdrücken, wobei ein paar winzige Fusseln am Glas hängen blieben. Wenn du mir also seine Klamotten bringst, kann ich ihn überführen.«

»Witzbold«, knurrte der Commissario und ging in die Küche.

Karin lehnte geistesabwesend an der Arbeitsplatte, während Michael am Boden saß und Kassandra streichelte.

»Du kannst jetzt wieder in die betroffenen Räume. Ich helf dir noch beim Aufräumen.«

Ein Nicken war ihre einzige Reaktion.

Als Ina kurz darauf klingelte, war ein Teil der Bücher und Schubladeninhalte bereits wieder eingeräumt.

»Irgendwelche Umfrageergebnisse?«, empfing sie Stocker.

Sie schüttelte den Kopf. »Entweder waren die Leute nicht zu Hause, oder sie haben nichts gesehen und gehört. Einzig eine Mutter hat sich fürchterlich darüber aufgeregt, dass jemand ihre Garageneinfahrt in der Peter-Dörfler-Straße halb zugeparkt hatte und sie deshalb ihren Pams mit dem Fahrrad vom Kindergarten abholen musste.«

»Kann ich verstehen. Vor allem, weil sie wahrscheinlich auf dem Rückweg den Anstaltsberg hochschieben musste.«

»Anstaltsberg?«, fragte Ina.

»Ja. Wo jetzt das Bezirkskrankenhaus ist, war früher eine Klapse. Sogar mit eigenem Zoo. Als Kind sind wir immer dorthin gegangen, wenn mein Vater in Kaufbeuren zu tun hatte. Dann habe ich dem Waschbären ein Stück Zucker gegeben, doch der hat nie geschnallt, dass sich das auflöst, wenn man es im Wasser wäscht«, grinste Stocker, wurde dann aber wieder ernst. »Konnte sich die Frau an die Automarke erinnern?«

»Was erwartest du? Sie wusste nur, dass es ein Sportwagen war. Wenn ich die alternative Tante nach den Farben eines selbst gebatikten Wickelrocks gefragt hätte, wäre sicherlich mehr dabei herausgekommen.«

Stocker verdrehte die Augen. Wieder wollte er wissen, ob Karin nicht doch irgendwelche Unterlagen von ihrem Bruder erhalten hätte, doch diese verneinte erneut vehement.

»Kaum zu glauben, Hauptkommissar Stocker lässt sich auch mal wieder im Dienst sehen«, empfing ihn Wörner, der sich in Coras Büro aufhielt.

»Ich habe einen Freund beerdigt«, kam es ungewöhnlich scharf zurück.

»Ach ja, den Verunglückten aus Griechenland. Na, dann ist ja jetzt der Deckel drauf, und wir können die leidige Angelegenheit endgültig zu Grabe tragen.«

Stocker baute sich vor seinem Vorgesetzten auf. »Sehr geehrter Herr Polizeirat«, begann er.

Die Einleitung ließ Wörner ebenso wie Cora nichts Gutes vermuten. Meier, der gerade auf dem Weg zu Stockers Büro gewesen war, drehte sich auf dem Gang um und begann sofort, seinen taktischen Rückzug anzutreten.

»Ich muss Sie leider korrigieren«, fuhr Stocker fort. »Der Verunglückte ist kein Verunglückter, sondern ein Ermordeter. Deshalb ist der Deckel zwar auf dem Sarg, aber noch lange nicht auf dem Fall. Obwohl Sie den gedanklich auch schon beerdigt haben, werde ich ihn wieder exhumieren. Und nur, damit Sie darüber informiert sind: Gewisse Erkenntnisse lassen auf eine Verbindung eines Mitarbeiters der AGeKon zu den Čalić-Brüdern schließen, die ihrerseits für die Morde an den beiden serbischen Mädchen verantwortlich sind, womit sich der Kreis schließt.« Damit ließ der Commissario den verdatterten Polizeirat stehen.

»Armer Wörner.« Breit grinsend betrat Meier wenige Minuten später Stockers Büro.

»Sie können ihm ja tröstend das Händchen halten. Wird sich bestimmt positiv auf die Beförderung auswirken.«

Meiers Grinsen erstarb schlagartig.

»Nach momentaner Beweislage können wir die Verbindungen, die du in den Raum gestellt hast, nicht beweisen«, sagte Ina, die ihrem Chef gefolgt war. »Wir haben nur Vermutungen.«

Das Grinsen kehrte auf Meiers Gesicht zurück. »Stimmt nicht! Wir können sie beweisen. Timo hat mir die beiden Tage genannt, an denen sein Informant die Čalić-Brüder mit dem unbekannten Maserati-Fahrer gesehen hat. Ich habe sämtliche Halter angerufen, natürlich außer Dr. Leitz, und alle waren an diesen Abenden nachweislich nicht mit dem Wagen unterwegs beziehungsweise gar nicht in Augsburg. Die Angaben sind bereits überprüft. Sie stimmen. Ein Wagen war in der Werkstatt, einer wurde allem Anschein nach von der Ehefrau gefahren, zwei Besitzer waren im Urlaub.«

»Jens, schon gut. Ich glaub Ihnen auch so. Geben Sie mir einfach die Liste.«

Schulterzuckend reichte Meier seinem Chef den Ausdruck.

»Das ist alles Makulatur.« Stocker ließ das Blatt auf seinen Schreibtisch fallen. »Denn der Wagen von Leitz hat kein Augsburger, sondern ein Füssener Kennzeichen.«

Meiers Mundwinkel suchten erneut Kontakt zu seinen Ohren. »Nicht zur fraglichen Zeit, da hatte er noch ein Augsburger Kennzeichen. Der Maserati wurde erst vor fünf Tagen umgemeldet. Damit dürfte bewiesen sein, dass Leitz mit den Čalić-Brüdern in Kontakt stand.«

Doch Ina dämpfte Meiers Euphorie. »Es ist lediglich bewiesen, dass der Wagen von Leitz in der Nähe der Brüder gesehen wurde. Wenn der Informant von Timo nicht aussagt, können wir mit der Erkenntnis wenig anfangen.«

»Damit magst du recht haben«, meldete sich Stocker zu Wort, »aber das weiß Leitz ja nicht. Wir werden ihn einfach ein bisschen nervös machen. Denn wer nervös ist, begeht unter Umständen Fehler. Außerdem rücken wir damit auch indirekt dem Baron auf die Pelle.«

»Und wie geht es jetzt weiter?«

»Wir fahren noch einmal zur AGeKon. Während ich hineingehe, machst du von Leitz' Wagen ein Foto mit deinem Handy, was du dann unserer alternativen Zeugin zeigst. Wenn wir Glück haben, erkennt sie den Wagen wieder.«

»Du glaubst tatsächlich, dass Leitz den Einbruch bei Sallingers Schwester verübt hat und so blöd war, mit dem eigenen Wagen zum Tatort zu fahren?«, fragte Ina skeptisch.

»Ja, ich glaube, so blöd war der.«

Ina blieb im Audi sitzen und wartete, bis Stocker im Eingang der neuen AGeKon-Zentrale verschwunden war. Dann stieg sie aus und schlenderte zum Ende des Gebäudes, um scheinbar den Ausblick auf die beiden Königsschlösser zu genießen, in Wahrheit aber mit ihrem Smartphone mehrere Aufnahmen von dem schwarzen Sportwagen zu machen.

Die Dame am Empfang sah Stocker mit einem als blasiert zu bezeichnenden Gesichtsausdruck an. Auf sein Ersuchen, Dr. Leitz sprechen zu wollen, reagierte sie kühl: »Haben Sie einen Termin?«

Lächelnd schüttelte Stocker den Kopf.

»Dann tut es mir leid. Außerdem hält sich Dr. Leitz momentan nicht im Hause auf.«

Stockers Lächeln wurde noch eine Spur breiter, was die Dame offensichtlich zu irritieren schien. »Oh, ich bin mir ziemlich sicher, dass Ihr Justiziar im Hause ist. Sein Wagen steht nämlich auf dem Parkplatz. Im Übrigen wird genau nach diesem Fahrzeug im Zusammenhang mit zwei Morden gefahndet. Meinen Sie, dass unter diesen Umständen ein Telefonat Ihrerseits nach oben jetzt möglich wäre?«

Alle Farbe und alle Arroganz wichen aus dem Gesicht der Frau, während sie zum Hörer griff.

Doch Stocker war schon unterwegs zur Treppe. Das: »Warten Sie, Sie können nicht einfach … noch dazu mit einer Katze«, überhörte er geflissentlich.

Im Obergeschoss erwartete ihn der Eisschrank, den er bereits von seinem letzten Besuch kannte, und führte ihn in das Büro eines sichtlich nervösen Dr. Leitz.

Stocker entschied sich, die Taktik zu ändern. »Herr Dr. Leitz.

Ich muss mich entschuldigen, Sie schon wieder mit polizeilicher Routine belästigen zu müssen. Aber es geht um den Doppelmord an zwei Männern albanischer Herkunft. In diesem Zusammenhang taucht auch der Hinweis auf einen Sportwagen des Fabrikates auf, das Sie fahren. Wir sind deshalb gezwungen, zu überprüfen, wo sich die Halter der in Frage kommenden Wagen zur fraglichen Zeit aufgehalten haben. Reine Routine«, versicherte er mit einem entschuldigenden Lächeln.

Der Justiziar entspannte sich ein wenig. Zu sehr, denn er beging einen Fehler. »Ich war an besagtem Mordwochenende nicht in Augsburg. Ich hatte Termine in der Schweiz.« Er lächelte arrogant.

Das Lächeln verschwand schlagartig, als Stocker ihm süffisant lächelnd entgegnete: »Ich spreche nicht von diesem Wochenende, sondern vom 25. des letzten Monats um zweiundzwanzig Uhr dreißig und vom 28. des letzten Monats zwischen zweiundzwanzig Uhr dreißig und circa dreiundzwanzig Uhr.«

Leitz rang um Fassung, bekam sich aber überraschend schnell wieder in den Griff. »Tut mir leid, aber so konkret kann ich mich auf die Schnelle nicht erinnern. Sie werden verstehen, bei der Fülle von Terminen.« Er zuckte entschuldigend die Schultern. »Ich werde meine Sekretärin fragen, einen Moment bitte.«

Während Leitz darauf wartete, dass im Vorzimmer abgenommen wurde, fiel Stockers Blick auf dessen Sakko, das über der Rückenlehne des exklusiven Schreibtischstuhles hing. Es war dasselbe, das er bei der Beerdigung und vermutlich auch beim Einbruch in Karins Haus getragen haben musste, schoss es dem Commissario durch den Kopf.

Leitz legte wieder auf. »Meine Sekretärin hat mir gerade folgende Termine bestätigt: Am 25. war ich auf der Vorstandssitzung des hier ansässigen Golfclubs.«

»Ach ja, der Club der Schönen und Reichen ohne eigenen Platz«, rutschte es Stocker heraus.

Leitz quittierte die Äußerung mit einem säuerlichen Gesichtsausdruck, bevor er fortfuhr. »Und am 28. war ich tatsächlich in Augsburg bei den Theatertagen, ›Die Macht der Gewohnheit‹ von Thomas Bernhard. Danach gab es noch einen kleinen Empfang.«

»Ein Drama ...«, sagte Stocker.

Leitz nickte, da er die Aussage offensichtlich auf das Theaterstück bezog.

Doch der Commissario beendete den Satz anders, als vom Justiziar erwartet:»... wenn die Macht zur Gewohnheit wird.« Dann erhob er sich.

Kassandra, die inzwischen am Schreibtisch entlanggeschlichen war, richtete sich plötzlich auf und kratzte mit ausgefahrenen Krallen am Sakko des Justiziars entlang.

»Ja, spinnt denn die?«, brüllte der und sprang auf. »Das ist ein Sakko von Loro Piana!«

Stocker ging um den Schreibtisch herum, nahm seine Katze auf den Arm und schaute wie beiläufig auf das luxuriöse Kleidungsstück.

»Ist ja nichts Schlimmes passiert. Jedenfalls danke ich Ihnen für die Auskunft. Wie gesagt, reine Routine.« Mit unterdrücktem Grinsen schob er sich am Vorzimmer-Eisschrank vorbei.

Auf der Treppe zupfte er die an den Krallen hängen gebliebenen Fasern des Sakkos von Kassandras Pfötchen. »Du hast gewusst, was ich gedacht habe, nicht wahr? Superkatze.«

In Kaufbeuren hielten Stocker und Ina gegenüber dem Haus der Zeugin in der Peter-Dörfler-Straße. Vom Wagen aus beobachtete der Commissario das kurze Gespräch zwischen ihr und seiner Kollegin.

»Was hat die Lady gesagt?«, wollte er anschließend wissen.

»Sie hat den Maserati wiedererkannt.«

»Gut. Ist zwar kein Beweis, aber ein Hinweis.«

»Eigentlich ist es schon ein Beweis. Das Herzchen hat sich nämlich so über die blockierte Garagenausfahrt geärgert, dass es einen Kratzer in die Karre gemacht hat. Und wenn du dir meine Fotos von Leitz' Wagen genau ansiehst, kannst du den Kratzer auf der rechten Seite zumindest erahnen. Auf dem Computer lässt er sich bestimmt noch deutlicher erkennen.«

»Ziemlich militant, die alternative Dame. Also war Leitz zur Zeit des Einbruches in der Nähe von Karins Haus. Hast was gut bei mir, Ina. Wenn du willst, können wir es nachher gleich einlösen.«

Sie sah ihn fragend an. »»Poccini‹?«

Stocker nickte und angelte nach seinem Handy. »Ich rufe Johann an, sonst ist er noch in zehn Jahren beleidigt, weil wir ihn einmal nicht zum Essen mitgenommen haben. Vorher müssen wir aber noch kurz bei Bein vorbei.«

Im Präsidium schaute Stocker erst einmal bei Meier ins Büro und bat ihn, das Alibi von Leitz für die beiden maßgeblichen Tage zu überprüfen. »Und noch was: Setzen Sie sich mit den Schweizer Kollegen in Verbindung. Ich brauche die Passagierlisten aller Flüge von Zürich nach Tirana und Priština vom vorletzten Sonntag.«

Markus Bein, der Leiter der Spurensicherung, sah Stocker und Ina über seine Lesebrille hinweg an. »Ich habe leider noch nichts für euch. Bei dem Einbruch wurden keine Fingerabdrücke sichergestellt, und die Fusseln von den Schnittflächen am Glas geben mir Rätsel auf. Ich habe keine Ahnung, was das für ein Zeug ist. Zumindest Synthetik kann ich ausschließen.«

»Versuch es doch mal mit Lotusfaser«, warf Stocker ein.

»Klugscheißer.«

Stocker lachte. »Ich verarsch dich nicht. Lotusseide ist eine der seltensten Pflanzenfasern, die für die Herstellung von Stoffen verwendet wird. Aus ihr werden nicht nur die Roben der heiligen Mönche von Myanmar hergestellt, sondern auch Haute Couture.«

Markus Bein sah ihn an, als käme er von einem anderen Stern.

»Die einzige Firma in Europa, die das Zeug verarbeitet, ist das Label Loro Piana in Italien.«

»Kenn ich«, warf Ina ein.

»Sauber. Vielleicht sollte ich auch zur Mordkommission gehen. Offensichtlich verdient man dort besser als bei uns.« Bein sah Stocker noch schräger an als gewöhnlich. »Und wie kommst du zu dieser Erkenntnis?«

»Kassandra war heute so nett, vom Sakko des Verdächtigen ein paar Fusseln zu sichern.« Stocker legte den kleinen Plastikbeutel mit den Sakkofasern des AGeKon-Justiziars auf den Tisch. »Frisch vor zwei Stunden mit der Pfote aus dem Ärmel gerupft.«

»Mahlzeit. Dann kann ich erst mal wieder Phasentrennung

betreiben. An jedem Tatort, an dem du dich rumgetrieben hast, finden wir unter den sichergestellten Spuren die Flusen von deinem Viech. Das ist nicht lustig.« Als er aufblickte, wurde er von zwei gelben Augen angestarrt. Er hätte wetten mögen, dass das Katzenmäulchen grinste.

»Jedenfalls ist der Typ fast ausgerastet«, fuhr Stocker fort, »was ich vor dem Hintergrund, dass so ein Teil nicht für unter siebentausend Euro zu haben ist, durchaus verstehen kann.«

»Bitte?« Bein sah Stocker total entgeistert an.

»Und er hat den Markennamen Loro Piana fallen lassen«, fuhr dieser fort. »Mit der Gegenprobe von heute Nachmittag sollten wir den Sack zumachen können. Es dürfte kaum einen weiteren Einbrecher im Allgäu geben, der mit einem Maserati und einem Lotusseidensakko auf Tour geht.« Stocker sah Ina selbstzufrieden an. »Hab ich dir nicht gesagt, dass der blöd ist?«

Anschließend wollten sie Göttler direkt von seinem Büro abholen.

»Johann scheint ja wieder mächtig Kohldampf zu haben«, sagte Stocker, als sie auf den Vorplatz der Gerichtsmedizin einbogen und seiner gewahr wurden.

Göttler hatte schon auf sie gewartet. Mit einem »Danke!« ließ er sich auf den Rücksitz fallen.

Wie gewöhnlich liefen sie kurz darauf zu Fuß in die Altstadt hinunter, nachdem Stocker den Wagen in der Maximilianstraße abgestellt hatte.

Das »Poccini« war um diese Zeit noch wie leer gefegt, wenn man von Marco Cavalcone und seinem Kater absah, der auf einem roten Kissen mit Goldborte und Goldtroddeln thronte.

Wie immer fiel Göttler sofort mit der Tür ins Haus. »Marco, was gibt's zu essen?«

»Goldene Seeteufel, iste neues Rezept von mir. Seeteufel mit Kruste von weiße Brot und *parmigiano extra stravecchione*.«

»Wie wäre es mit goldenem Kater?«, maunzte Kassandra. »Dann passt der Arsch gleich zum Kissen.«

Poccini riskierte nur einen müden Blick, seine Vorderpfote spielte lässig mit einer der Troddeln.

Während Stocker Ina und Göttler die Befragung von Leitz schilderte, hörten sie Marco Cavalcone bereits in der Küche mit seinem neuen Koch diskutieren. Es war immer wieder verwunderlich, dass die beiden trotz permanenter konträrer Meinungen solch gut schmeckende Gerichte auf den Tisch brachten. Nach zwanzig Minuten servierte ihnen der Wirt einen Fisch, der mit einer goldbraunen Schicht aus Weißbrotbröseln und Parmesan überzogen war. Dazu kredenzte er einen Mano Rosato di Puglia, der mit exakt zwölf Grad Celsius die ideale Trinktemperatur hatte.

»Marco, ich liebe dich!«, rief Göttler, nachdem er den ersten Bissen gekostet hatte.

»Wenigstens einer«, ließ sich die Stimme des Kochs aus der Küche vernehmen.

Nach dem Essen führten sie das Gespräch fort, und natürlich blieb es nicht bei einer Flasche Wein. Als das Lokal schließlich gästemäßig aus allen Nähten zu platzen drohte, lösten sie ihre Runde auf. Es war ein lauer Abend. Bei Nikos nahmen sie noch einen Absacker, bevor sich Ina verabschiedete.

Auf dem Weg zu Stockers Wohnung kam Göttler auf den Griechenlandbesuch seines Freundes und die damit verbundenen diesjährigen Urlaubspläne zu sprechen.

»Dein Abstecher hat mich auf die Idee gebracht, mir endlich die Metéora-Klöster anzusehen. Flug bis Thessaloniki, dann mit dem Leihwagen bis Kalampaka. Dort kannst du traumhafte Wandertouren machen.«

»Hoffentlich verzichtest du dabei auf deine alte Lederhose und das karierte Hemd. Das hätte ansonsten vermutlich einen Massensuizid zur Folge, weil die Mönche sich freiwillig in die Tiefe stürzen würden«, schoss ihn Stocker an. Er spielte auf den seltsamen Aufzug seines Freundes bei ihrer bis dato einzigen gemeinsamen Bergwanderung im Zusammenhang mit dem Fall Weinsberg an.

Göttlers Retourkutsche folgte auf dem Fuß. »Zurück könnten wir dann über Tirana fahren und deinen Freund Hajri besuchen. Sicherlich schlachtet er zu meinen Ehren ein Schaf, und Eier und Glupschen kriegst dann wieder du.« Er grinste von einem Ohr zum anderen.

»Lustig.« Stocker verzog angeekelt das Gesicht.

»Na, wie wär's? Kommst du mit? Wir können von Friedrichshafen aus fliegen, müssten aber schon am Vorabend anreisen, weil die Flüge ganz früh morgens gehen.«

»Was ist bei dir schon ›ganz früh morgens‹?« Der Commissario stockte. »Man muss also schon am Abend vorher anreisen und in Friedrichshafen übernachten?«

»Abflug ist gegen sechs. Aber den Abend bringen wir schon rum. Ich hab einen Freund, der ein kleines, aber feines Weingut in der Nähe betreibt. Bei dem mieten wir uns im Keller ein. Überzeugt?«

»Nein. Ich denke gerade an etwas ganz anderes.«

Blutspur

Als Stocker am nächsten Morgen ins Büro kam, herrschte noch allgemeine Stille, obwohl verdächtiger Kaffeeduft durch die Bürolandschaft zog. Verursacher war niemand anders als Meier, der an seinem Schreibtisch vor zahlreichen Ausdrucken saß und diese offensichtlich verglich.

»Morgen, Chef«, begrüßte er den Commissario und hielt ihm eine große Tüte mit frischen Butterbrezen entgegen.

»Danke, aber ich will Ihnen nichts wegessen.«

Meier nahm die Ironie in Stockers Stimme gar nicht wahr. »Keine Angst, greifen Sie nur zu. Die andern sind sowieso für die Kollegen. Ich kaufe immer mehr, weil einem hier ja sowieso alles weggefressen wird.« Dann senkte er die Stimme zu einem Flüstern. »Am schlimmsten ist Wörner. Als ob er es riechen würde.«

Kassandra war mittlerweile auf den Schreibtisch gesprungen und sah interessiert einen Bußgeldbescheid an, der am Rand neben den anderen Dokumenten lag.

»Hat man Sie erwischt?«, fragte Stocker, der sich nun doch eine Butterbreze aus der Tüte gefischt hatte.

»Den kenn ich«, maunzte Kassandra, bevor Meier antworten konnte. »Das ist doch der Typ mit dem Sakko.«

Mit einem Satz hatte sich Stocker den Bescheid geschnappt. Die Aufnahme zeigte unverkennbar Dr. Leitz. Ort des Geschehens: Friedrichshafen. Fototermin: einundzwanzig Uhr dreißig.

»Das Datum stimmt mit dem des Doppelmordes an den albanischen Brüder überein«, merkte Meier an.

»Leitz hat ja angegeben, dass er an dem Wochenende geschäftlich in der Schweiz zu tun hatte«, entgegnete Stocker. »Vielleicht war er auf dem Weg dorthin.«

»Entschuldigung, aber Wochenende ist etwas übertrieben, wenn er erst Samstagnacht dort eintrifft. Und warum fährt er über Friedrichshafen? Das liegt am Nordufer vom Bodensee, und die Schweiz ist immer noch südlich. Vielleicht hat er den Mörder für die Brüder abgeholt.«

Stocker ließ den Einwurf unkommentiert. »Was ist beim Abgleich der Passagierlisten herausgekommen?«

»Nichts, und das verstehe ich eben nicht. Wenn der Täter einreist, dann muss er auch wieder ausreisen, um schnellstmöglich zu verschwinden. Aber nicht mal eine Übereinstimmung im besagten Zeitraum.« Meier zuckte die Achseln. »Und von Memmingen gehen definitiv keine Flüge nach Priština.«

»Prüfen Sie mal den Sonntag als Abflugdatum für Friedrichshafen und sichern Sie das Ergebnis über die Übernachtungen in der Nähe ab.«

»Woher wissen Sie das?«

»Nur so eine Vermutung.« Damit war Stocker aus der Tür.

Als Ina kurz darauf in seinem Büro erschien, legte sie Stocker wortlos die Zeitung auf den Schreibtisch. »Kosovo-Konflikt scheint erneut zu eskalieren«, prangte in fetten Lettern als Überschrift auf der Titelseite. Der kurze Teaser darunter berichtete von Übergriffen der albanischen Seite auf serbische Einwohner im Kosovo und verstärkten Truppenbewegungen auf serbischer Seite.

Nachdenklich legte der Commissario die Zeitung beiseite und begann, die bisherigen Ergebnisse auf seinem nagelneuen Whiteboard zusammenzufassen. Dass die Morde an den beiden jungen Serbinnen von den Čalić-Brüdern begangen worden waren, stand jetzt fest. Die DNA des am Tatort sichergestellten Spermas stammte zweifelsfrei von Riza Čalić.

Dass zumindest einer der Brüder in den illegalen Organhandel verstrickt war, hatte das Foto des Bärtigen bewiesen. Welcher der Brüder, konnte Stocker nicht mit Sicherheit sagen, da sich die beiden äußerlich sehr ähnlich gewesen waren und er das Foto nur kurz gesehen hatte.

Über die Beteiligung am Organhandel konnte wiederum deren Verbindung zu den illegalen Prostituierten hergestellt werden. Und da Dr. Leitz ganz offensichtlich Kontakte zu den Čalić-Brüdern gepflegt hatte, war es möglich, dass auch er zumindest in den organisierten Mädchenhandel verwickelt war.

Oder hatte der Justiziar sogar tatsächlich mit der Ermordung der beiden jungen Frauen zu tun? War er eventuell sogar der Auftraggeber? Zweifelsfrei war er in Friedrichshafen gewesen. Wenn er den Mörder der Brüder tatsächlich dorthin gefahren hatte, würde das seinerseits eine Verbindung zu der illegalen Klinik im Kosovo nahelegen.

»Aber welche Verbindung besteht dann zwischen diesen Machenschaften und der AGeKon?«, fragte Stocker. »Liegt das Nebengeschäft in der alleinigen Verantwortung von Leitz, oder ist der Baron auch involviert? Und ist unser Baron identisch mit der Figur, von der der Bärtige gesprochen hat? Und was haben die Fabrik in Griechenland und der Tod Sallingers damit zu tun?«

»Du hast den Einbruch von Leitz bei Sallingers Schwester vergessen. Wir wissen noch nicht, was der Eindringling gesucht hat«, ergänzte Ina.

Über zwei Stunden diskutierten sie die dürftigen Fakten und möglichen Zusammenhänge. Kassandra lag derweil scheinbar unbeteiligt neben Ina auf dem Fensterbrett.

»Mehr Fragen als Beweise, verflucht noch mal. Wir drehen uns im Kreis«, presste Stocker hervor.

»Vielleicht haben wir jetzt einen neuen Ansatz.« Meier war leise ins Büro getreten.

Stocker und Ina sahen ihn gespannt an.

»Ein gewisser Ilir Kodraj ist am Tag vor dem Mord an den Brüdern, also am Freitag, von Priština nach München gereist. Zurück ist er über Friedrichshafen am Sonntagmorgen und hat in einem Friedrichshafener Hotel von Samstag auf Sonntag übernachtet. Zeitpunkt des Eincheckens war exakt einundzwanzig Uhr fünfundvierzig.«

»Bingo!« Stocker wurde aktiv. »Meier, setzen Sie sich mit der Polizei in Friedrichshafen in Verbindung. Die sollen das Hotelzimmer sofort versiegeln und warten, bis die Spurensicherung eingetroffen ist. Die soll dann Fingerabdrücke nehmen und vor allem jeden Quadratmillimeter des Teppichbodens auf Blutspuren untersuchen. Ich wette, dass wir zumindest ein paar getrocknete Krümel von den Schuhsohlen finden werden. Von denen brauche ich dann möglichst vorgestern eine DNA-Analyse. Ina, du lässt dir die Kameraaufzeichnung des Hotels und des Flughafens von Friedrichshafen zu den fraglichen Zeiten übermitteln. Wenn die

Zicken machen, sollen sie unseren lieben Herrn Staatsanwalt anrufen, zu dem fahre ich nämlich gleich anschließend. Und setz dich mit Interpol in Verbindung und erkundige dich, ob ein gewisser Ilir Kodraj bei denen aktenkundig ist.«

Als Ina und Meier den Raum verlassen wollten, klingelte Stockers Telefon. Er machte den beiden ein Zeichen zu verschwinden und formte mit den Lippen das Wort »Bein«.

»Kompliment«, tönte es aus dem Lautsprecher. »Deine Vermutung war richtig. Die Fasern von der Terrassentür und dem Sakko stimmen hundertprozentig überein. Und die Katzenhaare mit denen von deinem Vieh auch. Vergleichsproben hatten wir ja zur Genüge.« Er legte auf.

Kassandra streckte die Vorderpfoten und gähnte genüsslich. »Jetzt freu ich mich auf Detlef«, maunzte sie.

»Du bleibst beim Pförtner. Meinst du etwa, ich will meinen Durchsuchungsbefehl wegen dir aufs Spiel setzen?«

Noch zu gut war Stocker das erste Zusammentreffen des Staatsanwaltes mit seiner Katze in Erinnerung.

»Nicht ich bin schuld, sondern Detlefs Katzenallergie.« Kassandra trippelte aus dem Büro, machte einen Abstecher unter den Schreibtisch von Cora, um ihr durch die Beine zu streichen, und lief zum Treppenhaus.

Als sie die verglaste Eingangshalle des Strafjustizzentrums betraten, stellte sich ihnen ein Wachmann entgegen.

In dem Moment, als er Kassandra wahrnahm, schien für ihn die Identität des Besuchers klar zu sein. Nur einer war so verrückt, hier mit einer Katze aufzutauchen: Hauptkommissar Stocker. Der Mann grüßte mit einem breiten Grinsen. Stockers Auftritt seinerzeit und die anschließende allergische Reaktion des armen Staatsanwaltes hatten sich bis zu den unteren Rängen rumgesprochen.

Wenig später sah Detlef Horns kleine pummelige Sekretärin den Commissario erschrocken an. »Aber diesmal bitte ohne Katze«, flüsterte sie.

»Natürlich, ich will ja nicht, dass Sie Ärger bekommen. Darf ich sie bei Ihnen lassen?«

Die Frau nickte und stellte erleichtert fest, dass sich Kassandra schon neben ihrem Papierkorb einrollte.

Detlef Horn war wie immer wie aus dem Ei gepellt. Dezenter Maßanzug, Krawatte und farblich passendes Einstecktuch. »Herr Kommissar, was kann ich für Sie tun?« Er sah argwöhnisch nach unten.

»Sie ist nicht hier«, beantwortete Stocker seine unausgesprochene Frage.

»Ihr Glück.«

»Ich brauche einen Haftbefehl für einen gewissen Dr. Daniel Leitz.«

»Und wer ist das, wenn ich fragen darf?«

»Der Justiziar von Baron von Sperling.«

Horn, der gerade ein Glas Wasser an seine Lippen gesetzt hatte, spuckte den bereits genommenen Schluck auf seinen Schreibtisch und sah Stocker an, als wäre er jetzt total übergeschnappt. Während er mit einem Taschentuch die feuchten Unterlagen abtupfte, fing er sich wieder und musterte den Commissario prüfend. »Würde ich Sie inzwischen nicht so gut kennen, wäre die Einweisung in die Psychiatrische wahrscheinlich die einzig angemessene Reaktion. Also, was werfen Sie dem Mann vor?«

»Einbruch, ganz simpel.«

Stocker hätte gewettet, dass Horn ihn auslachen würde, aber dieser lehnte sich lediglich zurück. »Ich höre. Aber bitte alles und ausführlich. Ich möchte hinterher keine Überraschung erleben.«

Der Commissario packte den Stier bei den Hörnern und berichtete von dem Einbruch, der nachweislich auf das Konto von Leitz ging. Dann schlug er den Bogen zu den vier Morden und der Spur, die nach Friedrichshafen und in den Kosovo führte. Griechenland ließ er aus, da er diesbezüglich außer einem Verdacht so gut wie nichts vorzuweisen hatte.

Der Staatsanwalt betrachtete seine manikürten Fingernägel und hob seinen Kopf. »Warum nur musste ich ausgerechnet hierher versetzt werden? Andere Kollegen dürfen eine ruhige Kugel schieben, ich jedoch habe Sie am Hals. Ich schicke Ihnen den Haftbefehl und die Anordnung für den DNA-Test rüber.« Er kniff die Augen zusammen. »Besteht Verdunkelungsgefahr?«

Stocker schüttelte den Kopf.

»Vielleicht sollten wir dann warten, bis die Ergebnisse aus Friedrichshafen vorliegen.«

»Hatte ich ohnehin vor. Anschließend werde ich nämlich auch den Wagen von Leitz beschlagnahmen müssen.«

»Sie vermuten also, dass er diesen Ilir Kodraj nach Friedrichshafen gefahren hat? So dämlich wird der Mann doch nicht gewesen sein?«

»Doch, der ist so dämlich«, sagte Stocker zum zweiten Mal innerhalb kürzester Zeit. Den Zusatz »Der ist Jurist« verkniff er sich gerade noch.

Als Stocker mit einem geflüsterten »Danke« an der Pummeligen vorbeiging, sprang Kassandra auf, um ihm zu folgen. Ihre Schwanzspitze war gerade um die Ecke verschwunden, als Horn seine Tür aufriss, um seiner Sekretärin ein paar Unterlagen auf den Schreibtisch zu legen. Noch auf dem Gang hörte Stocker die ersten Niesgeräusche. Kassandra lief mit hocherhobenem Schwanz die Treppe hinunter.

»Mistvieh«, dachte Stocker.

»Das habe ich mitbekommen«, maunzte sie.

Im Präsidium ging der Commissario sofort zu Wörner, der gerade in einer Besprechung war und wie üblich vor einem nicht mehr ganz vollen Keksteller saß. Mit einer Handbewegung versuchte er, seinen Mitarbeiter zu verscheuchen, der sich aber nicht abwimmeln ließ.

»Ich wollte Sie nur davon unterrichten, dass ich einen Haftbefehl beantragt habe.«

Wörner wurde aufmerksam. »Für wen?«, fragte er gedehnt.

»Dr. Leitz.«

Der Polizeirat sah ihn fragend an. Offensichtlich hatte er den Zusammenhang noch nicht hergestellt.

»Der Justiziar der AGeKon.«

Jetzt hatte Wörner begriffen. »Sind Sie wahnsinnig?« Er fuhr hoch.

Stocker winkte ab. »Horn hat alles abgesegnet. Damit sind Sie die Verantwortung los.« Er drehte sich in der Tür um und fügte leise hinzu: »Und Ihre Pension ist auch gesichert.«

»Sie haben zu laut gesprochen!«, dröhnte Wörners Bass.

Anschließend mussten sie auf die Ergebnisse aus Friedrichshafen warten.

»Ich halt das hier drinnen nicht mehr aus. Ich muss raus. Bin bei Göttler!«, rief Stocker Ina irgendwann zu. »Wenn Friedrichshafen anruft, meldest du dich bitte *subito*.«

»*Ma naturalmente, commissario.*«

Stocker stutzte und steckte den Kopf noch einmal durch die Tür. »Seit wann kannst du Italienisch?«

»Volkshochschule«, erwiderte Ina.

»Macht sich, das Mädel.« Dabei sah er in ein grinsendes Katzengesicht.

Göttler saß in seinem Schreibtischstuhl, tiefe Augenringe zierten sein Gesicht.

»Gesumpft?«, fragte Stocker.

»Wenn's das mal wäre. Haben heute zwei Neuzugänge bekommen. Arbeitsunfall bei einer Sprengung. Ich brauchte sechs Stunden, um das Puzzle aus den Einzelteilen zusammenzusetzen. Die Angehörigen wollen ja den Verblichenen als Ganzes beerdigen. Kaffee?«

Stocker nickte und begann, die Ereignisse der letzten Stunden zu schildern. »Dann bin ich mal gespannt, was deine Kollegen in Friedrichshafen rausfinden. Mir wäre es persönlich lieber, Bein wäre selbst runtergefahren.« Sein Handy klingelte. »Unbekannt.« Er zuckte mit den Schultern. »Ja?«

»*Kaliméra*, Florian. Hier ist Jannis. Ich wollte dir nur etwas im Zusammenhang mit dem Baron mitteilen. Die Beamten von der Drogenfahndung haben im Hafen von Piräus einige Container untersucht. Drogen haben sie keine gefunden, aber Teile von Waffensystemen. Leider verliert sich die Spur schon wieder.«

»Und was hat der Baron damit zu tun?«

»Das wissen wir nicht, nur dass diese Systeme über Umwege nach Griechenland kamen und das Herkunftsland die Schweiz ist. Absender ist die OekoKon, deren drittgrößter Anteilseigner der Baron ist. Vielleicht kannst du damit etwas anfangen. *Antío*, Florian.«

Ein Gedanke durchzuckte Stockers Hirn, doch Jannis Papadopoulos hatte schon aufgelegt.

Göttler sah seinen Freund fragend an. »Neuigkeiten?«

»Das war Jannis.« Kurz setzte Stocker ihn über das Gespräch in Kenntnis. »Da fällt mir noch etwas ein. Bantleon hat im Zusammenhang mit seinem Besuch in Griechenland etwas Eigenartiges erzählt. Er sprach von Lieferungen nach Serbien und in den Kosovo, wobei die Lieferung in den Kosovo wohl mit einer Nullmenge fakturiert war, also ohne Rechnung. Das verstehe ich nicht.«

»Du bist ja auch Polizist und kein Controller.«

»Kannst du mir erklären, was das zu bedeuten hat?«

»Ich bin nur ein Leichenschnipsler, wie du immer sagst. Aber denk mal in Richtung von Kompensationsgeschäften.«

»Du meinst Naturalientausch?«

»Von mir aus auch das, wenn der Herr Hauptkommissar mit dem Begriff mehr anfangen kann.«

Gedankenverloren stand Stocker auf. »Vielleicht ist das gar nicht mal so blöd. Abmarsch, Kassandra.«

Eine Stunde später erhielt er die Nachricht, dass man im Hotelzimmer in Friedrichshafen tatsächlich winzige Spuren von getrocknetem Blut im Teppichboden gefunden hatte. Sofort rief Stocker den Leiter der dortigen Spurensicherung an und bat ihn, eine Probe umgehend per Kurier ins Labor zur DNA-Analyse zu schicken. Die Legitimation durch den Staatsanwalt würde er ihm sofort nach Erhalt mailen. Man solle ihn über das Ergebnis benachrichtigen, auch mitten in der Nacht.

Den Rest des Nachmittages verbrachte er mit den Vorbereitungen für die Verhaftung von Leitz und der Sicherstellung von dessen Wagen.

Ina hatte derweil für die unterschriebene Zeugenaussage der mittelbaren Nachbarin von Sallingers Schwester gesorgt. Einer strafrechtlichen Verfolgung wegen Sachbeschädigung im Hinblick auf den Lackkratzer hatte sie sich durch die Formulierung entziehen wollen, dass der Kratzer als Folge des widerrechtlichen Parkens zwangsläufig erfolgt war. Erst als Ina zugestimmt hatte, unterschrieb sie.

Am frühen Abend stand Stocker unter der Dusche, als sein Telefon klingelte. Es war der Leiter der Konstanzer Spurensicherung. »Die Blutspuren stimmen mit denen, die mir vom Tatort in der Brauerei in Speiden übermittelt wurden, laut Schnelltest zu fünfundneunzig Prozent überein. Das Labor hat eine weitere Untersuchungsreihe dazu angelegt, deren Ergebnisse aber erst in zwei Tagen zu erwarten sind. Ich hoffe, das reicht Ihnen vorerst.«

Stocker bedankte sich und tapste durch die Pfützen zurück ins Bad.

Fünfzehn Minuten später, nachdem er sich ein Glas Rotwein eingeschenkt hatte, griff er zum Telefon und wählte Elizajs Nummer.

»Përshëndetje.«

»Hallo, Hajri. Bitte sag dem Bärtigen, dass sich die Verdachtsmomente meine Vermutung betreffend verdichten. Der Baron könnte Baron von Sperling sein. Seine rechte Hand hatte Kontakt zu den Čalić-Brüdern, und wahrscheinlich ist auch der feine Herr selbst bei der Angelegenheit nicht ganz unbeteiligt.«

»Ich lasse ihm die Nachricht zukommen. *Pafshim*, Flori.«

Genau zehn Minuten später klingelte das Telefon erneut.

»Ich habe mit meinem Kontakt telefoniert. Der Bärtige, wie du ihn nennst, lässt mir seine Unterlagen noch heute zustellen. Morgen um elf Uhr dreißig landet jemand in Zürich. Er muss mit dem Wagen weiter nach Liechtenstein und will sie dir in Bregenz persönlich übergeben. Er wird dich anrufen, um mit dir einen unverfänglichen Treffpunkt zu vereinbaren.« Mit einem Lachen legte Hajri Elizaj auf.

Datentransfer

Gegen elf Uhr am nächsten Vormittag fuhr ein Abschleppwagen auf den Parkplatz der AGeKon. Um die gleiche Uhrzeit öffnete ein Schlüsseldienst im Auftrag der Polizei die Privatwohnung von Dr. Daniel Leitz in der Gemeinde Waltenhofen.

Mit fünf Beamten im Gefolge betraten Stocker und Ina kurz darauf die neue Konzernzentrale der AGeKon in Schwangau. Der Kühlschrank am Empfang sah ihnen erschrocken entgegen und griff dann zum Telefon.

Doch Ina war schneller. »Das würde ich an Ihrer Stelle unterlassen. Könnte als Beihilfe zur Flucht gewertet werden.«

Als ob sie sich verbrannt hätte, ließ die Frau den Hörer augenblicklich fallen.

Stocker war bereits mit zwei Kollegen auf dem Weg ins Obergeschoss zum Vorzimmer von Dr. Leitz. Dessen Sekretärin versuchte noch, sich ihnen in den Weg zu stellen, doch Stocker schob sie einfach nach hinten, wo sie ein anderer Beamte in Gewahrsam nahm.

Leitz saß telefonierend am Schreibtisch.

Stocker machte ihm ein Zeichen, unverzüglich aufzulegen.

Langsam kam der Justiziar der Aufforderung nach. »Was erlauben Sie sich, unangemeldet in mein Büro einzudringen?«, fuhr er Stocker an. »Das wird Ihrer Karriere nicht besonders förderlich sein, dafür werde ich sorgen. Und jetzt verraten Sie mir augenblicklich, was der Humbug soll.«

»Der Humbug ist Ihre Verhaftung, Herr Dr. Leitz. Und um meine Karriere sollten Sie sich wirklich keine Gedanken machen.« Er hielt ihm den Haftbefehl vor die Nase.

»Was wirft man mir konkret vor?« Der Justiziar legte wieder seine alte Arroganz an den Tag.

Stocker sah ihn ungerührt an. »Einbruch in ein Haus, Verdacht auf organisierten Menschenhandel und Anstiftung zum Mord.«

»Das ist doch lächerlich, ich —«

Stocker wandte sich an den Beamten von der Streife: »Abführen.«

Als Leitz nach seinem Smartphone greifen wollte, schüttelte Stocker den Kopf.

Inzwischen war auch Ina mit zwei weiteren Kollegen dazugestoßen. Die Beamten begannen, den Laptop und Unterlagen aus dem Büro des Verhafteten in mitgebrachte Kunststoffkisten zu packen.

Bevor der Justiziar in den Streifenwagen gesetzt wurde, sah er gerade noch, wie sein Maserati auf der Ladefläche des Abschleppwagens abgesetzt wurde.

Kurz nach zwölf war die Angelegenheit beendet.

Stocker nahm Ina kurz zur Seite. »Ich fahre gleich weiter.«

»Wohin?«

»Bregenz. Wenn wir Glück haben, bin ich in eineinhalb Stunden im Besitz der Beweise, die wir brauchen, um auch den Baron an die Wand zu nageln.«

»Dein Wort in Gottes Ohr.«

Die Route führte Stocker über die A 7 und die B 12 an Isny und Wangen im Allgäu vorbei bis nach Lindau. Dort wählte er die Straße am Bodensee entlang, um für die kurze Strecke durch den Pfändertunnel nicht Maut bezahlen zu müssen.

Gegen dreizehn Uhr zehn klingelte Stockers Handy.

»*Përshëndetje*, Flori«, meldete sich Elizaj. »Der Kontakt ist in einer halben Stunde in Bregenz. Er fragt nach dem Treffpunkt.«

Stocker überlegte kurz. »An der Seebühne. Ist ausgeschildert. Woran erkenne ich ihn?«

»Er wird dich erkennen.« Dann war die Verbindung tot.

Stocker stellte sein Auto auf den großen Parkplatz vor dem Festspielhaus und schlenderte in Richtung Seebühne. Kassandra trippelte ihm einige Schritte voraus.

Er wählte den Strandweg linker Hand des Festspielhauses hinunter zum See und bog dann nach rechts auf den Weg ab, der zwischen den ersten acht Sitzreihen und dem Rest der Zuschauerränge verlief.

Die Festspielsaison war bereits zu Ende, aber die Kulisse von »Turandot« stand noch. Die rostfarbenen Mauern und Türme spiegelten die nachmittägliche Sonne wider, und die Statuen der chinesischen Krieger schienen vor der Bühne aus dem Wasser aufzusteigen und dahinter mit dem Blau des Himmels zu verschwimmen.

»Du wirst beobachtet«, maunzte Kassandra irgendwo zwischen den Sitzreihen.

Kurz darauf nahm Stocker aus dem Augenwinkel einen Mann mit südländischem Aussehen wahr, der die wenigen Passanten scannte, die die Tribüne bevölkerten. Wie beiläufig sah er sich noch einmal um, bevor er sich Stocker näherte. Ein dicker brauner DIN-A5-Umschlag fiel unbemerkt von den Umstehenden vor ihm auf den Weg.

Der Mann starrte Stocker an und bückte sich. Als er sich erhob, hielt er den Umschlag wieder in der Hand. »Ist Ihnen gerade runtergefallen«, sagte er auf Deutsch mit leichtem Akzent und hielt Stocker das Kuvert mit einem Lächeln hin.

»Danke.« Stocker lächelte zurück.

Als er auf der Rückfahrt kurz vor der Ausfahrt »Wangen-West« den Blinker setzte, hob Kassandra das Köpfchen.

»Was machen wir hier?«, maunzte sie von der Rückbank.

»Suggl luaga un ebbes mampfa«, lachte Stocker.

»Essen ist gut, aber Schweine stinken.«

»Die Schweine in Wangen nicht.«

Kassandra hatte die Augen schon wieder geschlossen und reagierte nicht.

Hinter der Museumslandschaft Eselmühle fuhr der Commissario auf den Parkplatz und überquerte dann zu Fuß das kleine Flüsschen, das sich durch die Altstadt schlängelte. Sein eigentliches Ziel lag dem Museum gegenüber, das »Gasthaus zum Stiefel«, auch »Siebentürleswirt« genannt.

»Ist die Küche schon offen?«, fragte er eine der Bedienungen.

Die Antwort war recht einsilbig. »Dinna oder dussa?«

»Dussa«, entschied er und nahm an einem der wenigen Tische neben dem Eselbrunnen Platz. Von hier aus fiel sein Blick direkt auf den Fachwerkbau der ehemaligen Eselmühle und das angrenzende Stück der restlichen Stadtmauer.

Er wählte die geschlagenen Würste.

»Oimol d' Wuuscht«, hörte er, wie die Bedienung die Bestellung an die Küche weitergab.

Als die von einer herrlich duftenden Bratensoße umgebenen Wollwürste serviert wurden, verlangte Stocker nach einem zusätzlichen kleinen Tellerchen. Ein Viertel einer Wollwurst tupfte er mit der Serviette ab und schnitt es auf dem Tellerchen in kleine Stückchen. Kaum unter den Tisch gestellt, stürzte sich Kassandra regelrecht darauf.

Nach dem Essen schob Stocker seinen leeren Teller von sich und öffnete den Umschlag. Der Inhalt bestand aus Fotografien, Namenslisten und mehreren amtlich beglaubigten Schriftstücken. Die Fotografien bestätigten das, was der Serbe bereits angedeutet hatte.

Stocker steckte die Unterlagen zurück in das Kuvert, zahlte und orientierte sich nach rechts, die Spitalstraße hinunter. »Hier hast du deine Schweinchen«, wandte er sich am Saumarkt an seine Katze. Eine Sau und vier Ferkel, gegossen in Bronze, umringten die Figur des Heiligen Antonius, der dem Brunnen seinen Namen gab.

Als Stockers Handy klingelte, setzte er sich der Sau auf den Rücken, was ihm böse Blicke einiger Passanten einbrachte.

Am anderen Ende der Leitung war Bein, der Chef der Spusi persönlich. »Wollte dir nur das vorläufige Ergebnis des DNA-Schnelltests mitteilen. Du hattest recht. Die DNA der Blutpartikel auf der Fußmatte vom Maserati stimmt zu fünfundneunzig Prozent mit der von Diar Čalić und der von den Blutpartikeln aus dem Hotelzimmer in Friedrichshafen überein.«

»Schwein gehabt«, nickte Stocker Kassandra zu, während er den bronzenen Saukopf tätschelte. Dann wählte er Inas Nummer, und weitere zehn Minuten später lief bereits die Fahndung nach Ilir Kodraj über Europol.

Zelltod

In den Morgennachrichten wurde über neuerliche ernst zu nehmende Spannungen im Grenzgebiet zwischen Serbien und dem Kosovo berichtet. Stocker beschlich die leise Ahnung, dass die jüngsten Ereignisse in direktem Zusammenhang damit stehen könnten, doch zu weiteren Überlegungen kam er nicht.

»Verdammt noch mal«, schnaufte Wörner auf der vormittäglichen Krisensitzung im Präsidium, »da hat man endlich einen Verdächtigen, und was macht der? Er bringt sich einfach um. Wie konnte das passieren?«

Detlef Horn sah von Wörner zu Stocker. »Laut ersten Erkenntnissen hat sich Daniel Leitz mit dem Bügel seiner Brille, den er an der Zellenwand spitz zufeilte, die Pulsadern aufgerissen. Der Tod trat durch Verbluten ein.«

»Ich glaube es einfach nicht«, echauffierte sich der Polizeirat. »Warum wurde ihm die Brille nicht abgenommen?«

»Gegenüber den Wärtern hat er erklärt, ohne Brille nichts sehen zu können, was nach unseren derzeitigen Erkenntnissen wohl auch der Wahrheit entsprach«, entgegnete Horn.

»Wo befindet sich die Brille respektive deren Bügel jetzt?«, warf Stocker ein.

»Ich nehme an, dass sie von der Spurensicherung sichergestellt wurde.«

»Dann muss sie bei den Sachen des Toten sein, der vermutlich noch bei Göttler auf dem Tisch liegt.« Stocker stand auf.

»Wo wollen Sie hin?« Wörner sah ihn irritiert an.

»In die Gerichtsmedizin. Ich glaube nämlich nicht an die Selbstmordtheorie.« Damit ließ er eine perplexe Besprechungsrunde zurück.

»Wo sind die Sachen des Toten?« Stocker stand vor Leitz' Leiche, die wachsbleich auf dem Edelstahltisch im Keller der Gerichtsmedizin lag.

»Da drüben.« Göttler machte eine Kopfbewegung in Richtung eines weiteren Seziertisches, auf dem die Kleidung des Justiziars sowie separat in einem Plastikbeutel die Brillenteile sauber aufgereiht lagen.

»Habt ihr von der Brille Fingerabdrücke genommen?«

»Hat Bein schon alles erledigt. Sind nur die Prints von ihm hier drauf.« Er deutete auf Leitz. »Warum fragst du? Du glaubst nicht an Suizid?«

»Nein.« Stocker öffnete den Plastikbeutel und betrachtete den zugespitzten Bügel der Brille. »Du hast doch oben ein Mikroskop?«

Göttler sah seinen Freund zweifelnd an, zog dann aber die Gummihandschuhe aus, klatschte sie neben die Leiche auf den Tisch und folgte Stocker, der schon auf dem Weg zur Treppe war.

»Und jetzt?«, fragte der Gerichtsmediziner, als sie vor dem Mikroskop saßen.

»Leg die Spitze des Bügels drunter und sag mir, was du siehst.«

Angestrengt blickte Göttler durch das Okular, bewegte die Brille und justierte die Vergrößerung.

»Also?«

»Ich sehe den Dorn und die Riefen, wie sie entstehen, wenn man das Plastik an der Wand hin- und herreibt.«

Stocker grinste. »Ich brauche ein Stück Hartplastik und eine Feile.«

»Jetzt ist er wirklich übergeschnappt«, sagte Göttler an Kassandra gewandt, die interessiert dem Treiben zuschaute, durchsuchte aber kurz darauf einen Abstellraum.

»Reicht das?« Er hielt Stocker ein altes Brillengestell ohne Gläser und eine Eisenfeile hin.

»Perfekt.« Stocker brach die beiden Kunststoffbügel ab und begann, an der unverputzten Backsteinwand einen der Bügel etwas zuzufeilen, um später den anderen mit der Feile zu bearbeiten. »Jetzt vergleiche die beiden Enden«, sagte er, als er fertig war, »und beschreibe mir, was dir auffällt.«

Göttler betrachtete beide Bügel unter dem Mikroskop und wechselte dann wieder zum Corpus Delicti. Entgeistert sah er seinen Freund an. »Er ist umgebracht worden. Er ist tatsächlich umgebracht worden. Der Bügel, den du mit der Feile bearbeitet hast, sieht genauso aus wie der von Leitz. Er weist genau die gleichen feinen Riefen auf, die am anderen gänzlich fehlen.«

»Du kannst doch mit dem Ding auch Fotos von den Vergrößerungen machen, oder?« Stocker deutete auf das Mikroskop.

Da er Horn bereits wieder in seinem Büro vermutete, führte den Commissario sein Weg anschließend direkt ins Justizzentrum.

Die kleine Pummelige fuhr hoch, als er ohne anzuklopfen in ihr Büro trat. Die Tür zum Zimmer des Staatsanwaltes stand halb offen und bestätigte Stockers Vermutung.

»Ist Ihnen noch etwas zum Thema Suizid eingefallen?«, fragte Horn.

»Kann man so sagen.« Stocker legte ihm die drei Vergrößerungen auf den Schreibtisch.

Horn blickte erst auf die Fotos, dann auf Stocker und dann wieder auf die Aufnahmen. »Ein angespitzter Brillenbügel?«

»Der Kandidat hat hundert Punkte.«

Der Staatsanwalt sah ihn säuerlich an.

»Eigentlich sind es drei Brillenbügel, aber nur zwei stimmen von den Spuren her miteinander überein. Nämlich der, mit dem Leitz angeblich seinen Suizid verübt hat, und der, den ich mit einer Feile bearbeitet habe.«

»Ein dürftiger Beweis. Damit gewinnen wir niemals einen Blumentopf. Jeder Provinzanwalt würde uns an die Wand knallen. Aussichtslos.« Er reichte Stocker die Fotos über den Schreibtisch zurück.

»Trotzdem weiß ich, dass Sie vermutlich recht haben«, fügte er hinzu, als Stocker schon auf dem Weg zur Tür war.

Der Commissario zuckte mit den Schultern.

Vom Auto aus telefonierte Stocker über das Prepaidhandy mit Griechenland.

»Alekto.«

»Hier ist Ares. Ich wollte Sie nur über die neueste Entwicklung informieren.« Er schilderte der Griechin die jüngsten Fakten und erwähnte auch den Waffenfund in einem Container in Piräus und die Möglichkeit einer Verbindung zur Fabrik.

»Könnte schon sein«, erwiderte Melina mit einem leichten Zögern in der Stimme. »Aber wenn es diese Verbindungen wirklich gibt, hege ich einen viel schlimmeren Verdacht.«

»Der da wäre?«

»Die UÇK hat sich eigentlich nie ganz aufgelöst. Die alten Verbindungsstrukturen bestehen noch immer. Damit ist sie nach wie vor eine funktionale paramilitärische Einheit. Was ihr allerdings fehlt, sind Waffen«, wieder das Zögern, »und Geld. Obwohl es gelungen ist, nach dem Kosovokrieg Haubitzen, Stinger und Strela-2-MANPADS, verschiedene Typen von modernen westlichen und sowjetischen Panzerabwehrlenkwaffen und rückstoßfreie Geschütze sowie Mörser mit unterschiedlichen Kalibern zur Lagerung zurück nach Albanien oder zur Aufrüstung nach Mazedonien zu schmuggeln. Das Gleiche passierte mit den von den Serben erbeuteten Panzerabwehrlenkwaffen, Artilleriegeschützen und Mörsern. Bei den Handwaffen kann die UÇK ohnehin auf ein großes Waffenarsenal zurückgreifen, das auch solche beinhaltet, die in den offiziellen Listen nirgends auftauchen. Zudem verfügt sie über eine größere Anzahl von G36. Es stehen Zahlen von dreitausend Stück im Raum, geliefert von Europa. Aber für einen bewaffneten Konflikt mit den Serben im Norden wird sich die UÇK sicherlich auf dem Schwarzmarkt zusätzlich eingedeckt haben. Zahlungsmittel könnten Organe sein.«

Stocker schwieg ob dieser Bestätigung seiner bisherigen Erkenntnisse.

»Sind Sie noch da?«

»Ja«, presste er hervor, mühsam um Fassung bemüht.

Als er schließlich aufgelegt hatte, saß er minutenlang in seinem Wagen, unfähig zu reagieren.

Kassandra war vom Rücksitz auf seinen Schoß gesprungen und sah ihn an. Mechanisch begann er, sie zu streicheln. Dabei versuchte er, die bisherigen Puzzlestücke neu zusammenzusetzen, doch selbst für eine noch so schwache Beweisführung fehlten ihm die wichtigsten Teile.

Er informierte Ina über das Gespräch mit Melina und bat sie, Johann anzurufen. »Wir treffen uns heute Abend bei mir.«

Wenig später fuhr er direkt auf den Rathausplatz, stellte den Wagen vor der Sparkasse ab und klemmte das Schild »Polizei im Einsatz« hinter die Windschutzscheibe. Dann ging er Richtung Stadtmarkt.

Der Serbe

Er war jetzt fast achtzehn Stunden unterwegs, nur unterbrochen von kurzen Pausen, in denen er abseits der Straße etwas von seinem Proviant gegessen und aus den mitgeführten Kanistern Sprit nachgefüllt hatte.

Über tausenddreihundertfünfzig Kilometer hatte ihn die Route von Mitrovica quer durch Serbien über Belgrad auf der A 3 bis zur kroatischen Grenze bei Lipovac geführt. Dahinter hatte er an der Ausfahrt »Spačva« auf einem Waldweg die Nummernschilder gewechselt, sodass der Wagen jetzt scheinbar in München registriert war. Die Schilder waren Fälschungen, die er sich wenige Tage zuvor in einschlägigen Kreisen in Tirana besorgt hatte.

Bei Obrežje war er nach Slowenien eingereist und über die nun A 2 genannte Transitroute vorbei an Ljubljana zur österreichischen Grenze gefahren. Nachdem er den fast acht Kilometer langen Karawankentunnel passiert hatte, nahm er jetzt endlich die österreichische A 11 in Richtung Deutschland.

Achtzehn Stunden! Er fuhr so konzentriert, wie es ihm möglich war, um ja keine Aufmerksamkeit auf sich zu ziehen. Sämtliche Mautgebühren hatte er in bar beglichen, und der möglichen späteren Identifizierung durch Aufzeichnungen der Überwachungskameras hatte er durch eine tief ins Gesicht gezogene Schildmütze und deren Schattenwurf in Verbindung mit seinem gefärbten Bart vorgebeugt.

Hinter dem Grenzübergang zu Deutschland hatte er noch knapp zweihundert Kilometer vor sich, bevor er nach weiteren zweieinhalb Stunden bei Schloss Linderhof auf den Parkplatz fuhr und in der hintersten Reihe als einziger Wagen zum Stehen kam. Es war kurz vor Mitternacht, als er die Rückenlehne des alten VW Golf umklappte, die präparierte Blechverkleidung abnahm und den Schaumstoffaussparungen das zerlegte M93 entnahm. Fast liebevoll verstaute er die einzelnen Teile zwischen Wanderausrüstung, Zeltbahnen und -stangen im Rucksack.

Nachdem er sich umgezogen hatte, trug er eine Trekkinghose, Flanellhemd und eine Weste, in deren Taschen er zwei Magazine mit jeweils nur fünf Patronen steckte. Niemand würde ihn so für etwas anderes halten als für einen normalen Bergwanderer.

Um null Uhr dreißig waren seine Vorbereitungen abgeschlossen. Er stellte den Beifahrersitz in Liegeposition und war kurz darauf eingeschlafen.

Gegen sechs Uhr weckte ihn der Klingelton seines Prepaidhandys. Er erledigte seine Katzenwäsche und machte sich nach einem schnellen Frühstück aus abgestandenem kaltem Kaffee aus seiner zweiten Thermoskanne auf den Weg. Dreiundzwanzig Kilometer und ein Höhenunterschied von fast elfhundert Metern lagen vor ihm.

An der Busstation folgte er den Hinweisen zum Sägertal bergauf, vorbei an knorrigen Eichen. Nachdem er den Sägertalbach an einer Furt gequert hatte, ging es in Serpentinen scheinbar endlos weiter bergauf. Als diese endeten, vernahm er das Geräusch mehrerer Motorsägen. Da er hier, weitab von Touristenströmen, niemandem begegnen wollte, bog er links auf einen schmalen Pfad ab, der ins Lösertal führte. Später orientierte er sich schließlich an den Schildern hinauf zum Scheinbergjoch. Vorderscheinberg und Hasentalkopf ließ er links und rechts liegen und folgte der Trittspur durch den Talkessel und auf der Gegenseite zum Bäckenalmsattel. Die Kenzenhütte umrundete er in gebührendem Abstand und nahm die Forststraße abwärts bis zu einer auf seiner Karte eingezeichneten Hütte, die sich jedoch als Unterkunft der Bergwacht und so fest verschlossen erwies, dass er nur unter großem Aufwand und Risiko dort sein Nachtlager hätte aufschlagen können. Also ging er die Forststraße wieder zurück, bis sich diese zusehends verengte und zu einem Pfad wurde, den er am Talschluss wieder in Richtung Lösertaljoch und Kessel verließ.

Nach circa zwanzig Minuten stieß er auf eine Hirtenhütte, die offensichtlich seit Längerem nicht mehr genutzt worden war. Genau das Richtige für seine Zwecke. Das Schloss ließ er unberührt und stieg durch ein rückwärtiges Fenster ein, dessen Laden morsch in den Angeln hing und dessen einfachen Innenriegel er mit seiner entlang der Laibung durchgeschobenen Messerklinge anheben konnte. Die vorderen Fensterläden ließ er aus Sicherheitsgründen geschlossen.

In der kleinen Küche wagte er es nicht, ein Feuer zu entfachen, sondern klappte stattdessen den mitgebrachten Esbit-Kocher auseinander und öffnete eine Dose Bohnen, die er über der kleinen Flamme erhitzte. Während die Bohnen sich langsam erwärmten, nahm er mehrere große Schlucke Rakija, die ihm – so hoffte er – das Einschlafen erleichtern würden. Nachdem sein Magen gefüllt war, entrollte er seinen Schlafsack und war Sekunden später weggetreten.

Am nächsten Morgen wurde er von Glockenläuten geweckt.

Vorsichtig spähte er durch die Schlitze der Fensterläden, konnte jedoch nur mehrere Jungrinder ausmachen, die im weiteren Umkreis weideten.

Er genoss den heißen Pulverkaffee, zu dem er mehrere Scheiben seines mitgebrachten *šunka* und etwas altes Weißbrot aß.

Erst am späten Vormittag verließ er die Hütte auf demselben Weg, wie er sie betreten hatte. Die ausgiebige Nachtruhe hatte seine Lebensgeister nach der langen Autofahrt und der Wanderung wieder geweckt.

Er wandte sich nach links und ging auf dem Pfad, den er am Tag zuvor gekommen war, zurück. Unterhalb des Lösertalkopfes bog er nach rechts ab und überschritt die Grenze zum Ostallgäu. Der Weg führte jetzt weiter hinauf, entlang der Südwand der Hochplatte und der Flanke des Niederstraußbergs bis zum Niederstraußbergsattel. Von dort musste er, teilweise auf Bretterstegen, ein feuchtes, von einem Bach durchzogenes Tal durchqueren. In der Südflanke der Ahornspitze stieß er auf den sogenannten Reitweg, der ihn als »Alpiner Lehrpfad« bis zur Tegelberghütte und zur Bergbahnstation führte. Es war bereits Nachmittag, sodass er sofort mit dem Abstieg in Richtung Schloss Neuschwanstein begann.

Als er die Marienbrücke hoch über der Pöllatschlucht erreichte, machte sich Enttäuschung in ihm breit. Das von ihm anvisierte Ziel war von hier nicht zu sehen. Er lief um das Schloss herum und tauchte auf der Westseite in die touristischen Massen ein. Ein japanisches Pärchen sprach ihn an, gestikulierte, er möge ein Foto von den beiden machen, doch er stellte sich taub. Dann folgte er, vorbei an den Souvenirkiosken, dem Ziehweg ins Tal. Als er einem Pulk bayerisch maskierter Touristen auszuweichen gezwungen war, trat er in einen frischen Haufen Pferdeäpfel.

Endlich, kurz unterhalb des Schlosses, hatte er in einer Linkskurve freien Blick auf sein Zielobjekt. Doch das nahe liegende Schlossrestaurant Neuschwanstein war ein viel zu großes Risiko, wobei es ihm nicht um sich selbst, sondern ausschließlich um die Gefährdung seines Vorhabens ging.

Also kehrte er um, lief den talwärts strebenden Massen entgegen und blieb mitten auf der Marienbrücke stehen. Deutlich spürte er die Schwingungen der Metallkonstruktion, die durch die immer noch Anwesenden verursacht wurden. Er nahm sich Zeit und betrachtete die Felswand am Brückenende. Erst als der letzte Tourist die Brücke in Richtung Schloss verlassen hatte, begann er wieder, ein Stück bergauf zu steigen.

An einer Tafel mit dem Hinweis »Lebensgefahr« und einer Absperrung aus Holzlatten verließ er den Weg, schlüpfte unter den Latten hindurch und bewegte sich vorsichtig bis an den Rand des Abbruches zur Pöllatschlucht. Für die Schönheit der Aussicht, die sich ihm eröffnete, hatte er keinen Blick. Ihm lag einzig und allein am freien Schussfeld hinunter ins Tal.

Direkt an der Felskante stand eine Latschenkiefer mit einem tief angesetzten Ast, der in Richtung Abgrund wuchs. Eine ideale Stütze für seine Waffe. Als er sich davon überzeugt hatte, dass ihn niemand vom Weg aus sehen konnte, warf er seinen Rucksack ab, setzte das M93 mit schnellen, routinierten Handgriffen zusammen, holte zuletzt das Hochleistungszielfernrohr aus dem Köcher und schob es in die dafür vorgesehene Nut. Dann legte er sich in Position und fixierte den Vorplatz des weit entfernten Gebäudes.

Langsam justierte er die Einstellungen der Waffe, bis die Konturen scharf wurden. Der eingespiegelten Anzeige konnte er entnehmen, dass die Distanz knapp sechzehnhundert Meter betrug. Die Entfernung entsprach der effektiven Reichweite seiner Präzisionswaffe. Für einen ungeübten Schützen wäre die Aufgabe kaum zu lösen gewesen, doch er hatte in seinem Leben schon mehrere Treffer auf diese Distanz gelandet. In aller Ruhe richtete er den Lauf auf eines der unteren Turmfenster und justierte das Zielfernrohr am t-förmigen Fensterkreuz nach. Jetzt musste er nur noch warten.

Brennpunkt Kosovo

Durch das Mettlochgässchen erreichte Stocker die Annastraße und tauchte kurz darauf in den Stadtmarkt ein. Er liebte die Atmosphäre, die die Stände mit Obst und Gemüse, die kleinen Läden mit Fisch und die Auslagen mit Spezialitäten in der südlichen Halle verbreiteten. Was seine Essensvorliebe betraf, bevorzugte er je nach momentanem Gusto italienisch, griechisch, spanisch oder türkisch. Als alter Kunde wurde er von den Händlern fast wie ein Freund betrachtet und auch so begrüßt. Vor seinem geistigen Auge tauchte das Bild der Vorspeise von »Jimmy and the Fish« auf und trieb ihn zu Thassos. Bei ihm war er eindeutig an der richtigen Adresse.

Mit mehreren Tüten, die einen repräsentativen Querschnitt eines Feinkostladens darstellten, und einem Blick auf die große blaue Uhr in der Halle verließ Stocker den Markt auf der Westseite. Er war schon am Ende des Annahofes angelangt, als ihm einfiel, dass sein Dienstwagen ja noch auf dem Rathausplatz stand.

Als er sich dem Audi näherte, vernahm er Kassandras Grollen. Die Ursache war weiblich und steckte in einer Uniform.

»Soso, Polizei im Dienst«, sagte sie, wobei sie auf Stockers Einkäufe blickte.

Dieser setzte seine harmloseste Miene auf und hob entschuldigend die Schultern.

»Das nächste Mal lasse ich dich wieder abschleppen«, drohte sie. »Und deine Pfötchen sind mir dann auch wurscht«, fügte sie mit Blick auf Kassandra hinzu.

Der Boden war gänzlich mit einzelnen Fotografien und Bilderstapeln bedeckt. Mittendrin saß Kassandra und betrachtete die abgebildeten Personen und Szenen. Auf dem Glastisch lagen zusätzlich kopierte Namenslisten, Schriftsätze und amtlich beglaubigte Dokumente, teils in Englisch, teils in vermutlich albanischer oder serbischer Sprache.

»Willst du tapezieren?«, fragte Göttler, als er mit Ina zusammen die Wohnung betrat. Dann entdeckte er die Tapas, die Stocker aus den Einkäufen gezaubert hatte. »Sind die für uns?«, fragte er scheinheilig, während er schon einen der bereitstehenden Teller belud.

Ina war inzwischen in die Hocke gegangen und sah sich die Aufnahmen genauer an. »Hast du eine Ahnung, was das für ein Gebäude ist?«, fragte sie ihren Chef.

»Die Klinik, die ich schon bei meinem Besuch im Nordkosovo auf Bildern gesehen habe.«

Ina nickte und betrachtete die weiteren Aufnahmen. Auf diesen waren junge Menschen abgebildet, die aus einem hellen Kleinbus stiegen oder das Gebäude betraten. Auch zwei weiße Landrover, einer davon mit UN-Schriftzug, waren auszumachen. Auf wieder anderen Aufnahmen waren Männer in Tarnanzügen, allerdings ohne Rangabzeichen, zu sehen, die Leichensäcke aus dem Gebäude trugen.

»Warum sehen manche Fotos so eigenartig aus?«, fragte Göttler, der neben Ina getreten war.

»Sie sind mit einer Digitalkamera durch ein Zielfernrohr aufgenommen worden. Deshalb der runde Ausschnitt«, antwortete Stocker.

»Die Visage kenn ich doch.« Göttler bückte sich und griff nach einem Bild. »Der liegt immer noch bei mir auf Eis. Du könntest mal bei Horn Druck machen, Florian. Langsam würde ich die Calić-Brut gern wieder loswerden. Erstens brauch ich den Platz, und zweitens werden die in Kürze anfangen zu stinken. Du wolltest doch bestimmt ohnehin bald wieder zu Detlef.«

»Bring du sie ihm doch vorbei, wenn du ihrer überdrüssig bist«, entgegnete Stocker grinsend.

Wider Erwarten reagierte Göttler nicht. Er hatte eine weitere Aufnahme aus einem kleinen Stapel herausgezogen und betrachtete sie intensiv. Sie zeigte unscharf einen Uniformierten in Nahaufnahme, das Käppi war tief ins Gesicht gezogen, der Mund stand unnatürlich offen. Wortlos hielt er sie seinem Freund vor die Nase.

»Und? Soll froh sein, dass er solche Ohren hat, sonst würde die Mütze seine hässliche Visage ganz verdecken.« Dann stutzte er.

»Wenn es eine Nacktaufnahme wäre, könnten wir den direkten Beweis antreten«, sagte Göttler.

Stocker kapierte noch immer nicht.

Göttler beschrieb zwei große Kreise im Bereich von seinen Ohren und der Leistengegend. »Große Ohren und dicke Eier. Entschuldige die Ausdrucksweise, Ina, aber klingelt es jetzt bei euch?«

»Ilir Kodraj, unser gesuchter Killer, auf dessen Konto deine Tiefkühlkost geht.« Stocker hatte endlich begriffen.

Ina fischte ein einzelnes Foto aus einem der restlichen Stapel heraus. Es war ein normaler Schnappschuss eines Lkws. Auf der Seitenwand des geschlossenen Aufliegers prangte eine riesige Softdrinkflasche, über der in großen Buchstaben auf das transportierte Produkt verwiesen wurde: »Froútakis – Natural Water with Greek Fruits«.

»Ist das ein Lkw der AGeKon?« Ina hielt Stocker die Fotografie entgegen, der stumm nickte.

Das folgende Bild zeigte offensichtlich den Entladevorgang. Neben Paletten mit Getränken standen mehrere längliche olivgrüne Transportkisten. Die weiteren Aufnahmen brachten nichts Neues. Mit ihnen war dieselbe Szene eingefangen worden, nur aus anderen Blickwinkeln und mit zum Teil anderen Personen.

Als Ina und Göttler kurz vor zwanzig Uhr gegangen waren, schaltete Stocker den Fernseher ein und überlegte. Die wenigen Fotografien, die er gezielt aus der Vielzahl ausgewählt hatte, hielt er in der Hand. Die Reklame über ein neues Abführmittel nahm er nicht wahr, doch gleich der erste Beitrag der »Tagesschau« ließ ihn aufhorchen. Wie der Nachrichtensprecher verkündete, hatten in den Nachtstunden Einheiten der serbischen Armee die Grenze zum Kosovo überschritten. In einer offiziellen Mitteilung aus Belgrad wurde dies mit dem Schutz der serbischstämmigen Bevölkerung im Norden des Kosovo begründet. Weiter wurde berichtet, dass die serbischen Truppen auf erbitterten Widerstand von offensichtlich sehr gut ausgerüsteten paramilitärischen Gruppen gestoßen seien.

»Er hat es geahnt.«

»Wer hat was geahnt?«, maunzte Kassandra, während sie ihr Köpfchen an Stockers Hand rieb.

»Der Baron. Die Fabrik wurde nicht gekauft, um mit Getränken Geld zu verdienen. Es ging die ganze Zeit nur um das Verschieben von Waffensystemen. Eine lohnende Investition, mein Gott. Deshalb mussten Lothar und viele andere junge Menschen sterben. Wie perfide.«

Er schaltete die auf die »Tagesschau« folgende Sondersendung zum Brennpunkt Kosovo aus und sandte eine SMS an Jannis.

Schon kurz darauf erhielt er eine Antwort mit einer MailAdresse, an die er die gescannten Fotos zusammen mit einigen knappen Kommentaren schickte.

Genau hundertfünf Kilometer südlich betrat wenige Minuten später der Privatsekretär des Barons den Salon des kleinen Schlösschens und setzte seinen Arbeitgeber über die Meldung in den Nachrichten in Kenntnis.

Das von einem chronischen Magenleiden gezeichnete Gesicht des Barons drückte eine gewisse Zufriedenheit aus. Stumm nickte er in Richtung seines Sekretärs, bevor er sich wieder seinen Unterlagen zuwandte.

Druckpunkt

Nach einem improvisierten Frühstück bei Göttler stand Stocker bereits um kurz vor neun Uhr im Vorzimmer des Staatsanwaltes. »Er wird sich etwas verspäten«, entschuldigte ihn die kleine Pummelige. Gute zehn Minuten musste Stocker warten, bis Detlef Horn die Treppe heraufkam. Mit hochgezogenen Augenbrauen sah er seinen Besucher an und bemühte sich, deutlichen Abstand zu dessen Katze zu halten, die aber scheinbar unbeteiligt auf dem Gang hin- und herspazierte.

Wortlos legte Stocker dem Staatsanwalt Kopien von zwei Aufnahmen, die er von dem Bärtigen erhalten hatte, auf den Tisch. Auf einer waren die Gesichter von Riza Čalić und Ilir Kodraj eingekreist worden, auf der anderen das von Ilir Kodraj sowie die olivgrünen Kisten neben dem Lkw.

Horn betrachtete die Fotografien intensiv. »Herr Hauptkommissar«, sagte er dann, »Ihre subversiven Ermittlungsmethoden sind mir bestens bekannt. Ich möchte nicht wissen, von wem Sie diese Aufnahmen erhalten haben.« Er winkte ab. »Ich ahne es schon, sie sind Ihnen anonym zugespielt worden. Allerdings beweisen sie nur, dass Riza Čalić genauso wie sein Mörder in dieser angeblichen Klinik war. Čalić ist tot, und Kodraj wird bereits mit internationalem Haftbefehl gesucht. Die Verbindung zu Leitz ist zwar erwiesen, aber auch der weilt nicht mehr unter den Lebenden. Und die AGeKon weist jegliche Verbindungen und Zusammenhänge weit von sich. Ach ja, die Spur der Container in Piräus endet ebenfalls im Nichts. Sie hat uns genauso wenig gebracht wie diese Aufnahmen, die nur Getränkepaletten und ein paar Kisten zeigen, von denen wir nicht wissen, was sie enthalten haben. Wir haben keine Handhabe gegen irgendwen.« Er erhob sich, umrundete den Schreibtisch und zog Stocker zu dessen Überraschung mit sich. »Kommen Sie, ich lade Sie auf einen Kaffee ein. Damit können Sie Ihren Frust hinunterspülen.«

Wortlos ließ sich Stocker aus dem Büro schieben und machte

Kassandra ein Zeichen, gebührenden Abstand zu ihnen zu halten.

»Was wollen Sie?«, fragte Horn in der Cafeteria.

»Einen Espresso doppio.«

Zwei Minuten später balancierte der Staatsanwalt vorsichtig zwei Tassen an den Tisch. »Gut, dass ich Jurist geworden bin, als Kellner hätte ich nicht lange überlebt.«

Stocker musste ob der Selbstkritik lächeln.

Horn beugte sich vor. »Das mit den subversiven Methoden habe ich ernst und als Kompliment gemeint«, sagte er leise. »Ich schätze Sie durchaus, auch wenn es manchmal nicht den Anschein erweckt. Und ich möchte Sie nicht verlieren. Ich habe gestern zwei Anrufe aus dem Innen- und aus dem Justizministerium bekommen. Der Wortlaut war in etwa gleich. Vor dem Hintergrund allgemeiner staatlicher Interessen liegt der Fall jetzt beim BKA. Alle Ermittlungen meinerseits und selbstverständlich Ihrerseits sind einzustellen. Unterlagen sind ausnahmslos dem BKA zu überlassen.«

Stocker drückte mit dem Zeigefinger so fest auf das Zuckertütchen, dass das Papier einriss und der Inhalt sich auf dem Tisch verteilte.

»Ich kann nichts mehr für Ihren Fall tun, aber was Sie mit den Unterlagen, die Sie nie erhalten haben, anfangen, kann niemand kontrollieren. Ich wünsche Ihnen noch einen schönen Tag.« Damit stand er auf und ließ den überrumpelten Commissario allein am Tisch zurück.

Im Präsidium lief ihm Wörner über den Weg.

»Gratuliere, Stocker, hervorragende Arbeit. Alle Morde gelöst.«

»Bis auf einen. Und das ist der, auf den es mir ankam.«

»Sie wissen selbst, dass Ihr Freund beim Schwimmen ertrunken ist.«

»In der Kläranlage? Mag ja sein, dass Sie gern in der Scheiße baden, aber zu Lothars Vorlieben zählte das bestimmt nicht.« Er drehte sich um und ging in sein Büro.

Als kurz darauf Ina hereinkam, winkte er sie zu sich an den Schreibtisch. »Ich war gerade beim Staatsanwalt. Alle Fälle sind abgeschlossen.« Dabei schrieb er die Worte »Innenministerium«

und »Justizministerium« auf ein Blatt Papier und vollführte mit der flachen Hand eine Bewegung an der Gurgel entlang.

Ina schaltete sofort. »Dann können wir uns ja endlich wieder anderen Aufgaben zuwenden.«

»Eines ist in dem Zusammenhang aber noch zu erledigen. Der Baron muss über den Tod seines Justiziars und die Einstellung der Ermittlungen unterrichtet werden. Nach all den unbegründeten Verdächtigungen bin ich ihm das schuldig.« Er verzog den Mund zu einem abschätzigen Lächeln.

Gegen siebzehn Uhr verließen sie das Präsidium, und Stocker setzte Ina zu Hause ab.

»Glaubst du, er weiß schon von dem Tod seines Justiziars?« Ina sah ihren Chef an.

»Natürlich, er hat den Mord, der offiziell ein Selbstmord bleiben wird, doch selbst in Auftrag gegeben.«

Der Serbe hatte die Nacht und den folgenden Tag im Wald verbracht. Als um achtzehn Uhr die letzten Touristen verschwunden waren, bezog er wieder die Position oberhalb der Marienbrücke. Stumm beobachtete er das Schlösschen durch sein Zielfernrohr und überprüfte sicherheitshalber nochmals dessen Einstellung.

Kurz darauf fuhr ein dunkler Wagen die Straße entlang. Als ihm eine Person entstieg, fixierte er deren Gesicht. Es war derselbe Mann, mit dem er in der Nähe von Mitrovica die Vereinbarung getroffen hatte.

Gegen achtzehn Uhr dreißig hatte Stocker die Zufahrt zu dem Schlösschen erreicht. Da das Tor geöffnet war, fuhr er auf der schmalen, gewundenen Straße durch den Wald bis vor das Gebäude. Er hatte den Motor noch nicht abgestellt, als schon ein Uniformierter neben der Fahrertür stand.

»Das Tor war offen«, grinste ihn Stocker an.

»Weil der Baron heute eine Gesellschaft gibt, auf deren Gästeliste Sie ganz bestimmt nicht stehen.«

Stocker ritt der Teufel. »Woher wollen Sie das wissen? Sie haben ja noch gar nicht nachgesehen.«

Der Gesichtsausdruck des Wachmanns wurde unfreundlich. »Wenn Sie den Baron dann bitte über meine Anwesenheit informieren würden. Es dauert auch nicht lange.« Der Mann verschwand und erschien Minuten später wieder, in gebührendem Abstand hinter dem Adligen. Der Baron, im Smoking, trat auf Stocker zu. Dann winkte er dem Sicherheitsmann, der den Commissario professionell nach einem Mikrofon abtastete.

»Ich wollte Sie nur darüber informieren, dass Ihr Justiziar mit aufgeschnittenen Pulsadern in seiner Zelle gefunden wurde und die offiziellen Ermittlungen damit als abgeschlossen gelten.«

»Ich hatte nichts anderes erwartet.« Der Baron sah ihn ausdruckslos an. »War es das, was Sie mir mitteilen wollten? Oder dass Sie inoffiziell weiterermitteln wollen? Ich gebe Ihnen den Rat, es gar nicht erst zu versuchen. Sie würden schnell an Ihre Grenzen stoßen.«

»Wie lebt es sich eigentlich mit der Verantwortung dafür, Menschen ausweiden zu lassen und ihre Organe gegen Waffen zu tauschen?«, erwiderte Stocker.

Tausendsechshundert Meter entfernt visierte der Serbe das Gesicht des Barons an. Dann senkte er den Lauf um den Bruchteil eines Millimeters, zielte direkt auf das Smokinghemd und nahm den Druckpunkt.

»Sehr gut, wie Sie sehen«, erwiderte der Baron ohne die geringste Gemütsregung mit gegen Neuschwanstein gerichtetem Blick. »Hier geht es um Politik, Herr Stocker. Ich liefere nur das, was Staaten offiziell verboten ist.«

Der Commissario wandte sich ebenfalls zum Schloss um und registrierte für den Bruchteil einer Sekunde eine Lichtspiegelung oberhalb des Gebäudes.

»Nicht bewegen«, maunzte Kassandra.

Noch bevor Stocker reagieren konnte, gab der Baron auch schon ein gurgelndes Geräusch von sich. Ein erstaunter Ausdruck breitete sich auf seinem Gesicht aus, das weiße Smokinghemd verfärbte sich dunkel, und roter Schaum trat aus seinen Mundwinkeln.

Nicht ganz drei Sekunden später hallte der Schuss von den Bergen wider. Aber zu diesem Zeitpunkt war der Baron bereits tot.

Fünfzehn Minuten waren vergangen. Mehrere Einsatzwagen standen mit rotierendem Blaulicht vor dem Schlösschen, dahinter versammelten sich bereits eingetroffene Gäste und starrten entsetzt den Toten an. Der wenig später eintreffende Notarzt konnte nur noch den Tod feststellen, der von Göttler eine Stunde später offiziell bestätigt wurde.

Als sich der Gerichtsmediziner von der Leiche abwandte, blickte er in Richtung Neuschwanstein. »Ich schätze, der Schütze hat sich irgendwo hinter dem Schloss befunden«, sagte er zu Stocker. »Morgen kenne ich den Winkel des Schusskanals, und mit einer Puppe können wir die Position genauer eingrenzen.«

»Kann ich mit dir zurückfahren?« Ina war leise an ihren Chef herangetreten.

»Natürlich. Aber vorher will ich noch einen Abstecher nach Neuschwanstein machen.«

Inas Augen verengten sich, doch sie verkniff sich eine Äußerung.

Vom Parkplatz unterhalb des Schlosses Hohenschwangau nahm Stocker die Neuschwansteinstraße hinauf zum Märchenschloss. Auf der freien Fläche nahe den wuchtigen Mauern parkte er den Wagen und schaltete das Blaulicht aus. Ein versprengtes Grüppchen Japaner in Tracht sah ihnen erstaunt entgegen.

Mit seiner Assistentin und Kassandra im Schlepptau folgte Stocker dem östlich um das Schloss herumführenden Weg.

»Kann er nicht auch von weiter unten geschossen haben?«, fragte Ina. »Zumindest hätte der Täter auch von dort stellenweise ein freies Schussfeld gehabt.«

»Bei dem Touristenrummel?« Stocker schüttelte den Kopf. »Nein. Der hat gewartet, bis die Marienbrücke frei war, um sich da oben aufzubauen.«

Als sie die Brücke erreichten, mussten sie jedoch erkennen, dass von keiner Stelle aus das Schlösschen in der Ebene einzusehen war.

Stocker ging bis zur Mitte der Brücke zurück und betrachtete

den dahinterliegenden Felsen. »Vielleicht hat er da oben gelegen.«
Gefolgt von Ina schlüpfte er unter der Absperrung hindurch und
näherte sich dem Felsabbruch mit einer Krüppellatsche.

An einem ihrer Zweige baumelte ein roter Schlüsselanhänger
mit der Aufschrift »Remove before flight«.

Auf der Rückfahrt nach Augsburg setzte Stocker Ina von dem
Gespräch mit Horn in Kenntnis.

»Das war's dann wohl«, kommentierte sie seine Ausführungen.
»Trotzdem verstehe ich immer noch nicht, dass dein Schulfreund
keinerlei Beweise hinterlassen hat.«

In dem Moment passierten sie einen überdimensionalen Bären,
der aus Heuballen bestand und für einen Ferienhof warb.

Stocker bremste so abrupt, dass der ihm folgende Wagen nur
mit knapper Not einen Auffahrunfall verhindern konnte. Kassandra war, der Schwerkraft hilflos ausgeliefert, maunzend in den
Fußraum zwischen Rückbank und Vordersitz gerutscht. Nach
einem kurzen Blick in den Spiegel setzte Stocker zurück und blieb
vor dem Heubären stehen.

»Wir hatten es die ganze Zeit vor Augen. Der Teddy ist es! Der,
den Lothar seinem Neffen geschickt hat. Bei Karins Bemerkung,
dass das nicht unbedingt das richtige Geschenk für einen Sechsjährigen sei, hätte ich schon schalten müssen. Lothar wollte mit ihm
die Beweise sichern. Dass er sie nicht mehr nutzen kann, konnte
er ja nicht ahnen.« Zum zweiten Mal an diesem Tag stellte Stocker
das Blaulicht auf das Wagendach.

Wurmtod

Fünfunddreißig Minuten später fuhren sie den Kaufbeurer Anstaltsberg hinauf und parkten kurz darauf vor Karins Haus.

Auf Stockers Klingeln öffnete der Kleine die Tür. Der Commissario ging in die Knie. »Hallo, Michi. Ich habe eine Bitte. Onkel Lothar hat dir doch zum Geburtstag einen Teddy geschickt. Darf ich mir den mal ansehen?«

Karin war hinter ihren Sohn getreten und hatte die letzten Worte mitgehört. Fragend sah sie Stocker und Ina an.

Michael hatte sich schon umgedreht und lief in sein Zimmer. Als er zurückkam, schlenkerte der Teddy lieblos an seiner Hand. »Den kannst du behalten. Ich bin doch kein Baby mehr.« Er drückte Stocker den kleinen Frotteebären in den Arm.

Mit Daumen und Zeigefinger tastete der Commissario das Kuscheltier ab, bis er auf etwas Festes in dessen Inneren stieß.

»Da ist so ein Brummdings drin, aber das hat nie funktioniert«, kommentierte Michael Stockers Tun.

»Kannst du mir mal erklären, was das soll, Florian?«, mischte sich seine Mutter ein. »Aber davor kommt ihr erst mal rein. Alle drei.« Sie nickte Kassandra zu.

Diese sah sich plötzlich wieder dem Kater gegenüber. »Hallo, Doofer«, maunzte sie provozierend.

Stocker ging in die Küche und blickte sich suchend um. »Ich brauche eine Schere oder ein scharfes Messer.«

Vorsichtig schnitt er mit der Küchenschere den Bären an einer Naht entlang auf und wühlte in der Füllung. Dann förderte er ein kleines Plastikkästchen mit einer Membran in der Mitte zutage. Er wendete es hin und her, musste aber feststellen, dass die zwei Plastikschalen, aus denen es bestand, miteinander verklebt waren. Mit einem Küchenmesser hebelte er sie auseinander.

Das Innenleben bestand aus der zweckentfremdeten weichen Bärenfüllung, in der ein schwarzer Datenstick lag.

Erstaunen breitete sich auf Karins und Inas Gesichtern aus.

Nachtschicht war angesagt. Auf dem Stick befanden sich vorwiegend Dateien, die alle über Atalanti abgewickelten Waffenlieferungen minutiös dokumentierten. Am aufschlussreichsten erwies sich jedoch eine fünfzigseitige Word-Datei unter der unverfänglich klingenden Bezeichnung »Allgäu-Manuskript«. Hinter ihr verbarg sich ein Businessplan, der sämtliche Details vom Kauf der Produktionsstätte über die Waffenlieferungen bis hin zum Organhandel enthielt.

Gegen Morgen hatten Stocker, Ina und Göttler die Files so weit durchgesehen, dass ihnen die Zusammenhänge und ihre Brisanz klar waren. Lothar Sallinger hatte, wie auch immer, Zugriff auf interne Daten der AGeKon gehabt, die eindeutig belegten, dass und in welcher Form über die Firma in Griechenland Waffenlieferungen sowohl nach Belgrad als auch nach Priština erfolgt waren. Zudem gab es Belege, die die Lieferungen in den Kosovo in Zusammenhang mit dem Organhandel brachten.

»Wenn du das öffentlich machst, landen die Unterlagen beim BKA, und da sich die Bundesregierung keinen Skandal leisten kann, wird der Fall unter den Teppich gekehrt«, sagte Göttler.

»Nein, Freunde, ich werde mit dem Fall an die Öffentlichkeit gehen.« Stocker lächelte sarkastisch. »Aber anders, als man sich das beim BKA und in Berlin wohl vorstellt.« Er holte das Prepaidhandy aus der Dose mit Kassandras Trockenfutter.

Die Ohren seiner Katze reagierten auf das vertraute Geräusch, aber auch sie war die ganze Nacht wach gewesen und ließ sich nicht so einfach von der Couch locken.

Er musste es lange klingeln lassen, bis sich eine verschlafene Stimme meldete. »*Na pari pios ine.*«

»Ich weiß zwar nicht, was das heißt, aber nach einer freundlichen Begrüßung klingt es nicht gerade«, erwiderte Stocker.

»Florian, verdammt noch mal, weißt du, wie spät es ist? Ich hoffe, du hast einen wichtigen Grund, mich aus dem Schlaf zu reißen.«

»Ist die Mail-Adresse noch sicher?«

»*Nä.*«

»Du bekommst demnächst Post. Ich hoffe nur, dass dir nicht die Hände gebunden sind.«

»Okay«, sagte Jannis Papadopoulos und legte auf.

Stocker wählte wieder eine Nummer. Auch diesmal dauerte es lange, bis abgenommen wurde.

»Alekto«, meldete sich die bekannte weibliche Stimme.

»Ares«, lautete Stockers Antwort.

»Der Gott des Krieges schläft wohl nie?«

»Ebenso wenig wie die Göttin der Rache. Ich brauche eine sichere Mail-Adresse.«

Mehrere Sekunden vergingen, dann hatte sich Melina entschieden, nannte ihm eine Adresse, und er beendete daraufhin sofort die Verbindung.

Göttler sah Stocker fragend an. »Du traust Jannis nicht?«

»Doppelt hält besser. Außerdem bin ich meinen griechischen Entführern noch etwas schuldig.«

Erneut wählte er eine Nummer.

»Hallo?« Eine Kinderstimme tönte aus dem Telefon.

»Hallo, Süße, ist deine Mami schon wach?«

»Ich bin nicht deine Süße«, protestierte der kleine Fratz.

»Lilia, hier ist Florian, kann ich bitte die Mama sprechen?«

»Meinetwegen.« Aus dem Hörer ertönte ein Rumpeln, dann war ein gequietschtes »Aufwaaachen!« zu hören.

»Ja?«, sagte nach wenigen Sekunden eine verschlafene Stimme.

»Hallo, Siggi. Ich bin dir wegen der Morde noch eine Info schuldig. Offiziell ist der Fall jetzt abgeschlossen, und da dachte ich mir, dass du vielleicht gern noch einen Nachruf schreiben würdest.« Die besondere Betonung, die Stocker auf das Wort »Nachruf« gelegt hatte, ließ Siggi sofort hellwach werden. Ihrer Frage nach Details wich Stocker am Telefon jedoch aus.

»Natürlich«, sagte sie, verabredete sich mit ihm und legte auf.

»Ganz schön heißer Ritt, den du da hinlegst«, kommentierte Göttler die drei Anrufe.

»Ich folge nur dem Rat von Detlef.«

Hannes Nadler, ebenfalls ein Freund Stockers aus Schulzeiten, war Berufsschullehrer für Elektronik und autodidaktischer Computerspezialist. Wie der Commissario es einschätzte, waren seine Lehrerbezüge eher ein Zubrot zu dem, was Beratungs- und Programmierungsjobs einbrachten. Diese Fähigkeiten waren auch der Grund, warum er Nadler in aller Herrgottsfrühe aus dem Bett klingelte.

Unrasiert und in Boxershorts öffnete er die Tür zu seinem Loft, das sich in einer alten Druckerei befand. »Du spinnst doch«, brummte er, als er barfuß vor Stocker und Kassandra zurück in seine weitläufige Behausung tapste. »Aber wenn du schon mal da bist, mach mir wenigstens einen Kaffee. Ich geh erst mal pinkeln und duschen.«

Zehn Minuten später saß Nadler bereits an seinem riesigen Schreibtisch, auf dem drei Achtundzwanzig-Zoll-Bildschirme zum Leben erwachten.

Kassandra lag bereits erwartungsfroh neben der Tastatur und beobachtete interessiert, wie sich die Oberfläche aufbaute.

»Worum geht es diesmal?«

»Auf diesem Stick sind einige brisante Files. Übrigens von Lothar. Wenn ich die Daten offiziell verwende, lassen Staatsraison und höhere Interessen sie verschwinden. Dann ist Lothar umsonst gestorben, weil die Drecksgeschäfte weitergehen. Und wenn ich sie von meinem aus Computer versende, kann das nachverfolgt werden, schätze ich.«

»Da schätzen der Herr Kommissar richtig.«

»Könntest du die Files an diese zwei Mail-Adressen schicken, ohne dass die Spur zurückverfolgt werden kann?«

»Und so was ist Staatsdiener.« Nadler schüttelte den Kopf. »Dir ist doch klar, dass dich diese Anstiftung zu einer Straftat ein Essen im ›Poccini‹ kostet – und zwar inklusive Getränke.«

Stocker grinste. »Von mir aus kannst du Gitti auch noch mitnehmen.«

»Du weißt schon, dass die mehr verträgt als ich, oder? Aber ist ja nicht mein Geld. Okay, dann lass mich erst mal schauen, ob nicht irgendwo in deinen Files ein Wurm versteckt ist.«

»Ein Wurm?«

»Computer-Legastheniker! Das ist ein Programm, das im Hintergrund läuft und sofort meldet, wenn die Datei kopiert oder weitergeleitet wird. Dabei wird auch die IP-Adresse weitergegeben, sodass der Sende-Computer lokalisierbar ist.«

»Jetzt wird mir klar, warum die wussten, dass Lothar Zugriff auf die Daten hatte.«

»Dann wollen wir die Files mal desinfizieren.« Nadler trennte die Verbindung zum Internet, öffnete ein Programm und steckte dann den Stick in einen USB-Anschluss.

Sekunden später liefen für Stocker unverständliche Zahlen-und-Buchstaben-Codes über einen der Bildschirme. »Ganz schönes Mistviech«, kommentierte Nadler, »aber gleich ist es tot.« Nachdem eine fiktive Todesanzeige auf dem Bildschirm erschienen war, ging er wieder online. »Für deine anonymen Mails suchen wir uns jetzt einen Remailer. Aber das sagt einem Nerd wie dir vermutlich rein gar nichts, richtig?«

Stocker blieb nichts anderes übrig, als zu nicken.

»Dann jetzt die Erklärung für Kriminalkommissare: Wir nutzen einen kostenlosen Dienst, hinter dem ein Server steht, der alle E-Mails weiterversendet, sodass er selbst als Absender agiert. Sämtliche Informationen, die auf die Herkunft und den tatsächlichen Absender schließen lassen, werden dabei entfernt. Einige Remailer verschicken die Mails zudem über andere, zufällig ausgewählte Server auf der ganzen Welt. Bis die Post dann beim Empfänger ankommt, kann einige Zeit vergehen, aber der Absender bleibt unerkannt. Die Remailer können den Inhalt einer E-Mail zusätzlich verschlüsseln. Dafür, dass nicht einmal mehr unser Besuch der Remailer-Website zurückverfolgt werden kann, sorgt eine Anonymisierungssoftware. So, das wäre erledigt.«

»Soll ich dir was sagen? Es ist mir vollkommen egal, wie das funktioniert. Hauptsache ist nur, dass es das tut. Ich habe nämlich keine Lust, dem Staat meine Pension zu schenken. Danke dir. Komm, Kassandra.«

Er nahm den Stick, den ihm sein Freund entgegenhielt, wieder an sich, stand auf, um zu gehen, wandte sich aber noch einmal um. »»Poccini«, wann?«

»Am Samstag, da wollten Gitti und ich sowieso essen gehen.«

»À la carte oder soll ich bei Marco etwas Besonderes bestellen?«

»À la carte passt. Ich will mich ja nicht über die Maßen an dir bereichern.«

Eine Stunde später saß Stocker im Café Goldener Erker am Moritzplatz und wartete. Versonnen blickte er auf die gegenüberliegende Fassade des Weberhauses, Symbol der einst in Augsburg mächtigen Weberzunft. Die jetzige moderne Fassadengestaltung hatte mit den Erinnerungen seiner Kindheit nichts mehr gemein. Einheimische Honoratioren pflegte er stets mit der Bemerkung zu ärgern, man habe mit der Sanierung auch die Gerechtigkeit abgeschafft, die mit der Darstellung der Justitia jahrhundertelang das Bild der Ostfassade geprägt hatte.

Er kam wieder ins Jetzt zurück und gönnte sich zur Feier des Tages ein Glas Prosecco. Gerade hatte er das erste Mal genippt, als zwei Mädchen neben ihm standen und ihn mit großen Augen anschauten.

»Mama hat gesagt, du spendierst uns ein Eis«, sagten sie wie aus einem Mund.

»Gar nichts habe ich gesagt. Die lügen wieder wie gedruckt«, mischte sich eine weitere Stimme ein.

Stocker erhob sich und küsste Siggi auf beide Wangen. Dann erst bemerkte er, dass noch eine Person neben ihr stand. »Der ist aber neu.« Er zeigte auf den Kleinen, der ihn stumm ansah, die Hände in den Taschen seiner Bomberjacke verstaut.

»Das ist doch der Luis.« Lilia sah Stocker vorwurfsvoll an.

»Ein Mitbringsel aus dem Urlaub vor drei Jahren«, erklärte Siggi.

»Dann haben wir uns aber lange nicht mehr gesehen, und ihr wart bestimmt nicht auf den Jungferninseln.« Stocker wies auf die freien Stühle.

»Wohl kaum.« In Siggis Augen blitzte der Schalk. »Deshalb fährst du auch immer allein in den Urlaub.«

»Wie alt sind die anderen Kröten jetzt eigentlich?«, wechselte Stocker schnell das Thema.

»Ich bin sechs«, sagte Luca.

»Und ich schon fünf. Aber wir sind keine Kröten, sondern ganz süße Mädchen.« Lilia stemmte die Fäuste in die Hüften.

»Seit wann?«, ging Stocker auf das Spiel ein.

»Schon immer«, flunkerte die Kleine.

»Und weil wir so süß sind, bekommen wir auch ein Eis«, fügte Luca hinzu.

»Aber von Eis wird man dick«, wiegelte Stocker spaßhaft ab. »Das könnt ihr am Bauch von Kassandra sehen.« Er nickte Richtung Katze, die den Kindern um die Beine strich.

»Du bist selbst dick.« Lilia hatte sich direkt vor Stocker gestellt und drückte ihre Stirn an seine.

»Eis oder nicht Eis, das ist hier die Frage.« Er sah Siggi augenzwinkernd an.

»Eis, Eis, Eis«, tönte es zweistimmig, während Luis an seinem Schnuller nuckelte.

Es folgte ein kurzer Protest, als das Eis gebracht wurde und Luis realisierte, dass seine Portion offensichtlich kleiner ausgefallen war als die seiner Schwestern, der aber bald darauf vergessen war.

Während Siggis Sohn auf Stockers Schoß sein Eis genoss und ab und an ein Klecks auf beider Hosen landete, schob der Commissario den Datenstick über den Tisch. »Damit kannst du deine Altersvorsorge aufstocken.«

»So brisant?«

»Du musst nur dafür sorgen, dass es alle wichtigen deutschen Zeitungen bringen. Fairerweise solltest du auch wissen, dass die Files heute früh an einen Polizeikontakt und zwei Journalisten in Griechenland geschickt wurden.« Er erwähnte noch sein Gespräch mit dem Staatsanwalt, und zwanzig Minuten später befeuchtete er eine Serviette mit dem Rest von Siggis Mineralwasser, um sich die klebrigen Eisreste der Abschiedsküsschen der Kinder von den Wangen zu wischen.

Nachruf

Die Beerdigung des Barons fand mit großem Bahnhof statt. Als Stocker und Ina um vierzehn Uhr in Schwangau eintrafen, mussten sie zwangsläufig hinter dem »Gasthof zum See« parken, da die Forggenseestraße bereits mit dunklen Luxuslimousinen aller Marken gesäumt war. Nur einige Sportwagen in anlässlich einer Beerdigung eher unpassend roter Farbgebung fielen aus dem Rahmen.

»Können wir hier parken?«, wandte sich Stocker an einen Alten, der vor dem Hotel Laub zusammenfegte.

»Vo mir aus kaasch ruhig standa bleiba«, erwiderte er.

Die Witwe des Ermordeten, seine schon erwachsenen Söhne, Vertreter der Stadt Augsburg, der Industrie, der Presse sowie der bayerischen Staatsregierung und einige Allgäuer Honoratioren hatten sich auf dem Friedhofsgelände versammelt. Ein hoher geistlicher Würdenträger gab dem blauen Blut auf seinem letzten Weg das Geleit.

Stocker, Ina und Kassandra standen abseits und beobachteten die Menge.

»Zusammen haben die so viel Dreck am Stecken, dass man einen ganzen Wald abholzen müsste«, flüsterte Stocker. »Für die Stecken«, fügte er erklärend hinzu, »damit der Dreck an ihnen Platz hat.«

Der Geistliche begann, das Wirken des Ermordeten ausschweifend zu würdigen, und schloss mit den Worten: »Er war ein guter Mensch und ein Segen für die Armen und Verfolgten.«

»Er war ein Schwein!«, gellte plötzlich eine Stimme über den Friedhof, und eine Frau drängelte sich durch die erstarrten Trauergäste.

»Siggi«, flüsterte Stocker.

»Er hat Waffen verschoben und sich mit Organen bezahlen lassen. Erste Informationen finden Sie hier.« Sie warf einen Packen Flyer im DIN-A6-Format in die Luft, sodass diese zwischen den Trauergästen zu Boden fielen. »Weitere Details entnehmen Sie dann bitte den Tageszeitungen.«

Zwei der anwesenden Bodyguards zwängten sich durch die Gäste und packten Siggi an den Armen, während andere vergebens versuchten, die Flyer einzusammeln.

Stocker schob die im Weg Stehenden beiseite und zischte die zwei Leibwächter an: »Sofort loslassen!« Dabei hielt er einem der beiden seinen Dienstausweis unter die Nase.

Erschrocken ließ dieser Siggi los, der es gleichzeitig gelang, sich von dessen Kollegen loszureißen. Als dieser nachsetzen wollte, stoppte ihn ein lautes Grollen aus Kassandras Kehle. Er hob den Fuß, um nach der Katze zu treten, doch Ina war bereits neben ihm, stieß ihn vor die Brust und brachte ihn so aus dem Gleichgewicht.

»Das würde ich bleiben lassen. Sie ist nämlich eine Polizeikatze.«

Stocker führte Siggi vom Friedhofsgelände, während Ina und Kassandra ihren Rückzug deckten, was sich jedoch als unnötig erwies. Die gesamte Gesellschaft war bereits in hektischer Auflösung begriffen.

»Die Ratten verlassen das sinkende Schiff«, sagte Stocker, als er die Wagentür öffnete.

Die Boulevardblätter und die Tageszeitungen hatten offensichtlich ihre geplante Berichterstattung noch nachts über den Haufen geworfen und widmeten ihre jeweils erste Seite nun dem Skandal um Baron von Sperling.

Auch in Griechenland war das Thema auf der ersten Seite der Athener Tageszeitung »Eleftheros Typos« zu finden.

Noch am selben Tag stürmten Spezialeinheiten die Getränkefabrik im griechischen Atalanti und die getarnte Klinik im Kosovo.

Während die Aktion in Griechenland unblutig verlief, forderten die Sprengfallen und ein anschließendes Feuergefecht im Kosovo durchaus blutigen Tribut.

Wie sich später herausstellte, war es fünf Kaçaks zwar gelungen, sich abzusetzen, jedoch wurden sie auf rätselhafte Weise kurz darauf tot unweit der Klinik gefunden.

Stocker, der zur Ursachenklärung der Schussverletzungen hätte beitragen können, sollte davon aber nie etwas erfahren.

Schuld und Sühne

Stocker genoss die Sonne. Er saß mit Kassandra auf dem Schoß an einem der hinteren Tische im Café Tambosi im Herzen von München.

Der Staatssekretär erschien pünktlich. Wie immer war er trotz der mittäglichen Hitze tadellos gekleidet, mit Krawatte und Zweireiher.

Stocker machte die Andeutung des Versuches, sich zu erheben, deutete dann aber mit einem entschuldigenden Blick auf seine Katze.

Der Ansatz eines Lächelns huschte kurz über das Gesicht des Politikers. Nachdem er Platz genommen hatte, sah er den Commissario mit einem Ausdruck zwischen Skepsis und Neugier an. »Wie kann ich Ihrer Karriere förderlich sein?«

»Gelinde gesagt interessiert mich meine Karriere nicht im Geringsten«, erwiderte Stocker und kam ohne Umschweife und ohne die Ereignisse im »Paradiesgarten« auch nur mit einem Wort zu erwähnen, sofort auf den Grund der Verabredung zu sprechen. »Herr Staatssekretär. Sicherlich haben Sie die jüngsten Ereignisse im Allgäu mitverfolgt. Im Zusammenhang damit steht die geplante Abschiebung von zwei jungen Frauen.« Er schob einen Notizzettel mit den entsprechenden Namen über die weiße Marmorplatte des Tischchens. »Diese beiden Frauen waren eigentlich dafür vorgesehen, im Kosovo ausgeweidet zu werden, bestanden aber offensichtlich die gesundheitlichen oder immunologischen Anforderungen an Organspender nicht. Also schickte man sie zu uns, um illegal auf den Strich zu gehen. Im Gegensatz zu zwei Kolleginnen, die aussteigen wollten und dafür mit ihrem Leben bezahlen mussten, haben diese beiden die Hölle überlebt. Jetzt sollen sie zurück in den Kosovo abgeschoben werden, doch als Musliminnen werden sie dank einschlägiger Presseberichte in Serbien und auch im Kosovo sowohl in der Familie wie auch in der Gemeinde als Ausgestoßene behandelt werden. Sie haben dort keinerlei Zukunft.«

Der Staatssekretär griff nach dem gelben Zettel und steckte ihn in die Außentasche seines Sakkos. »Es wird Möglichkeiten geben«, sagte er und erhob sich. Dann drehte er sich um und entfernte sich in Richtung Staatskanzlei.

Rezepte

Gefüllte Tomaten

Zutaten für 6 Personen
6 große Tomaten
50 g Butter
100 g Mehl
½ l Milch
100 g geriebener Parmigiano stravecchio oder Parmigiano extra stravecchione (Anmerkung: extra stravecchione ist sehr selten)
2 Eigelbe
Salz

Zubereitung
1. Von den Tomaten die Kappen abschneiden und aushöhlen.
2. Butter zerlassen, Mehl anschwitzen, Milch unter ständigem Rühren zugießen und ca. 15 Minuten köcheln lassen.
3. Anschließend den geriebenen Parmigiano, die Eigelbe und etwas Salz unter Rühren dazugeben.
4. Die Masse in die Tomaten füllen und diese in einer eingefetteten Form bei 180 °C etwa 30 Minuten überbacken.
5. Optional kurz vor Ende der Backzeit mit Eigelb gemischte Semmelbrösel auf die Füllung geben.

Goldene Seeteufel

Zutaten für 4 Personen
4 Seeteufelfilets, wahlweise auch Filets von Forellen oder anderen
Fischen
2 Bund Petersilie
1 EL Thymianblättchen
Olivenöl
2 Eigelbe
3 EL Milch
125 g geriebener Parmigiano stravecchio oder Parmigiano extra
stravecchione (Anmerkung: extra stravecchione ist sehr selten)
100 g Semmelbrösel oder Paniermehl
Salz, Pfeffer

Zubereitung
1. Die Fischfilets trocken tupfen.
2. Die Petersilie und den Thymian fein hacken. Das Olivenöl in
   einer Pfanne erhitzen, die Petersilie, den Thymian und dann
   die Filets dazugeben.
3. Die Eigelbe mit der Milch verquirlen, salzen und über den Fisch
   geben, diesen bei leichter Hitze schmoren lassen.
4. Den geriebenen Parmigiano mit den Semmelbröseln vermi-
   schen, pfeffern und über die Fische streuen.
5. Im Backofen bei 180 °C überbacken, bis die Kruste goldgelb ist.

Glossar

Alekto – griechisch: Göttin der Rache

Anathematismena skyla! – griechisch: Verfluchter Schweinehund!

Ares – griechisch: Gott des Krieges

Asphyxie – griechisch: Asphyxie oder die Asphyxia (ασφυξία, *asfixía*, »die Pulslosigkeit«), eine Unterform des äußeren Erstickens durch das Einatmen von Flüssigkeiten

AVV – Augsburger Verkehrs- und Tarifverbund

Beuschel – österreichisch: Ragout aus Zunge, Lunge, Herz, Leber und Milz

Come no! – italienisch: Aber sicher!

Ego ime o Alexandros, avti ine i Melina. – griechisch: Ich bin Alexandros, das ist Melina.

Eínai alítheia. – griechisch: Es stimmt.

Éla! – griechisch: Kommen Sie!

Gëzuar! – albanisch: Prost!

Hoxha-Bunker – Anlagen, die während der Amtszeit von Enver Hoxha von 1972 bis 1984 zu Hunderttausenden zur Landesverteidigung in Albanien gebaut wurden

INPOL – Informationssystem der Polizei

Jámas! – griechisch: Prost!

Jeda lepa mačka. – serbisch: Eine schöne Katze.

Kalinýchta! – griechisch: Gute Nacht!

kyrios – griechisch: Herr

Lude – umgangssprachlich: Zuhälter

Macchia – nach jahrhundertelangem Raubbau an den Eichenwäldern sekundär entstandene immergrüne Gebüschformation

Maj koroïdevoun! – griechisch: Der will uns verarschen!

Makarov – Standardpistole der Roten Armee bis 1991. Die Variante mit Schalldämpfer wird als »lautlose Pistole« bezeichnet.

Méchri ávrio! – griechisch: Bis morgen!

mezés – griechisch: Vorspeisen

mik – albanisch: Freund

Na pari pios ine? – griechisch: Verdammt, wer ist dran?

o filos tou Sallinger – griechisch: der Freund von Sallinger

Ópou, pou ston Stéfano? – griechisch: Wohin, zu Stefano?

panagia mou – griechisch: heilige Muttergottes

parmigiano extra stravecchione – italienisch: sehr seltener Parmesan
mit einer Reifezeit von mindestens sechs Jahren

Pes tou. – griechisch: Sag es ihm.

Porca puttana! – italienisch: So eine verdammte Scheiße!

povero disgraziato – italienisch: armes Schwein

Psakste ton! – griechisch: Durchsuch ihn!

Raki – Bezeichnung für Brände auf dem Balkan. Original albanischer Raki wird aus wilden Beeren gebrannt.

Sas roto kai pali. Ti íthelan sto ergostásio. Katálavate? – griechisch:
Ich frage Sie nochmals, was wollten Sie vor der Fabrik? Haben
Sie mich verstanden?

Seggl – allgäuerisch: Depp

Sikotheité! – griechisch: Steh auf!

Sisyphos – griechisch: Figur aus der griechischen Mythologie

Stifado – griechisch: Rindfleisch mit Zwiebeln

šunka – serbisch: geräucherter serbischer Schinken

Tha ton paroume, tóte tha doúme. – griechisch: Wir nehmen ihn mit,
dann werden wir weitersehen.

Thanatos auf Nisida – griechisch: Thanatos: der Tod / Nisida: Inselchen

thési – griechisch: setzen

UÇK – albanisch: Ushtria Çlirimtare e Kosovës – kosovarische
Befreiungsarmee

vges éxo – griechisch: aussteigen

Weinsberg, der Fall Weinsberg – Anspielung auf Kassandras ersten
unglaublichen Fall »Schnee im August«

Zastava M93 – großkalibriges Scharfschützengewehr der serbischen Firma Zastava Oružje, geeignet für große Reichweiten

Danksagung

Dank schulde ich Siggi und meiner Lektorin, die mit ihrem redaktionellen Input zum letzten Feinschliff des Buches beigetragen haben. Die Authentizität der griechischen und serbischen Zitate verdanke ich Herrn Mihail Kastaniotis, unserem griechischen Obst-und-Gemüse-Händler, sowie Frau Claudia Jevtić, die sich, wie passend, mit mentaler Kommunikation mit Tieren beschäftigt (www.lichtimpulse.eu).

Ganz herzlichen Dank auch meiner Familie, die das »mörderische Treiben« des Familienoberhauptes unterstützt, was durchaus nicht selbstverständlich ist.

Ein besonderer Dank gilt jedoch Kassandra, mit bürgerlichem Namen Glöckchen, die mich immer wieder von Neuem inspiriert.